ハヤカワ・ミステリ

ROBERT VAN GULIK

江南の鐘

THE CHINESE BELL MURDERS

ロバート・ファン・ヒューリック
和爾桃子訳

TOKYO
HAYAKAWA
BOOKS

A HAYAKAWA
POCKET MYSTERY BOOK

THE CHINESE BELL MURDERS
by
ROBERT VAN GULIK

Translated by
MOMOKO WANI
Published 2008 in Japan by
HAYAKAWA PUBLISHING, INC.
This book is published in Japan by
direct arrangement with
SETSUKO VAN GULIK.

著者まえがき

本篇はアメリカ合衆国に初お目見えした『狄《ディー》判事シリーズ』作品である。シリーズのうち『迷路の殺人』には日本語版（一九五一年東京、講談社刊）、中国語版（一九五三年シンガポール、南陽公司刊）、イギリスでの英語版（一九五六年ヘイグ、W・ファン・ホーフェ刊）の既刊がある。

『狄《ディー》判事シリーズ』各巻は、まったく別個の中国公案もの三篇を下敷きにして一連の長篇小説に仕立て直し、核となる中心人物に狄《ディー》判事を据えた。いにしえの中国屈指の名探偵で、西暦七世紀の実在人物である。

本シリーズの目的は、公案ものと呼ばれる中国の伝統的な探偵小説の実例を提示し、中国ではすでに数百年前から自国の事物に材をとった独自の探偵小説が隆盛をみていた点を明らかにすることだ。十九世紀に定着してしまった、弁髪に阿片を喫する堕落官吏というあいにくな先入観が西洋探偵ものにいまだ根強いことを思えば、こういう指摘はとりわけ時宜にかなっていると思われる。本篇に登場する中国の官吏たちにお約束の基本装備——阿片煙管や弁髪がないかわり、不退転の職務使命感や炯眼、人間性への深い洞察などを備えていても、読者諸賢の興を殺ぐことのなきようにと願ってやまない。

本篇の舞台は蒲陽《プーヤン》で、江蘇《キアンス》省の架空のまちである。まちの地図は八頁に挙げた通りだ。犯罪や捜査手法や法廷手続きはすべて昔の中国に材をとり、参考にした中国資料は著者あとがきの文中で言及した。

ロバート・ファン・ヒューリック

（一九五八年の米ハーパー＆ブラザース社版に付されたもの）

図版目次

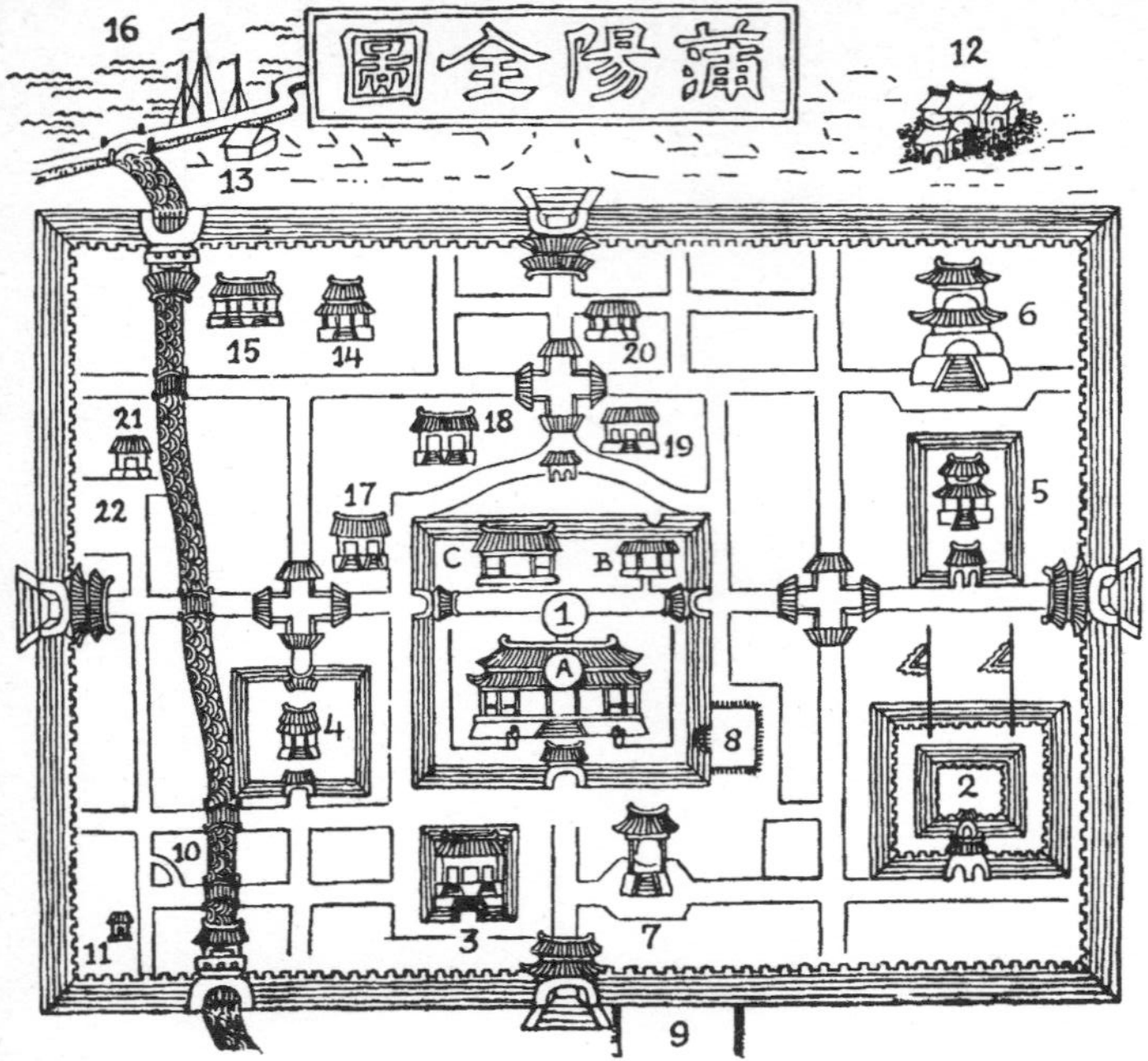

蒲陽全図《プーヤン》

1 政庁

A 法廷

B 知事官邸

C 応接室

2 軍の屯所

3 城隍廟

4 孔子廟

5 関帝廟

6 鼓楼

7 鐘楼

8 県庫

9 刑場

10 半月街

11 梁《リャン》夫人宅

12 普慈寺

13 林範《リンファン》農場

14 神叡観

15 林範《リンファン》邸

16 運河

17 包《パオ》将軍邸

18 萬《ワン》長官邸

19 林《リン》親方邸

20 聞《ウエン》親方邸

21 翡《ひ》翠《すい》酒《しゅ》家《か》

22 魚市場

西暦七世紀も半ばをすぎ、日本では聖徳太子の没後四十一年。唐の天下統一から早くも半世紀、戦乱の記憶もうすれ民心ようやく定まり、白村江《はくすきのえ》では倭《やまと》・韓《から》の連合軍を打ち破って内外に大帝国の貫禄を見せつけ、ひとつの偉大な時代がいま、まさに花開こうとしていた。ちょうどそのころ、はじめての任地に赴く県知事がいた。名は狄仁傑《ディーレンチエ》。またの名を「狄《ディー》判事」と呼ばれる。

本篇は第三の任地、蒲陽《プーヤン》で起きた事件である。

江南の鐘

装幀　勝呂　忠

登場人物

狄仁傑《ディーレンチエ》……江蘇省《キアンス》蒲陽《プーヤン》県の新任知事
洪亮《ホンリヤン》……狄《ディー》判事の片腕。政庁では警部をつとめる
馬栄《マーロン》……狄《ディー》判事の副官
喬泰《チヤオタイ》……同
陶侃《タオガン》……同
清玉《せいぎょく》……無体に犯され殺された娘
肖富漢《シヤオフーハン》……殺された娘の父親。精肉業を営む
龍《ルン》……肖《シヤオ》の向かいに店を構える仕立屋
王閑東《ワンシエンドン》秀才……科挙の受験生
高《カオ》……半月街一帯の坊正
黄三《ホワンサン》……流れ者のごろつき
霊徳……普慈寺の現管長
全啓……同前管長
梁《リヤン》夫人欧陽《オウヤン》氏……広州豪商の未亡人
梁洪《リヤンホン》……梁《リヤン》夫人の息子
梁寇発《リヤンコウフア》……梁洪《リヤンホン》の忘れ形見
林範《リンフアン》……広州の豪商
申八《シヨンパ》……乞食同業組合の顔役
羅《ルオ》……金華《チンフア》県知事
杏児《きょうじ》……金華《チンフア》の妓女
藍玉《らんぎょく》……杏児《きょうじ》の妹。同じく妓女

1

骨董目利きは怪異に遭い
狄《ディー》判事は蒲陽《プーヤン》知事となる

　およそ判事たるもの民の父母となりて
　忠良を嘉《よみ》し老人病者の扶育が本分なり
　なれど科人輩《とがびとばら》は寸毫も容赦すべからず
　矯正にあらず罪の抑止こそ第一義なれ

　親の代から繁盛する茶舗をつつがなく次へ譲り、東門外の別墅《べっしょ》（いなかの別荘）に悠々自適の余生を送るようになって、はや六年たつ。飯より好きな道楽といえば、史上名だたる犯罪捜査ゆかりの品々集めだが、心おきなくその道楽にふけるいとまも、ここにきてようやく見出だせるようになった次第だ。

　とは申せ、明《みん》朝のご威光あまねき今の世に剣呑な極悪非道などまず起こる道理もなし、謎の事件や快刀乱麻の名裁きとなると、いきおい昔に目を転じるしかない。飽きのこないこの題目を長年こつこつ追いかけるうち、めぼしい凶悪事件のお沙汰書やら惨殺凶器類の現物にはじまって、史上名だたる犯罪がらみの小道具などこまごました蒐集品がごっそりたまり、いつしかこれはと目をみはる充実ぶりをみせるにいたった。

　わけても秘蔵のひとつが警堂木《けいどうぼく》だった。黒木を縦長に切り出した板きれで、数百年前に神智慧眼の名をほしいままにしたかの狄《ディー》判事遺愛の品、まごうかたなき本物だ。冒頭に引用した詩は、これのおもてに刻まれていた。ものの本などによると、法廷での狄《ディー》判事はこの警堂木をつねに座右に置き、国と民への厳正な責務を片時も忘れずに肝に銘じつづけたという。

なにぶんもう手放してしまったので、この詩もそらで書いた。ふた月ほども前になろうか、この夏にしんから怖い思いをしたせいで、以後はこの方面の蒐集をすっぱり思い切り、酸鼻な昔の事件にまつわる品は残らず身辺を遠ざけようという気になった。今は青磁集めに凝っている。生まれつきおだやかで争いを好まない性格からいっても、こんな無難な趣味のほうがよほど自分に合っていそうだ。

ただし、心おきなく平穏な日々を送ろうと思えば、その前に避けて通れない作業がある。いまだ安眠を妨げる、あの恐ろしい光景のかずかずを頭から追い出さなくては。あのしつこい悪夢にいつまでも悩まされずにいるためには、奇っ怪きわまる手だてで知りえた風変わりな秘事を日の下にさらけだすしかない。そうして初めて、狂気の境に追いこまれるまで打ちのめされたあの恐怖体験とも、向後きれいさっぱり縁が切れるというものだ。

今日のようにとりわけ澄んだ秋晴れの午前中にこうして庭に出て、上品にしつらえた亭《あずまや》に腰をおろし、白魚のような指で菊を手入れする愛妾ふたりの優しい姿をめでて——どこまでも明るい光にしんと包まれているうちに、あの禍《まが》つ日《び》にあったことを振り返ってみようという気にようやくなれた。

八月九日、午後おそく——この日付は頭に焼きついてこんりんざい離れない。猛暑の昼たけて日が傾くにつれ、蒸し蒸ししてどうにもいたたまれず、とうとう輿を支度させた。さて行先をと輿丁《こしかつぎ》に訊かれた矢先にひょいと口をついて出たのが、骨董屋の劉《リウ》おやじのうちだった。孔子廟の向かいだが、金龍洞とはいかになんでも名前倒れだ。がめついが目のきくやつで、犯罪吟味にまつわる面白い骨董をなんだかんだと掘り出してくる。お宝ざくざくの店内にいると、時を忘れてしまうことも一度や二度ではなかった。

いざ行ってみれば店番は手代ひとり。あるじは体調がいまひとつだという。階上《うえ》に部屋を設けて値がさの張る一品ものが置いてあり、劉《リウ》はそちらにいた。

見るからに不景気づらで頭が痛いとこぼし、息苦しいほど暑気をふくんだ外気を締め出して鉄桶さながら鎧戸をたてきっていた。それで薄暗いせいか、おなじみの室内までなにやら出てゆけよがしに見える。とっとと引き上げるに異存なしとはいいえ、なにぶんおもてはあの通りのきつい油照り。かくなる上は冷やかしがてらしばし粘ってやれと腹をくくり、鶴羽扇をことさら使いながら大ぶりの肘掛におさまった。

劉《リウ》のほうは、特にこれといったものは、などとぼそぼそ言って漫然とあたりを見回していたが、そのうちに隅っこにあった塗りの鏡台をとってきて茶卓の正面にすえてみせた。

ざっとほこりを払ってみると、どこにでもある小型鏡台だった。方形の箱にぴかぴかの銀鏡をのせたあれ、お役人が黒紗の官帽をかぶるさいに使う姿見のたぐいだ。漆が枯れて、ふちの塗りに細かい亀裂があるから古いことは古いらしいが、似たような品は枚挙にいとまがない。

ところがひょいと目をやると、ふちに銀象嵌で細かな字が彫ってある。目を近寄せてよくよく見れば、「蒲陽《プーヤン》官邸狄《ディー》」とあるではないか。

思わず歓声がこみあげ、寸前で踏みとどまる。これぞ、かの狄《ディー》判事の手沢《しゅたく》にかかる鏡台なのだ! そういえば江蘇《キアンス》省の小さなまち蒲陽《プーヤン》知事時代に、意表をつく手法を駆使して最低三つは怪事件を解決しているとか史実にある、せっかくのお手柄というのに詳細が今に伝わらないのは遺憾至極だが。そうそうお目にかかる姓でもなし、この鏡台はまさしく狄《ディー》判事の所持品だろう。それまでの夏ばて気味もどこへやら、青史に名を留める探偵遺愛の品などという測り知れないお宝を前にしながら劉《リウ》め一世一代の迂闊《うかつ》、しめしめとひそかに小躍りした。

はやる心をおさえてわざと椅子にもたれ、茶をくれと頼む。おやじが階下《した》へおりる気配を見すましてやおら身を起こし、鏡台にかがみこんでなめるように調べ、底のひきだしをふと引いてみた。すると、折りたたんだ黒紗の判事帽がひょっこり出てきたのだ!

古い絹地を用心しいしいそうっと広げるにつれ、折りひだから微細なほこりがたつ。若干の虫食いがあるとはいえ、いまだによく原型をとどめていた。狄《ディー》判事のような偉人がこの官帽に威儀を正して法廷に臨んだかと思うと感激もひ

骨董屋の怪

としお、わななく両手で押し頂くようにする。

理由はそれこそ上天のみぞ知るというやつだが、降ってわいた気まぐれゆえに、ふたつとないこの遺物をとるに足らぬわが頭《つむり》にのせ、顔映りやいかにと鏡をのぞいてみた。きれいに磨きぬかれた鏡も歳月を経て曇り、おぼろな影法師しか見えない。ところが、あいまいだった輪郭がみるまにくっきりしてきて、見たこともない顔がすさまじい形相で浮かび、らんらんと火を噴く目でこちらを睨みつけた。

とたんに鼓膜を破る雷が耳もとで炸裂、視界いちめん闇となり、底なしの穴をどこまでも墜ちる心地がした。それとともに、時間も場所もかいもく見当がつかなくなった。

気がつけば、たれこめた雲のはざまを縫うようにしてふわふわ宙を漂っていた。その雲が思い思いに人らしき形をとりはじめたかと思うと、どうやら一糸まとわぬ娘が男に手荒な凌辱を受けているとおぼしい場面が見えた。が、男の顔は見えない。駆けつけて娘を助けてやりたいのはやまやまながら、いかんせん手足が動かず、大声で助けを呼ぼうにも声すら出ない。そのうち次から次へとくりひろげられる酸鼻な光景にわが身をからめとられ、ある時はなすべなく傍観したかと思えば、またある時は贄《にえ》として苦痛に責めさいなまれた。よどんで悪臭を放つ水底へとゆっくり沈むさなかには、うちの愛妾たちに面ざしの似たきれいな娘ふたりが助けにあらわれた。それなのに、のばしてくれた手をつかもうとした矢先に私は奔流に押し流され、逆巻く渦の芯へとおもむろに巻きとられていった。そこではたと気づくと、今度は暗くて狭い場所に押し込められており、上から情け容赦なく重しをかけられて身体がつぶれそうだ。這い出そうと必死にあがき、活路を求めて周囲を手探りしたが、指に触れるのは継ぎ目とてない鉄壁ばかり。もう息ができないと思った刹那に重しがとれ、肺が新たな空気をむさぼる。ところが身じろぎしかけてぞっとしたことに、大の字なりに地べたに寝かされ手足を固定されているではないか。手首足首をいましめる太綱はそれぞれの途中あたりから灰色の霧に没している。その綱がぴんと張られる感触があったかと思うと、五体がちぎれるような激痛が四肢を駆け抜けた。筆舌に尽くせぬ恐怖が心臓をわしづかみにする。生きながら四つ裂きにされる！　断末魔の絶叫で、はっと意識がうつつに引き戻された。

われに返ると劉《リウ》の二階の床にぶっ倒れ、したたるほど冷汗をかいている。劉《リウ》はといえばわきに膝をつき、すっかり度を失った様子で声をはりあげて私を呼んでいる。さっきの古い判事帽は知らぬ間に脱げて、割れた鏡のかけらにまじって床に転がっていた。

劉《リウ》の介添えでわななきながら立って肘掛椅子に倒れこみ、すかさず口もとに茶をあてがわれた。なんでも、お茶の支度におりてまもなく、雷を合図に車軸を流すような夕立がきた。それで鎧戸を閉めに駆け上がってみたら、私が床に倒れていたのだとか。

かなりたつまで口もきけず、時間をかけて香り高い茶で少しずつ喉をうるおした。そのあと、急な発作がたまにあるのでなどと、ひとしきりとりとめない弁解をすませて輿を呼びにやらせ、豪雨をついて帰宅。道中、輿丁《こしかつぎ》が気をきかせて油単を輿にかぶせてくれたが、家にたどりつくころにはすっかりずぶぬれだった。

もう精根尽き果て、頭が割れそうだ。帰ったとたんにどっと寝ついた。胆をつぶした第一家内が医者を呼んだところ、熱で脳をやられておいでですとの診立てだった。

六週間は枕もあがらなかった。ご病中は医薬を司る神農さまのお廟に日参し、欠かさずお香を手向けておきました、全快できたのは一から十までそのおかげよと第一家内はさかんに恩に着せるが、それを言うなら実感としてはむしろ、片時も離れずにかわるがわる枕辺につきそい、腕ききの医者が出した薬を煎じて献身的に看病してくれた愛妾たちのおかげだろう。

どうにか起きられるようになったところで、ことの次第を医者に問いただされた。が、あの怪異は思い浮かべるだけでも耐えられず、それで急なめまいと説明するにとどめた。あちらは腑に落ちかねる顔ではあったが、医者だけあってその上食いさがったりせず、たださらりとこう言い置いて帰っていった——およそ高熱を伴うあのての脳炎というものは、惨死事件ゆかりの骨董などに触れてかかる場合が往々にしてあるのでね。それ自体が邪気を帯びているから、うかつに寄って触れでもしようものなら、精神《こころ》にゆゆしい障りをきたすんですよ。

明敏なこの医者が帰るのを待ちかねてすぐさま執事を呼び、これまでの蒐集品をひとつ残らず大箱四つに荷造りさせ、まとめて一奥様の実家《さとかた》の黄《ホワン》叔父上にお届けせよと命じた。第一家内はこの叔父の言いぐさを金科玉条のごとくしじゅう引き合いに出すが、その実態は訴訟沙汰が無上の喜びというけちで嫌味な小人、まったく鼻もちならない。ひたすら低姿勢な添え状までおまけにつけてやり、叔父上の底知れぬ律令知識に深甚なる敬意を表し、些少ながらこれまで小生が集めた犯罪関連の参考資料一式進呈いたしたく、と書き送った。これはぜひ言っておかないといけないが、前に小手先の法律知識をふりかざしてうまみのある地所を騙《かた》り同然にみすみす取られて以来、この叔父には大いに含むところがある。だから、あわよくば縁起でもないこんな品々に接するうちに度を越してしまい、劉《リウ》の店で私が味わったのと同じ目に遭う日が来ればいい、とひそかに思っている。

さて、それでは狄《ディー》判事の官帽を頭にのせた束の間に、身をもって味わった次第を、順を追って述べてみよう。こんな突拍子もない手段でかいま見た昔の三事件だが、どこからどこまで実話かはたまた熱病ゆえの勝手な妄想か、それは各位のご判断に委ねよう。ごめんをこうむって、考証などというしち面倒な手間は省かせてもらった。すでに述べた通りのいきさつで、犯罪がどうの探偵がどうのの世界からは、すっぱり足を洗ったのだから。こんな縁起でもない蒐集はもうたくさんだ。道楽なら、目下手がける繊細微妙な宋磁でじゅうぶん間に合っている。

政庁法廷の奥にしつらえた執務室で、新任地蒲陽《プーヤン》での初日を迎えた狄《ディー》判事はおそくまで行政関係書類を読みふけっていた。銅の大燭台一対のもと、机上にうずたかく台帳や書類が積んである。緑錦の知事官服と、黒繻子の官帽に灯がまたたく。時たま合いの手に、ゆたかな黒いあごひげをしごくか、長い頰ひげをなでるかすることはある。が、目下の書類から視線がそれて長く宙を泳ぐなどということは一度もない。

向かいの小机では腹心の洪亮《ホンリャン》が公判記録の仕分けをしている。骨と皮の老体に、しらがの不揃いな口ひげと貧弱なあごひげをたくわえ、着古した茶の衣に小帽をいただく。もうかれこれ夜中だがと気遣いながら、正面の机についた偉丈夫の主人の様子をうかがう。自分は昼過ぎからゆっくり休ませてもらったが、狄《ディー》判事の方は終日働きづめだ。鉄さながら鍛え上げた身体の持ち主なのは重々承知とはいえ、心配なものは心配だった。

そもそも洪《ホン》は父の代から狄《ディー》家に仕え、幼いころの判事はよく抱っこしてもらったものだ。長じては科挙受験の上京につきしたがい、役人になってからは赴任地に供をした。知事の任県も、この蒲陽《プーヤン》で三つめを数える。そのあいだ、洪《ホン》は一貫して腹心の相談役であり続けた。狄《ディー》判事の公私にわたって腹蔵なく意見をやりとりし、的確な進言をたびたびびした。おおやけの立場を与えようという判事のはからいで政庁の警部に任じられているため、世間ではもっぱら「洪《ホン》警部」で通っている。

洪《ホン》警部は山と積まれた記録に目を通しながらも、目が回りそうだった狄《ディー》判事の一日を胸のうちで反芻していた。午前中に妻子や召使を引き連れて蒲陽《プーヤン》に到着、その足で判事は政庁応接室へ、あとの家族は敷地の北にある知事官邸へ。さっそく第一夫人が執事の手を借りて荷おろしを監督し、新居を整えにかかった。狄《ディー》判事の方はといえば家事を顧みるゆとりもなく、前任者の馮《フォン》判事から政庁印を引き継がねばならず、その後に上級書記や巡査長にはじまって看守や門衛にいたるまで政庁職員全員を召しだした。そして昼には慣例にのっとって前任知事の送別宴をにぎにぎしく執り行ない、離任する馮《フォン》判事一行を見送って城外へ。政庁に戻ったら戻ったで地元名士たちが表敬訪問に次々と参上し、その応接に追われた。

執務室で夕飯を手早くすませたあとは裁判記録に専念、公文書室から革製の文箱を次々と書記たちにとってこさせ、二時間ほどで切り上げてさがらせた。が、当の本人は切り上げるなどまるで念頭になさそうだ。

それでもようやく台帳を押しやって椅子に背を預けると、

狄《ディー》判事は太い眉をあげてみせ、洪《ホン》警部に温顔を向けた。

「さてと、警部。熱いお茶でも飲もうか？」

すかさず洪《ホン》警部が立って脇卓の茶びんを取りに行く。給仕するさなかに、狄《ディー》判事がこう話しかけた。

「この蒲陽《プーヤン》県は天の恵みを存分に受けているな。記録を見ると洪水も旱魃もない肥沃な土地のおかげで農民にゆとりがあるし、国を南北に縦断する大運河の通り道だから、その恩恵を受けて商業が栄え、当地に多大な利益をもたらしている。西門外には良港があって官民の船がとぎれることなく、旅人の往来も切れ目なしで旅館は左うちわだ。運河や各支流には魚が多いから貧民が食うに困ることもない。また、かなりの規模の守備軍が駐屯して小商人や飲食店に金を落としてくれている。そういうわけで当県の民は何不自由なく、したがって納税も滞りない。

最後に、馮《フォン》前任判事はまじめな能吏にちがいない。記録文書はいちばん新しいものまで一枚も遺漏なく、登記簿もひとつも手落ちがない」

洪《ホン》警部が顔を上げて応じた。

「まことに文句なしの県政らしゅうございますな。前の漢源《ハンユアン》のような調子では、つねづね閣下のお身体が気づかわれてなりませんでした（『中国湖水殺人事件』の舞台）」

まばらな山羊ひげをたぐって続ける。

「公判記録をひととおり見ましたところでは、この蒲陽《プーヤン》は犯罪もまれなようで。起きた場合もしかるべく処理されております、決裁待ちが一件だけございますが。かなりたちの悪い強姦殺人ですが、馮《フォン》閣下は数日で片をつけておられます。未決事項がほんのわずかございますので、明日、関係書類をごらんください」

狄《ディー》判事は眉を上げた。

「警部、往々にして問題というのはそんな未決事項から出てくるものだ。その一件の話を聞かせてくれ！」

洪《ホン》警部が肩をすくめる。

「誰の目にも明らかな事件でございまして。裏店《うらだな》の肖《シャオ》なる肉屋の娘が自室で犯され殺されておりました。それが生前に王《ワン》と申します不良書生との密通が発覚し、肖《シャオ》肉屋に訴えられました。そやつの犯行なのははっきりしておりますが、馮《フォン》判事さまじきじきのお調べにもいっかな口を割りません。そこで拷問にかけましたが、自白までいかずに気絶しまして。なにぶん馮《フォン》判事さまのほうもすぐご転任の運びになり、尻切れとんぼになってしまったわけです。

下手人の目星はついて証拠もあり、あとは拷問で吐かせるだけで、もう終わったも同然の事件でございますな」

狄《ディー》判事はしばし黙りこみ、思案のていでひげをしごいた。

「ことの発端から残らず聞かせてもらいたい、警部」

洪《ホン》警部が気落ちする。

「あの、そろそろ夜中ではございませんか、閣下」と言いよどむ。「もうお休みになるほうがよろしいのでは？　この件につきましては、明日あらためてゆっくりごらんになっては」

狄《ディー》判事がかぶりを振る。

「駆け足で聞いた今のだけで、妙にひっかかる点が出てきた。行政文書をさんざ読まされたあとだ、口直しに難事件で頭の切り替えをはからんことには。おまえもお茶を飲んだらいい、警部、それで本腰すえてじっくり大筋を話してくれ」

あるじの気性はのみこんでいる。あきらめをつけて小机に戻ると、書類をいくつか見直した上で話しだした。

「ちょうど十日前の今月十七日、当政庁の正午法廷に、まちの南西角にあたる半月街で小さな肉屋をいとなむ肖富漢《シャオフーハン》なる者が、証人三名を同道して泣き泣き駆け込みました。南坊をあずかる高《カオ》坊正、肖《シャオ》の向かいで仕立屋をいとなむ龍《ルン》、それと肉屋同業組合の親方です。

肉屋の肖《シャオ》は訴状提出の上、受験生の王閑東《ワンシエンドン》書生を名指しで訴えました。やはり肉屋の近所に住んでいる貧書生です。肖《シャオ》の申立てによりますと、王《ワン》が一人娘の清玉《せいぎょく》を寝室で絞殺した上、金簪一対を盗んだとか。さらに、娘とはもう六カ月も前からわりない仲だったと申します。夜が明けて店を手伝う時間になっても娘がおりてこないので、そこではじめて殺しが露見したという次第でございました」

「その肉屋の肖《シャオ》というやつ、よほどの愚か者か、がめつい悪人だな！」狄《ディー》判事が口をはさむ。「堅気の家でありながら娘の不行跡を大目に見て、あいびき宿まがいの自堕落をさせるとは。そんなざまでは、強姦や殺人が起きたところでおかしくない」

洪《ホン》警部はうなずかなかった。

「いえいえ閣下、肖《シャオ》肉屋の説明を聞いたあとでは、事情はまた違ってまいります！」

2

半月街の事件を取り調べ
奇抜な所見に警部は驚く

狄《ディー》判事はゆったりした袖の中で腕組みした。

「先を続けてくれ！」

「その朝まで、清玉《せいぎょく》に男がいるなど肖《シャオ》は知りもしませんでした。娘が寝起きしていたのは物置の屋根裏にあった裁縫兼洗濯部屋で、店舗とはやや離れておりましたので。召使はおらず、女房と娘で手分けして家事をこなしておりました。馮《フォン》判事さまのお指図による現場検証では、娘の部屋で大声をあげても、肖《シャオ》の寝室や近所までは届きませんでした。王《ワン》秀才につきましては、都で名の知られた一門の出自とはいえ両親はすでに亡く、係累ともめたせいで財産をなくして素寒貧という境遇です。それで肖《シャオ》の向かいに店を出しております龍《ルン》老仕立屋の二階に下宿し、会試（地方で受ける二次試験）受験準備の片手間に界隈の商人どもの子らを教えて、どうにか糊口をしのいでおりますようなことで」

「それで密通はいつからか」と狄《ディー》判事がたずねた。

「清玉《せいぎょく》と情を通じ、娘の部屋で忍び逢うようになって半年ほどになります。夜中に窓から王《ワン》が忍びこみ、夜明け前にこっそり下宿に戻っておりました。十日ばかり前、このみそかごとを仕立屋の龍《ルン》に知られたとかで。龍《ルン》本人の申立てによりますと、よくもよくも面汚しなまねしやがって、肉屋の肖《シャオ》に言いつけてやるぞと王《ワン》をさんざんやりこめたそうです」

わが意を得たりと判事がうなずく。

「よくぞ言った、仕立屋！」

警部が手もとの書類を確かめる。

「どうやら王《ワン》というのは油断もすきもない悪《わる》でございますな。ひざまずいて仕立屋龍《ルン》をかきくどきまして、清玉《せいぎょく》とは切っても切れない相思の仲、会試に合格次第すぐさま絶対に婚礼をあげる。それなりの結納を渡し、新所帯に一軒家を構えてやれば肖《シャオ》さんの面子も立つ。さらに駄目押しをかけて、それなのに人に知られてしまえばなにもかもおじゃんだ、会試を受ける目もなくなり、娘の操をつぐなうすべもない、八方どちらを向いても丸損だと。

若いのにまじめな勉強家だ、この秋には合格まちがいなしと日ごろ王《ワン》に肩入れしていた龍《ルン》のこと、良家の出でいずれは官人さまという出世株が界隈の娘を見初めたというので内心鼻を高くしてもおりました。それでついついほだされて、おっつけ嫁にもらってくれるんなら、ここはことを荒立てずに半月ばかり目をつぶっておくさと約束しました。ただし、このさい清玉《せいぎょく》の素行を見極めておこうというので龍《ルン》はそれからずっと肉屋から目を離しませんでした。ですが清玉《せいぎょく》の男出入りはまちがいなく王《ワン》だけで、ほかに男はいなかったと申しております」

茶をすすった狄《ディー》判事が苦い顔をする。

「その一件をさしひいても、この三人――清玉《せいぎょく》、王《ワン》秀才、龍《ルン》仕立屋はそろいもそろって目に余る不届き者だな！」

警部と話し合う

「まさにその点を」と警部が述べた。「馮《フォン》判事さまはゆるがせになさらず、見て見ぬふりをした龍《ルン》仕立屋、それに家内監督不行き届きのかどで肖《シャオ》肉屋をそれぞれきつくお叱りになりました。

ともあれ、十七日午前に清玉《せいぎょく》が殺されたと聞いて、それまで王《ワン》に肩入れしていただけに可愛さ余って憎さ百倍です。龍《ルン》はすぐさま肉屋に駆けつけ、王《ワン》と清玉《せいぎょく》の件を洗いざらいぶちまけました。以下は本人の言葉です。『わしが不甲斐ないせいで、犬畜生にも劣るあの王《ワン》めが清玉《せいぎょく》をおもちゃにするのを見て見ぬふりをしとった。おおかた嫁にしてくれと迫られて思い余ったあげく手にかけ、行きがけの駄賃に金簪をくすねたんだ。そいつをもとでに、金のあるうちから女房をもらおうって算段なんだよ！』

肉屋の肖《シャオ》は狂わんばかりに怒り嘆いて高坊正《カオ》と組合親方を呼びにやり、額を集めて相談の末に下手人は王《ワン》だということに決まり、親方に訴状を書いてもらいました。その上でそろって出頭、王《ワン》の卑劣な罪をお上に訴えて出たという次第でございます」

「王《ワン》秀才はその時どこにいた？」狄《ディー》判事がただす。「まちの外に逃げだしたか？」

「いいえ、あっさり捕まりました。肖《シャオ》肉屋の聴取を終えると、馮《フォン》判事さまはさっそく王《ワン》逮捕の捕り手をさしむけられました。巡査どもが下宿の仕立屋に行ってみると、日はとうに中天を過ぎたというのに王《ワン》は寝床で高いびきです。そこを巡査たちがよってたかって政庁へ引ったて、法廷で肖《シャオ》肉屋の訴状を突きつけられました」

背筋を立てた狄《ディー》判事が机に両肘ついて身を乗り出し、熱をこめて、

「王《ワン》秀才の自己弁護はどうであったか、こればかりは聞かずにおれんな！」

洪《ホン》警部は書類を二、三選り出してざっと目でさらい、話を続けた。

「あの悪《わる》め、言いわけひとつきりでなんでもかんでもすませております。早い話がこういうことで――」

狄《ディー》判事が片手で押しとどめる。

「王《ワン》の口から出たありのままを聞きたい。記録を読み上げ

てくれ」

驚きをおもてに出した洪《ホン》警部が、何やら言いかけて思いとどまった。背を丸めて書類にかがみこみ、王《ワン》秀才の供述部分を拾い読みしていく。

「愚生は御前に跪拝しつつ、恥と無念にまみれております。悪評ひとつなかった生娘《きむすめ》と情を通じた件については、我ことながらいくら責めても責め足りません。そもそもの発端はと申しますと、日々座して古典籍に親しんでおりました下宿の部屋が、半月街の筋向かいで袋小路の入口にございました清玉《せいぎょく》の部屋とちょうど向かい合わせになっておりました。折に触れて窓辺で髪をくしけずる姿を見るにつけても、二世を誓う好配《よきひと》はあの娘をおいてなしと思いつめるに至りました。

つつがなく受験がすむまで思いだけにとどめておけば、八方丸くおさまったでしょうに！　仲人を立ててそれなりの結納を包み、清玉《せいぎょく》の父にもしかるべき慣習にのっとってこちらの真意を伝えられたはずです。それなのにある日のこと、横丁にひとりで出ていた清玉《せいぎょく》とばったり行き会い、こらえきれずについつい話しかけてしまいました。そして相手に脈ありと見てとるや、矩《のり》にもとづいてこの生娘をさとし導く立場にありながら、自らの欲望のほむらを娘にまで飛び火させ、もういちど路地で逢う段取りをつけました。じきに一度だけという条件で説き伏せ、夜這いをのませました。そして約束の深夜になると、はしごをかけて窓から入れてもらいました。しかるのちに、婚儀を経ずして堅気の娘とは相ならぬと天神地祇《てんしんちぎ》が定めた快楽をほしいままにしたのです。

これでけしからぬ意馬心猿の劫火は油を注がれたも同然に、以後も密会を重ねずにはいられませんでした。夜警や夜更けの通りすがりにはしごが見つかっては大変と思案し、清玉《せいぎょく》に頼んで、長い白布の片端を寝台の脚にくくりつけて窓から垂らしてもらいました。したで私が布をぐいと引けば、それを合図に窓を開け、布をたぐって上るのを手伝ってくれます。ひとに見られたところでただの布、取り込み忘れた洗濯物かと思われるのがおちでしょう」

ここまでくると狄《ディー》判事はこぶしで机を叩き、警部を中断させた。

「こずるい悪党め！」と、ひときわ怒声をあげる。「語るに落ちるぞ、まったく。いやしくも君子を志す儒者たるものが、やるにことかいて梁上君子《こそどろ》のまねごとか！」

「さきに申しましたように、閣下」洪《ホン》警部が言う、「王《ワン》は油断もすきもない悪《わる》でございます。ですが、とにかく先へまいります。

「ところがある日、仕立屋の龍《ルン》さんにばれてしまい、裏表のない人ですから肉屋の肖《シャオ》さんに話すぞとすごまれました。ですが無謀で愚かな私は、むしろ天の配剤に相違ないこの予兆を黙殺してあれこれ龍《ルン》さんを説き伏せた末に、とうとう他言無用の約束をとりつけました。

こうして半年近く密通を続けました。しかるのちに天網恢々、世にも情けない罪人の私ばかりか、かわいそうに罪のない清玉《せいぎょく》にも恐るべき天譴《てんけん》がくだったのでしょう。十六日の夜にも娘の部屋へ行く予定でした。ところが当日の午後になって受験生仲間の楊璞《ヤンプー》がうちにきて、都の父が誕生祝いに銀五粒送ってくれたんだ、ささやかだが、北坊の五味酒家に一席設けるから飲もうぜと申します。限界までしたたかに痛飲し、おひらきになって夜の外気にあたっているうち、ふと気づけば酔いが回ってぐでんぐでんです。清玉《せいぎょく》に逢うのはしゃっきりしてからと思い、ひとまず帰宅して一時間ばかり横になるつもりがうっかり踏み迷い、けさの払暁になってはたと正気づいてみれば、どこぞの屋敷あとに入りこんでとげだらけのやぶの只中に寝そべっているありさま。どうにか起きたもののひどい二日酔いで、あてずっぽうにあちこちしていたらどうにか大通りに出られました。帰るとまっすぐ部屋へあがり、寝床に倒れこんでまた熟睡です。そこへやってきた巡査にひったてられ、いずれは嫁となる娘がかわいそうに大変な災難にみまわれたと、ここではじめて聞き知った次第です」

ここでいったん音読をやめ、狄《ディー》判事の顔を見る。冷笑とともに述べた。

「以下、聖賢きどりの二枚舌めが結びの長広舌をふるっておりますぞ！

『薄幸のこの娘への所業許し難しとおっしゃるか、はたまたじかに手を下さないまでも娘の死を招いたのは私のせいだと仰せになるのでしたら、かりに閣下の下されるお沙汰が極刑相当であっても不服はつゆほどもございません。好配を喪《うしな》って闇となった世に、この先いたずらに永らえずにすみます。ただ娘の仇を討つためにも、家門の名にかけても、ただいま訴えの出ております強姦殺人の罪状は断じて認めるわけにはまいりません』」

記録を机上に戻し、指先でかるく叩きながら、

「卑劣な罪を犯しておきながら、お咎めを逃れようという魂胆は見え透いております。娘をたらしこんだという罪状をことさら言い立て、殺しは絶対に認めようとしません。嫁入り前の娘を傷ものにすれば、和姦でしたら竹棒五十打ですみますが、殺しとなると世のさげすみを一身に浴びての刑場送りだと百も承知でやっているのでございますよ!」

あるじの答えやいかにと顔を見たが、狄《ディー》判事からは何もなかった。お茶をおかわりして、悠然と飲んでから尋ねる。

「馮《フォン》判事どのは、王《ワン》の供述についてはなんと?」

警部が記録をあたってみる。しばらくして述べた。

「法廷では王《ワン》秀才にそれ以上尋問なさらず、すぐ続けて通常の取り調べに入られました」

「賢明な措置だ!」狄《ディー》判事が感心する。「現場検証の記録と、検死役人の所見を見つけ出せるか?」

洪《ホン》警部がさらに書類をめくる。

「はい、閣下、詳細はこちらに全部ございます。馮《フォン》判事と副官たちが半月街へ出向いておられます。屋根裏部屋の寝台に横たわって、十九歳前後の体格良好な娘の全裸死体がありました。顔はゆがんで髪を振り乱し、寝具はよじれて枕が床に放り出されております。長い白布が片端を寝台の脚に結びつけたまま床に丸めて放置され、清玉《せいぎょく》がなけなしの衣服を入れておいたたんすは開いていました。寝台と向かい合わせの壁に大きな洗濯だらいが立てかけられ、部屋のすみに割れ鏡をのせた使い古しの小机がありました。ほかには、寝台の手前にひっくり返っていた木の腰かけぐらいです」

「下手人を示す手がかりは何もなかったのか?」狄《ディー》判事が

さえぎる。

「皆無でございます。しらみつぶしに家探しをかけましたが、かけらも見当たりませんでした。清玉《せいぎょく》あての相聞詩が束になって見つかったぐらいです。むろん本人に読めるはずもありませんが、大事に包んで小机のひきだしに入れてありました。王《ワン》秀才の署名入りです。

検死でございますが、死因は扼殺と検死役人が述べております。被害者《がいしゃ》の喉首にふたつの長いあざ、これは両手で首を絞めたさいにあとがついたものです。ほかにも胸もとや両腕に力の限り抵抗した証拠とおぼしい青い鬱血がおびただしく見受けられます。最後に、痕跡からいって強姦されたのは扼殺前ないし扼殺中であろうというのが所見です」

残りにざっと目を走らせてさらに、

「以後数日にわたって、馮《フォン》判事さまは事実関係全般を丹念に検証しておられます。使いを出し――」

「枝葉ははしょってくれていい」判事が話をひきとる。

「馮《フォン》判事どのの仕事ぶりなら、手落ちのあろうはずがない。話のさわりだけ頼む。例えば例の酒場の祝宴、楊璞《ヤンプー》がどんなことを述べたかぜひ聞きたいものだ」

「王《ワン》の友人の楊璞《ヤンプー》ですが」警部が答える。「細部にいたるまで申立てを裏づけております。ただし異なる点があり、王《ワン》と別れたさい、泥酔というほどではなかったと申します。楊璞《ヤンプー》曰く〝ほんのりいい気持ち〟だそうで。ついでながら酔っぱらって寝たあげくに正気づいた場所とやらを王《ワン》は特定できませんでした。馮《フォン》判事さまは手を尽くして、巡査をつけて見込みのありそうな城内の屋敷跡をかたっぱしから回らせ、そのどれかの些細な点でも王《ワン》に見おぼえがあって裏がとれれば、と期待されたのですが、ことごとく空振りに終わりました。王《ワン》の身体には深いかき傷数本、衣にも最近できた破れ目が数ヵ所ございました。当の本人によりますと、いばらの茂みにはまりこんだせいだそうで。

そのあと、王《ワン》の住居をはじめ思いつく限りの場所を二日かけてくまなく探されましたが、盗まれた金簪一対は出てきませんでした。記憶を頼りに肖肉屋《シャオ》が大まかに描いた図が、記録のこの箇所に添付してあります」

狄《ディー》判事が手を出したので、洪《ホン》警部が添付の薄紙を外して執務机にのせた。

「昔のいい細工だ」狄《ディー》判事が評する。「双飛燕をかたどった対の留具か、手がこんでいる」

「肖《シャオ》肉屋によると、この簪は家宝だそうです。ただし身につけると不幸をもたらすとされ、ふだんはしまいこんであったのに、数ヵ月前から清玉《せいぎょく》がつけさせてとさかんにねだるので、かわりの安物を買い与える金もなし、じゃあこれでも、と肖《シャオ》の女房が渡してしまったとか」

判事は浮かぬ顔でかぶりを振り振り、「女というものは！」しばらくして尋ねた。

「それで、馮《フォン》判事どのの最終所見は？」

「これまでにひと通り集めた事実関係をまとめ」洪《ホン》警部が述べる。「おととい、あらためて要約しておられます。さきに述べましたように簪はまだ出てきませんが、安全な場所に隠すだけの時間的余裕はたっぷりあったのだから、それをもって王《ワン》が下手人でないとは言い切れんとお考えでした。王《ワン》の抗弁のうまさは認められましたが、だてに秀才を張っているわけでなし、高等教育を受けた文人ともあろうものが、もっともらしい作り話のひとつやふたつできなくてどうする、とも仰せで。

流賊の犯行という線は、妥当性なしと却下されました。半月街は貧乏な小商人しかいないというのは周知の事実で、百歩譲って物盗りが来たとしても押し込みをかけるなら肉屋の店か物置のはず、屋根裏の小部屋にわざわざ目星をつけたりしないだろう。それに密通を知っていたのは当人同士と龍《ルン》仕立屋だけだった。王《ワン》自身そう述べているし、どの証言も一致している、と」

記録から顔を上げた洪《ホン》警部が、かたちばかり笑ってみせた。

「龍《ルン》と申しますのは、閣下、じき七十でして。しかもよぼよぼで、あっという間に嫌疑が外れております」

うなずいた狄《ディー》判事が、ややあってこう口にした。

「馮《フォン》判事どのの告発文はどんなふうな言い回しだ？　できればそのまま読んで聞かせてくれ」

またもや洪《ホン》警部が書類にかがみこむ。

「下手人が身の潔白を再度主張すると、閣下は机をこぶしで叩いて一喝された。この犬畜生め、真相はお見通しだぞ！　おまえは酒場を出たその足で清玉《せいぎょく》のうちに行った。腑抜けに足りぬ度胸を酒の勢いでつけ、しばらく前からの本心を面と向かって口にしたのだ。おまえにはもう飽きた、これっきりにしたいとな。押し問答の果てに清玉《せいぎょく》は親たちを呼ぼうと戸口へ行こうとした。娘を押しもどそうともみ合ううちに、ふいと妙な気を起こして力ずくで手ごめにしたあとで扼殺した。悪辣なこの所業がすむとたんすを荒らして金簪を盗み、さも賊のしわざのように装った。さあ、ありていに罪を認めよ！」

　引用がすむと、洪《ホン》警部は顔を上げてさらにこう述べた。

「あくまで無実と言い張る王《ワン》秀才に、頑丈な鞭による重《じゅう》叩《たたき》五十打が仰せつけられました。ですが三十打で法廷の床にのびてしまい、鼻先で酢を熱して正気づかせても意識朦朧としておりましたので、それ以上の尋問は沙汰やみとなりました。その夜に、馮《フォン》判事さまあての転任辞令が届き、結審まであと一歩でしたが、最終公判記録に短い覚書の所見をつけていかれました」

「その覚書を見せてくれ、警部！」

洪《ホン》警部が書類の末尾を広げ、判事の席へ持っていく。

文面を目に近づけた狄《ディー》判事が読み上げる。

「熟慮検討の末、王閑東《ワンシェンドン》秀才の有罪は疑う余地なしとの結論に達した。しかるべく自白をとったのち、同じ死罪でもこの下手人には一段階厳しい刑の上申をお勧めする。蒲陽《プーヤン》知事　馮毅《フォンイー》」

狄《ディー》判事は記録をおもむろに巻いて閉じたあとで玉文鎮を手にとり、しばし漫然といじった。その間、机の前に控えた洪《ホン》警部がお声がかりをじっと待っている。

　ふと文鎮を置いて席を立ち、警部をじっと見た。

「馮《フォン》判事どのはまじめな能吏だ」と言う。「思うに、急な出発で事務繁多だったから、早とちりをしてしまったのだろうな。かりに時間的余裕があるときにじっくり腰をすえてこの件に取り組んでいれば、出た結論はまるで違ったはずだ」

　けげんな顔をする警部にかすかに頬をゆるめてみせ、やつぎばやに畳みかける。

「王《ワン》秀才が優柔不断で無責任な若造で、どうでもきついお灸が要るという点に異存はない。だが、清玉《せいぎょく》殺しの下手人ではない！」

口を開けて何か言おうとした洪《ホン》警部を片手でさえぎる。

「ひとまずここまで。その先は実地に関係者と会い、現場を検分してからにする。夜が明けたら、正午の回の公判で本件を再審問する。私なりにどんな結論に達したかは、そこでわかるだろうよ。

さて、いまは何時ごろかな、警部？」

「夜中を回ってだいぶになります、閣下」不審のいろを濃くおもてに出した警部が続けて言う。「白状しますと、王《ワン》を告発した本件に手落ちがあるようには到底思えませんが。夜が明けて、頭のはたらきがましな時分に、記録を一から読み直しておきます」

のろのろかぶりを振ってろうそくの一本をとりあげ、暗い側廊づたいに敷地の北にある官邸までの先導役をつとめようとする。

だが、その片腕に狄《ディー》判事が手をかけてひきとめた。

「いいよ、警部！　こんな時間に家の者を起こしては気の毒だ。一日中みんな大変だった——それに、おまえだって！　もう自室にひきとってくれ。私なら、この執務室の長椅子で寝るから。それじゃ、おやすみ！」

3

狄《ディー》判事が初の公判を開き
陶侃《タオガン》がさる寺の話をする

夜明け早々に洪《ホン》警部が朝食の盆を執務室に届けるころには、判事はとうに身づくろいをすませていた。

狄《ディー》判事はあつあつのお粥二杯に漬物を少し添え、熱い茶を警部にいれてもらって飲んだ。櫺子《れんじ》窓《まど》が茜に染まると、ろうそくを吹き消した洪《ホン》警部が緑錦の官服を判事に着せかけた。官帽用鏡台も脇卓にちゃんと出ていたので、狄《ディー》判事は上機嫌で鏡台のひきだしを開け、両翼の張り出した紗の判事帽をきっちりかぶった。

その間にも、巡査たちの手で銅鋲打ちの堂々たる政庁正門が開けられた。朝まだきというのに黒山の傍聴人がおもての路上に集まっている。肉屋の娘の強姦殺人のせいで、いつもは静かな蒲陽《プーヤン》城内が蜂の巣をつついたようになった。みんな、新任知事が事件にけりをつける場面を見届けたくてたまらないのだ。

たくましい門衛が門前の銅鑼を鳴らすのを合図に長蛇の列が院子《なかにわ》を通って法廷大広間に入場した。広間の奥に紅錦をかけてひときわ高くしつらえられた判事席に人目が集まる。じきに新しい知事閣下のおでましだ。

上級書記が机上に判事の七つ道具を並べた。右手の位置に二寸四方の知事印章と朱肉、朱墨用と普通の墨用に分けた硯二枚と筆をまんなかに置き、書記用の白箋や公用箋のたぐいは左に配置する。

判事席の手前に巡査六名が左右三人ずつ並ぶ。お上に畏怖の念を持たせるための小道具として、鞭や鎖や指締め具などをずらりと取り揃えている。やや離れて判事席寄りに、巡査長が立っていた。

ようやく判事席奥の幕が引かれ、狄《ディー》判事が登壇した。肘掛の席につき、かたわらに洪《ホン》警部が控える。

おもむろにあごひげをなでつつ満員の廷内をしばし見渡す。やがて狄《ディー》判事は警堂木で机を打ち、こう宣した。

「朝の公判を開廷する！」

判事が朱筆に手を伸ばす気配がないので、傍聴席に失望が起きた。下手人を御前に引きだせと指示する看守長あて書式はかならず朱筆で記すのだ。

狄《ディー》判事は上級書記に命じて県政日誌を提出させ、悠然と処理した。次に巡査長を御前に召し出し、政庁職員の経費を調べた。虫のいどころが悪そうに太い眉ごしに巡査長をにらみ、じれったげに言う。

「銅銭が一さし足りんぞ！　使い途を言え」

巡査長はごまかそうとしたものの、差額の言いわけは立たなかった。

「その分は手当からさっぴくぞ」判事がにべもなく言う。

そこで狄《ディー》判事は椅子に背をあずけた。洪《ホン》警部が出したお茶をすすりながら、傍聴席からなにか申立てがあるかどうか間を置いて見極め、ないとわかると警堂木を手にして閉廷した。

下壇して執務室に去ったとたん、口々に不満の声があがった。

「とっとと出てけ！」巡査たちがどなる。「目当てのもんはたっぷり拝んだろうが。そら、ぐずぐずすんな、おれら巡査にいつまでも公務の居残りさせてんじゃねえよ！」

人がすっかりいなくなると巡査長はつばを吐き捨て、やれやれとかぶりを振った。居合わせた若い巡査どもにこう言ってきかせる。

「おめえらはまだ若いんだ、悪いこた言わねえから商売替えしな！　このくそいまいましい蒲陽《プーヤン》政庁にいたんじゃ、到底まともに食っちゃいけねえよ。この三年ってもの馮《フォン》閣下にお仕えしてきたが、銀粒がなくなったぐれえでいちいち説明しろなんて誰に言われた？　まっとうな知事さんの下でまっとうに勤めを果たしてきたと、これまでは思ってたよ！　それが今度は狄《ディー》閣下に替わったと思ったら、上天よ助けたまえ、たかが銅銭一さしぐれえで目くじら立てやがる！　ひでえもんだ、おれら巡査は塗炭の苦しみってやつさ！　なあ、袖の下でどうとでもなるようなお気楽知事さんてえ方々は、どうしていつもいつも蒲陽《プーヤン》を避けて通るかな？」

巡査たちがぶつくさこぼしていたころ、狄《ディー》判事の方は着替えをすませ、くつろいだ普段着になっていた。介添えしたのはじみな青衣に茶帯をしめたやせっぽちの男で、陰気な馬面の左頬には銅銭大のほくろから五、六寸の黒い毛が三本伸びている。

これこそ陶侃《タオガン》、狄《ディー》判事の信頼あつい副官のひとりだ。つい数年前までいかさま師として危ない橋を渡って身過ぎ世過ぎをしていた。だから、いかさま賽や玉虫色の契約文言《もんごん》作成、印璽署名の偽造に錠前破りその他、生き馬の目を抜く詐欺の手口全般に通じている。かつて絶体絶命の窮地から判事に助け出されて以来、陶侃《タオガン》は性根を入れ替えて陰日向なく狄《ディー》判事に仕えてきた。機転がきき、いちはやく胡乱《うろん》なことがらを見破る天性の勘で、判事を助けて解決をみた事件も一度ならずある。

判事が執務机の奥におさまると、偉丈夫二名が入室してうやうやしく挨拶した。そろいの茶の長衣に黒い帯をしめ、先のとがった黒い小帽をめいめいの頭にのせている。こちらは馬栄《マーロン》と喬泰《チャオタイ》、やはり狄《ディー》判事の副官だ。

馬栄《マーロン》は上背が六尺をゆうに越え、肩つきは熊さながら、大きな肉づきのいい顔に短い口ひげだけ残して、つるつるに剃り上げている。巨体のわりに機敏でしなやかな身ごなしは拳法の達人特有のものだ。若いころは悪徳役人の用心棒だったが、さる後家さんを脅して金を取った雇い主の腐れぶりに堪忍袋の緒が切れ、半殺しの目にあわせた。それで当然ながら命からがら逃避行を余儀なくされ、緑林の兄弟つまり追剝一味に入った。あるとき都の郊外の街道で狄《ディー》判事主従を襲ったが、その人柄に打たれてすぐさま足を洗い、以後は忠実に仕えるようになった。まれにみる強さと度胸を併せ持つので、凶悪犯の逮捕はじめ一か八かの危険な任務に差し向けられることが多い。

喬泰《チャオタイ》は、「緑林」時代以来の相棒だ。拳法の腕は馬栄《マーロン》ほどではないが、弓や剣を扱わせたら達人で、しかも捜査に欠かせないねばり強さがある。

「さて、好漢諸君」と狄《ディー》判事が声をかける。「もうひとわたり蒲陽《プーヤン》巡回をすませ、まちの感じをつかんできたんだろうな」

「閣下」馬栄《マーロン》が答えて言った。「馮《フォン》閣下はさだめしいい知事さんだったんですね。ここの民はふところ豊かで不平もないです。どこに入ってもそこそこの値段でうまいもんが出ますし、地酒もいけます。ここなら命の洗濯ができそうですよ！」

喬泰《チャオタイ》もえびす顔で相槌を打ったが、陶侃《タオガン》の馬面だけはどうだかねと言わんばかりだ。ずっと無言ながら、頬のほくろに生えた長い毛をおもむろに指にすべらせる。狄《ディー》判事がちらとその方を見た。

「陶侃《タオガン》は異議ありか？」

「実を申しますと、閣下」と話し出す。「どうやらこの先、とことん調査しがいのありそうな案件に行き当たりまして。

このまちのめぼしい茶館をかたっぱしから見て回るついでに、いつものくせでこの県の財源に探りを入れてみました。じきに知れた話によると、運河輸送を扱う豪商が十数名と、大地主が四、五人おります。が、それでも北門外の普慈寺管長霊徳《れいとく》の財産に比べればけちなはした金だとか。新築なったばかりの巨大な伽藍をその男ひとりが仕切り、六十人からの禿頭どもを抱えています。ですがあの坊主めら、清らかに行ないすますどころか酒池肉林の遊興三昧、地所のあがりで働かんでも左うちわときてますよ」

「私見では」判事が横槍を入れる。「浮屠《ふと》とつきあう気はさらさらない。聖賢中の聖賢たる孔子と高弟たちの叡智ですっかり事足りているから、天竺から黒衣の夷狄が持ちこんだ教えなどをひねくりまわすまでもない。ところがかしこくも朝廷におかれては、民草教導の用をなすとあらば仏教も有益とのご叡慮から、仏僧および仏寺に対し手厚い庇護がくだされた。かりに栄えたとしても聖上のおはからいである、むやみな揚げ足取りは控えんといかんぞ！」

こんなふうに釘をさされても、陶侃《タオガン》はまだあきらめきれないらしい。

「さきほど、その管長が金持ちだと申しましたが」しばし言いよどんだ末に、もとの話を続ける。「金持ちなんて生易しいもんじゃなく、福の神その人と互角まちがいなしってほどですよ！　うわさじゃ、僧坊は王侯顔負けの贅を尽くしているとか。本堂の仏具はどれもこれもまじりけなしの金むく、おまけに――」

「枝葉はいらん」狄《ディー》判事がきつい口調で副官の話をさえぎる。「そもそもただの風評だろう。さっさと要点に入れ！」

そう言われて、陶侃《タオガン》はこう述べた。

「閣下、ことによると邪推かもしれませんが、あの寺のお宝はとりわけ薄汚い手口で集めたという気がしてならんのです」

「さてさて」判事が述べる。「面白くなってきたぞ。続けてみよ、ただし簡潔に！」

「あまねく知られた話ですが」陶侃《タオガン》は続けた。「普慈寺の主たる財源は御本尊の大きな観音菩薩像でして、百年はゆうに経た白檀彫りです。つい数年前まで、荒れ放題な境内の破れ本堂に安置されており、そばのあばらやに僧が三名居ついて堂守をつとめていました。参詣者もまばら、賽銭のあがりだけでは三人がすする日々の重湯にも足りません。足りない分はみなで毎日托鉢をしてまかなっておりました。

ところが五年ほど前、流れ者の僧が寺に住みつきました。なりはぼろでも押し出しのいい男前で、自ら霊徳《れいとく》と名のっておりました。かれこれ一年ほどで白檀の観音娘《さま》は霊験あらたかだ、あの寺にお参りすれば子のない夫婦に必ず跡継ぎがさずかるという評判がたちました。そのころにはおおっぴらに管長を自任していた霊徳《れいとく》がつねづね口をすっぱくしてご婦人方に申しますには、子を授けてほしいなら本堂の本尊正面に寝床をしつらえ、そこに泊まって夜っぴて願かけをしないとだめだ、と」

そこで聞き手の顔色をうかがって、さらに続けた。

「悪意の中傷を避けるために、管長はご婦人を本堂に入れたあとで扉を紙で封印し、その連れ合いに頼んで検印をおしてもらいます。そして、その一晩は連れ合いにも僧坊で泊まってもらい、あくる朝になるとお堂の封印をその手で破るように求められます。なにしろ、この寺ごもりのご利益がとてつもなくあらたかだったのであっというまに評判になり、やがて県内一円から子に恵まれない夫婦が尊像を拝みにくるようになりました。そして、めでたく宿願かなったあかつきには、結縁《けちえん》の感謝をこめて高価な品や大枚のお香代を寄進してゆきます。

じきに管長は本堂を豪壮な伽藍に建て替え、すぐに六十人を越した坊主どものために広い僧坊を増築し、境内は金魚池や人工の岩山をしつらえた美しい庭園に一変しました。昨年は一泊祈願の婦人向けに風流な亭《あずまや》をいくつも建てました。寺域のぐるりに高塀をめぐらして三層まばゆい山門を建てております。そちらはつい一時間ほど前に拝んできたばかりです」

ここでひと息入れて判事のことばを待ったが、なにも言われなかったのでこう述べた。

「この件について閣下のお考えがどうかは存じません。ですが、かりにてまえと同じことをお考えでしたら、どうみてもこのまま捨て置くわけにはまいりません！」

ここで狄《ディー》判事はひげをしごいて、考え考え口にした。

「この世には常人の理解を超える神変怪異も少なからずある。この観音菩薩像の霊力を否定しようなどとはつゆ思わん。だが、さしあたっては特に頼む仕事がないのだから、普慈寺の詳細をもっと集めてくれてかまわん。いずれ報告するように」

それから机上にかがんで、書類の山から文書の巻子《かんす》を選び出した。

「これは当政庁で目下懸案の半月街強姦殺人事件の記録一式だ。この事件については昨夜、ここで警部と意見を出し合った。この午前中におまえたち全員がこの記録を通読しておくよう勧めておく。興味深いこの一件を正午の公判で吟味してみたい。おっつけ気づくだろうが――」

こう言いさしたら、そこへ狄《ディー》家の老執事がはいってきた。鄭重に三拝し、口上を述べる。

「第一奥様のお申しつけで、お尋ねにあがりました。しばしのご都合がつくようでしたら、昼前までにご居室や書斎のしつらえをご検分いただければとのことです」

なんとか笑みらしきものを浮かべた狄《ディー》判事が洪《ホン》警部に言う。

「まったく、この蒲陽《プーヤン》に到着以来、わが家のしきいをまたぐ折さえまだないのだからな！　家内たちがいささかまごつくはずだよ」

そこで腰をあげた。拱手して威儀を正し、あらためて副官たちに申し渡す。

「昼の公判でおっつけわかるが、王《ワン》秀才への告発にはいくつか弱い点がある」

そう言い置いて、官邸への回廊をたどった。

4

秀才は御前に引き出され
判事は凶行の現場に赴く

正午開廷の銅鑼よりだいぶ前に狄《ディー》判事が執務室に戻ってくると、洪《ホン》警部以下三名が早くも顔をそろえていた。

官服に着替えて黒い判事帽をかぶり、壇上脇の戸口をくぐって入廷する。一見した感じでは、蒲陽《プーヤン》の民はけさがたの面白くもなんともない法廷に懲りていないらしく、傍聴席はびっしり埋まっている。

判事席につくと、巡査長に命じて肖《シャオ》肉屋を召し出した。進み出る様子をとっくり見た限りでは、実直がとりえのしがない小商人だ。ひざまずく肉屋にこう言葉をかけた。

「このたびの不幸、同情にたえない。家庭内の監督不行き届きについては、徳高い馮《フォン》前判事どのよりすでに譴責を受けたことだし、不問に付す。とはいえ、証言の中に裏を取りたい事項がいくつか出てきている。そんなわけであしからず断わっておくが、結審にはいま少しかかりそうだ。ただし断じて道理を枉《ま》げることなく、清玉《せいぎょく》の恨みはお上がたしかに晴らしてやろう」

恐れ入った肖《シャオ》肉屋が礼らしきものをぼそぼそ口にし、判事の合図とともに脇へさがった。

目の前の書類を確かめた上で狄《ディー》判事が命じる。

「検死役人をこれへ！」

ぱっと見た感じでは、検死役人はまだ若いながら頭の回転がよさそうだ。狄《ディー》判事が話しかける。

「記憶が鮮明なうちに所見をいくつか確認したい。まずは死んだ娘の身体的特徴全般を、自分なりの言葉でじかに説明してくれ」

「つつしんでご報告申し上げます」検死役人が答える。

「歳のわりに発育のいい大柄な女でした。家事の合間に店の手伝いもして、朝から晩まで働きづめだったとみえます。五体満足な働き者らしい丈夫な身体をしておりました」

「それで」狄《ディー》判事が問いをはさむ。「両手はよく見たのか？」

「もちろんです、閣下。馮《フォン》閣下のお心づもりでは、下手人の身元が割れそうな衣類の切れ端でも爪に残っていれば、とのことで、特に気をつけて細かく調べました。とはいえ実のところ、娘の爪は肉体労働をする庶民らしく短かったので、手がかりは残っておりませんでした」

うなずいた狄《ディー》判事がさらに下問する。

「報告書にあったが、被害者《がいしゃ》の喉に下手人の手のあとが青あざになって残っていたそうだな。指爪で押したあともあったとか。その爪あとについて、くわしく説明してくれないか」

検死役人はしばし考えて述べた。

「爪あとはごく当たり前の三日月型でした。深くはありませんが娘の肌に食いこみ、いくつかは傷になっていました」

「追加で詳しい事実が出たぞ」判事が言う。「いまのを記録しておくように」

検死役人をさがらせると、今度は王《ワン》秀才を召し出した。

巡査の手で御前に引き出された王《ワン》秀才に、射すくめるような目を向ける。儒者風にぞろりと青衣を着流した中肉中背の若者だ。身のこなしにもったいをつけてはいるが、猫背ぎみで貧弱な胸板からすると、箸より重いものは持たない手合いらしい。どうやら、一日の大半を書物に囲まれて過ごす本の虫とみえる。額はすっきりと秀で、好感の持てる賢そうな目鼻立ちながら、口もとに意志のもたらす勁《つよ》さがない。ぶざまにひっつれた裂傷が左頬に走っていた。

御前にひきすえられると、狄《ディー》判事が声を荒らげて叱りつけた。

「この悪党の王《ワン》め、文人の面汚しが！　特権を得て四書五経を学び、高邁な教えに触れながら、卑劣にも無垢な娘の無知につけこみ、あさましい劣情を遂げるためにすすんで知識を悪用して手玉に取るとは。あまつさえ、強姦殺人まで働くとは。情状酌量の余地はみじんもなく、法の許す限り極刑がふさわしい。言い訳なぞ聞く耳持たん、法廷の供述記録を読んだだけでいいかげん吐き気を催した。いくつか追加尋問する、くれぐれもありていに申し述べよ」

身を乗り出して手元の書類を一瞥したのちに口を開く。

「供述では、十七日早朝にどこぞの廃屋あとで目を覚ましたと言い張っておるな。そこで目にしたものを正確に言ってみよ」

「閣下」と、王《ワン》は口ごもった。「遺憾至極ながらご指示に沿えません。その時はまだ日の出前で、壁が崩れたらしいがれきの山が薄明かりにぼんやり浮いて見えただけです。周囲はどこもかしこもとげとげの茂みが伸び放題でした。はっきり記憶にあるのはその二点だけでございます。やっと自分の足で立ったころにはまだ頭が重くて目が定まらず、れんがに足をとられて茂みのとげに服をひっかけ、顔や体に傷をつけられました。念頭にあったのは、薄気味悪いそこをひたすら離れたいという一心でした。あてずっぽうで路地をいくつも抜けたのは何となく記憶にあります。うつむいて酔いをやりすごそうとし、かたがた前の晩にすっぽかしてしまった清玉《せいぎょく》のことが気づかわれ――」

王《ワン》秀才の取り調べ

狄《ディー》判事の合図で、巡査長が即座に王《ワン》秀才の口めがけて一発お見舞いした。

「うそをつくな！」判事がどなりつける。「無駄口をつつしんで、訊かれたことだけ答えよ！」そこで巡査どもに声をかけ、

「こやつの身体の傷あとを見せてみよ！」

王《ワン》の襟首を巡査長がつかんでぐいと立たせる間に、巡査ふたりがかりで手荒くもろ肌脱ぎにひっぱいだ。三日前の鞭刑で背中の生傷がまだふさがっておらず、王《ワン》が痛さに音をあげる。深い裂傷が胸から肩や両腕にいくつも走り、打ち身のあざもそこここに認められる。巡査長にうなずいて合図を送ると、巡査たちの手で王《ワン》がまたもとのようにひきすえられたが、剝いだ衣をわざわざ着せかけてくれるものはなかった。

判事が尋問を進める。

「密通の件を知るものは殺された娘と自分と仕立屋の龍《ルン》だけだと以前に明言しているな。どうみてもいいかげんな申しようだ。考えなしの胡乱なふるまいを通行人に見とがめられていたのに気づかなかった、そんな事態が絶対ないと言い切れるのはなぜだ？」

「仕立屋の戸口を出る前には必ず」王《ワン》秀才は答えた。「通りの端から端までずっと見渡し、ひとの気配に聞き耳をたてました。夜警がこっちへ来たりすると、通りすぎるまでじっと待つほかありません。それから急いで道を渡り、肉屋脇の暗い横丁に身を潜めます。そこまでくればひと安心で、かりに半月街を通る人がいても、しゃがんでいれば闇にまぎれられます。危険といえば窓へよじ登るときぐらいですが、近づく人が見えたら、窓辺に立つ清玉《せいぎょく》がいちはやく教えてくれる手はずになっておりました」

「文人の端くれが、夜闇にまぎれて下等なこそどろのまねごとか！」狄《ディー》判事が嘲笑する。「なんともご立派なざまだな。それにしても、何か肝を冷やすようなことがなかったか、よくよく考えてみよ」

ひとしきり頭をひねった王《ワン》秀才がおどおどと口にした。

「そういえば、かれこれ二週間前に薄氷を踏む思いをさせられました。渡るにさきだって仕立屋の門口で路上の気配

をうかがっていると、先導役の拍子木に率いられた夜警団が目の前を通り過ぎまして。その一団をやりすごして半月街を出るまでじっと待っておりますと、通りの出口にさしかかって折れていくのが、曲がり角にある方《ファン》医院の軒先の灯ではっきり見えました。

ですが、向かいの袋小路へするりと入り込んだとたん、唐突にまたもや夜警の拍子木が鳴りました、しかもぎょっとするほど近くです。思わずべったりと壁にはりつき、おこりのように震えながら闇のなかですくんでいました。そこではたと拍子木がやみ、万事休すだ、賊と勘違いされて大声で誰何《すいか》されるぞと覚悟しました。ところがなにも起きません。あたりに物音ひとつしません。ようやくのことで、空耳かこだまのいたずらだと見極めをつけ、身をひそめていた場所を出て、清玉《せいぎょく》の窓から垂れた例の布を引いて合図を送ったのでございます」

かたわらの洪《ホン》警部に頭だけ向けて、狄《ディー》判事はこう耳打ちした。

「新たな事実が出た。くれぐれもしっかり覚えておくように！」ついで王《ワン》秀才にすさまじい形相を向け、びしびし決めつけた。

「お上の時間を無駄づかいさせる気か！　そんな短時間で、夜警がはるか先へ行ってまた戻って来るわけがなかろうに」

今度は上級書記に向く。

「罪人王《ワン》にいまの陳述を読んできかせ、この公判の申立て内容を確認させた上で爪印をとれ」

上級書記が大声で筆記を音読すると、内容に相違ございませんと王《ワン》秀才が請け合った。

「爪印をとれ」狄《ディー》判事が巡査に下知する。

巡査がまたもや手荒に王《ワン》を立たせて硯《すずり》に親指を押しつけ、狄《ディー》判事が机端に押してよこした陳述書に押せと命じる。

がたがた震えながら王《ワン》が言われた通りにしていると、その手もとが判事の目をひいた。いかにも学者肌の繊細できれいな手の爪は、有閑文人らしく伸ばしてある。

「こやつを牢に戻せ！」どなった判事が席を立ち、憤然と袖をひるがえして壇をおりた。執務室への戸口をくぐるさい、傍聴席でぶつくさ不平を鳴らす気配が背中に伝わってくる。

「退廷だよ！　おら、とっとと出てけ！」巡査長がどなりつける。「幕がおりても粘ってられる芝居小屋じゃあるまいし。ぐずぐずすんな、それとも巡査に茶や菓子でも出してもらおうってのか？」

最後のひとりを法廷から押し出すと、巡査長は情けない顔を部下に向けた。

「ああああああ、この先どうなることやら！」と、声をかぎりに愛想尽かしする。「頭が回んねえ上に、ぐずな判事さんときた——朝な夕なにみんなして一心不乱に願かけたあげく、来たのがこれかよ。それにしたっていかになんでもあんまりな、どんくさいうえに人使いの荒い判事さんが上役なんてよ！　おまけに根っからのどけちだぜ。踏んだり蹴ったりだ！」

「閣下ってば、なんで拷問をなさらんかねえ？」若い巡査が不思議がる。「あんな本読み野郎のもやしっ子、締め木にかけるまでもねえや。鞭をいっぺん鳴らしてみせりゃいちころだろ。そうすりゃ、この事件もあっというまに一件落着だってのにさ！」

別のひとりが横合いから口を出す。「こんなのにもたもたした手間ひまかけてどうすんだか。あの王《ワン》のやつったら、尾羽打ち枯らしたすっからかんのけちな鼠だぜ。つてもねえのにどうやって袖の下を出させるってんだよ」

「まったくあの旦那もよう、気が利かねえにもほどがあるよなあ！」と、巡査長がこきおろす。「下手人は王《ワン》で決まりだってのに、まだ『裏をとりたい点がいくつか』あるんだと。さあてと、そろそろ厨房へ行こうぜ。あの食い意地張った門衛連中に残らず食われちまう前に、てめえの食いぶち分はがっつりもらっとこうじゃねえか」

同じころ、狄《ディー》判事はじみな茶の長衣に着替えて執務机の大きな肘掛におさまり、喬泰《チャオタイ》にいれてもらったお茶をいかにも充実した顔つきですすった。

洪《ホン》警部が入室してきた。

「警部、浮かぬ顔をしてどうした？」判事が問う。

洪《ホン》警部がかぶりを振った。

「民情を知りたくて、今の今までおもての雑踏にまぎれておりました。ありていに申し上げますと、閣下、今回の初回公判は民に不評でございます。あんなの訊いて何になるんだ。王《ワン》の自白を引き出すのが肝腎なのに、てんで的外れな閣下だねえ、と、口々に申しておりました」

「警部」狄《ディー》判事が言う。「良かれという一心での苦言だと重々わかっているからいいが、そうでなければ頭ごなしに一喝するところだぞ。かしこくも聖上《おかみ》の命を奉じて正道をつらぬくのが知事たる者のつとめ、人気とりは職務のうちに入っとらん！」

ここで喬泰《チャオタイ》をかえりみて、

「高《カオ》坊正を呼んできてくれ」

喬泰《チャオタイ》が出ていくと、洪《ホン》警部が尋ねた。

「王《ワン》が述べた夜警団の話を重要事実ととらえておいでですが、今回の犯行にそやつらが一枚噛んでいるとお思いなので？」

狄《ディー》判事は頭を振った。

「違う、そうじゃない。王《ワン》秀才が今日語った事実はご存じなかったとはいえ、ご同職の馮《フォン》判事どのは定石通りに現場付近に居合わせた全員を調べ、夜警からもきちんと事情を聞いておられる。夜警団の先導役本人と同行した配下二名はいずれもまったく無関係とわかった」

高《カオ》坊正が喬泰《チャオタイ》に連れられて入ってくると、御前で最敬礼した。

狄《ディー》判事がじろりと見る。

「このたびの醜聞ざたを起こした坊を預かるのはおまえか。管轄内で不法行為があれば、まっさきに責めを負うのは責任者たる自分たちだという心得がないのか？　もっと職務に精を出せ。昼夜わかたず見回りを行なえ、公職にありながら酒場や賭場で時間をつぶすでない！」

坊正はあわててひざまずき、額を三たび床に打ちつけた。

「ではわれわれを半月街へ案内せよ、実地にざっと現場を見てくる。大づかみにまんべんなく見ておきたいのでな。おまえ自身を別にすれば、いりような人手は喬泰《チャオタイ》と巡査四名だけだ。微行《おしのび》だから、おもてむきの指図役は洪《ホン》警部につとめてもらおう」

狄《ディー》判事は黒の小帽をかぶった。喬泰《チャオタイ》と高《カオ》坊正を先頭に、巡査四名をあとに従えて、政庁の西門をくぐって外に出る。

徒歩で大通りをまず南にとり、まちを守護する城隍廟《じょうこうびょう》の裏の塀にぶつかって西に折れた。ほどなく右手に孔子廟の緑したたる瓦屋根があらわれた。西坊を南北に両断して流れる川にぶつかり、橋を渡って対岸へ。道の舗装がこのあたりでとぎれ、貧民街にさしかかる。坊正の案内で左に折れると、道の両側とも吹けば飛ぶような小さな店やぼろ家だらけ。そこを出て、うねうねした裏の細道に入る。半月街とはこれだ。あれが肖《シャオ》の肉屋ですと高《カオ》坊正が指さして教えた。

店先で一行が足を止めると、物見高い連中が群がってきた。高《カオ》坊正がどなりつける。

「こちらは政庁のお役人がただぞ、知事閣下のご命令で現場の実地検分に来られたんだ。見せ物じゃないんだ、さっさと散れ！　お上の御用だ、邪魔するな！」

見れば店はうんと細い路地の口にあり、そちらに面した壁には窓がまったくない。物置はそこから一丈ほど奥にある。店舗から物置まで続く壁面があり、娘のいた屋根裏の窓は、その壁面の上辺からさらに数尺上になる。路地をへだてて向かいの角地は同業組合の会所で、のぞき穴ひとつない脇塀がずっと上の方まで人目をさえぎる。そこからいま来た道を振り向けば、路地口の向かいは龍《ルン》の仕立屋だ。そっちの屋根裏から斜《はす》に路地をのぞけば、娘の部屋の窓がよく見える。

洪《ホン》警部が高《カオ》坊正をつかまえてお約束の事情聴取をしているすきに、判事が喬泰《チャオタイ》に命じた。「あの窓までよじ登れるか、ためしにやってみてくれ！」

喬泰《チャオタイ》が笑顔で長衣の裾をからげる。脇塀のいただきに跳びつき、はずみをつけて腕力で上体を引き上げ、れんががいくつか抜け落ちて開いた穴に右足をかけた。そうしておいて身体ごと壁にへばりつき、窓枠に手がかかるまで慎重に背伸びする。さっきと同じ要領で上体を引き上げ、窓敷居を越えて中に入った。

下から狄《ディー》判事がうなずくのを合図に窓枠をつかみ、はずみをつけて外にぶらさがる。そのまましばし、やがて手を放して五尺かそこら落ちるにまかせ、拳法では「胡蝶花戯」の名で知られる受け技を用いてふわりと地面に降り立った。

殺された娘の部屋にぜひともご案内を、と高《カオ》坊正が申し出たが、狄《ディー》判事がかぶりを振ったので、洪《ホン》警部はにべもなくこう述べた。

「目当てのものは見尽くした。これで戻らせてもらう」

帰りはのんびり歩いた。

坊正がいんぎんに挨拶して辞去すると、狄《ディー》判事が警部に、

「いましがた目にしたもので、疑問点の裏がとれた。馬栄《マーロン》を呼んでくれ！」

やがて馬栄《マーロン》がやってきて頭を下げた。

「馬栄《マーロン》、難しい上に危ない任務だが、どうしてもおまえにやってもらうしかない！」

とたんに破顔した馬栄《マーロン》がやる気まんまんで、

「閣下、なんなりと！」

「任務だが」狄《ディー》判事が述べる。「下賤な流賊に身をやつしてくれ。そのなりでまちの浮浪者のたまり場に出入りし、道士くずれか乞食坊主、さもなければそのなりで人目をあざむく無頼を探せ。目当ての男は、がたいがよく腕っぷしもある――といってもな、おまえが緑林時代につきあったような好漢義賊の面々とは似ても似つかん。荒れた生活ででたらめの限りを尽くしたあげく、あたら生まれ持った素質を腐らせてしまった、箸にも棒にもかからん外道だ。指の爪は折れて短く、すこぶる握力が強い。いざ出くわしたらどんななりかはわからんが、おそらくぼろぼろの頭巾外套だろうな。ただしひとつ確かなのは、乞食坊主のごたぶんにもれず、『木魚』を持っているはずだ。しゃれこうべをかたどった木製で、往来で坊主が叩いて人寄せをするあれだよ。そいつを見分ける決定打としては、現在あるいはつい最近まで、金むくで珍しい細工の簪一対を所持していた。大体はこの絵の通りだ、しっかり頭に入れておけ」

「それだけわかれば充分です」と馬栄《マーロン》。「ですがこの男、なんて名で、どんな罪をはたらいたんですか？」

「会ったことはいちどもない」笑いながら狄《ディー》判事が言った。「だから、名はわからん。だが、罪状なら。肖《シャオ》肉屋の娘を

犯したあげく手にかけた下劣な無頼だ！」

「そんな仕事なら望むところですよ！」大声で勇み立ち、馬栄《マーロン》はあわただしく出て行った。

その指示にひたすら度肝を抜かれていた洪《ホン》警部が、ここにきてようよう声をあげた。

「閣下、私にはもう何が何やら！」

だが、狄《ディー》判事は上機嫌でこう言うにとどめた。

「私が見聞きしたことは、おまえも見聞きした。そこから自分なりに結論を出したらいい！」

5

陶侃《タオガン》は寺へ参詣に出かけ
三僧まんまとひっかかる

いっぽう、陶侃《タオガン》は午前中に執務室をさがったあとで着替え、控え目ながら上品な服に無位無官の文人が好む紗帽を合わせた。

このいでたちで北門から城外を散策、小体な料理屋を見つけて質素な昼飯を頼んだ。

二階の窓辺に席をとると、櫺子窓《れんじまど》から普慈寺の反り屋根が一望できた。

勘定をすませるかたわら給仕に話しかける。

「まあ、ずいぶん立派なお寺もあったもんだねえ！　あんなにみ仏のご加護があるんなら、きっとさぞかし道心堅固なお坊さんぞろいなんだろう」

　給仕がさもさも不平がましく、ふんと鼻であしらう。

「道心堅固かなんかしらんがねえ」と答える。「折あらばあの禿どもの喉をかっさばいてやりてえって亭主どもなら、この県にひとりふたりじゃききませんぜ」

「ちっとは物言いに気をつけてもらおうか！」陶侃《タオガン》がわざと怒ったふりをよそおう。「はばかりながら、このわしは仏《ぶつ》・法《ぽう》・僧《そう》の三宝に深く帰依しておるのだぞ」

　給仕は露骨にへそを曲げ、陶侃《タオガン》が卓上に置いた心づけに手も触れなかった。そいつをしめしめと袖に戻して店を出る。

　いくらも行かぬうちに山門にたどりつき、石段をあがっていって門をくぐる。門番小屋に詰めていた役僧三名を横目で盗み見る、と、向こうのほうでも詮索がましくじろじろ見ていた。それをしりめに悠然と通り抜け、そこではたと足を止めて袖を手探りし、さも途方にくれたように左右をきょろきょろした。

　三人のうちで年長の役僧が近寄ってきて、いんぎんな物腰でたずねる。

「そちらさまには、拙僧でなんぞお役に立てることでも？」

「これはこれはご親切に、お坊さま」陶侃《タオガン》がそう応じる。「日ごろみ仏に深く帰依しておりますもので、些少ながら観音さまに寄進の品でもと思い、はるばるまかり越しました。ところがあいにくと細かいものの用意がなくてお香代が出せません。しょうがないのでここはいったん出直し、お参りのほうは折をみてまた他日にということで」

　言いながらぴかぴかの銀錠を袖から出し、たなごころで目方をみた。

　役僧がつりこまれるように銀錠に見惚れ、われに返ってあたふた申し出る。

「よろしければお殿さま、香代ぶんはこちらでご用立ていたしましょう！」

　門番小屋に駆け込んで銭五十さしを二つ持って出てくる。その厚意を陶侃《タオガン》はかたじけなく受けた。

　第一院子《なかにわ》には艶のある甃《いしだたみ》を敷きつめ、その院子《なかにわ》をはさんで風雅な客殿が軒をつらねる。手前に輿が二丁止まり、坊主や下男がさかんに行き来していた。院子《なかにわ》をもうふたつ抜けたところで正面に本堂が見えてくる。

広大な院子《なかにわ》に大理石を彫り上げた甃《いしだたみ》をしきつめ、三方に大理石の露台をめぐらした本堂がひときわ高くそびえていた。広い階《きざはし》をあがって露台をつっきり、高い敷居をまたいで薄暗い内部に入る。鍍金《めっき》の台座に安置された観音の白檀像は高さ六尺余、祭壇に並んだ金色の香炉や祭具一式が、対の大灯明の光を受けてまばゆい。

陶侃《タオガン》はつつしんで三拝し、付近の坊主どもの目をはばかって大きな木の賽銭箱に右手で金を入れるまねだけした。そのかたわら、さっき用立ててもらった銭二さし入りの左袖を賽銭箱の枠に当ててことりと音をさせ、箱の底に銭が落ちたらしく見せかける。

しばらく手を合わせたのち、また三拝して本堂を出て右手に回る。そのさきの門は行き止まりになっていた。開けようかなと思案しているうちに坊さんがあらわれた。

「もうし、旦那さまは管長にご面会の方で?」

あたふた言いつくろって引き返す。あらためて本堂を左手へ回りこむと、ひさしつきの広い回廊に出た。その先は狭い階段になっている。降りてみると小さな戸口に但書があった。

これより先、当寺関係者以外はご遠慮ください

低姿勢なお願い文をあっさり無視して通ると、りっぱな庭があらわれた。花咲く植え込みや凝った石組みを縫うように小道が続くかなたに小さな亭が点在していた。そちこちの緑の葉蔭から青瓦葺きの屋根が光り、朱塗りの垂木がのぞく。

参籠の女客を泊める宿坊はここだなと当たりをつけるや、陶侃《タオガン》は大きな茂みふたつの陰にそそくさと身をひそめ、いっちょうらの上衣を脱いで裏返し、また着込んだ。この上衣は特殊な仕立てになっていて、裏返せば粗い麻地に不細工なつぎはぎだらけの作業着に早変わりする。紗帽は折り畳み式で、脱いだら袖に入れてしまっておける。ありあわ

せのぼろで頭をおさえ、衣の裾をからげて脚絆をさらす。しまいに袖から出したのは、細く巻きしめた青布だった。

これは陶侃《タオガン》独自の工夫による、無数の仕掛けのひとつだ。ひろげると、荷物の持ち運びによく使われるありふれた布袋になる。ま四角の布に妙なひだや余計なへりがいろいろついており、中にしくんだ細い竹ひご十二本の組み合わせをそれぞれ違えると、変幻自在にどんな形にもできる――かさばる洗濯物包みから、書籍入れの長方形の箱までいろいろだ。波瀾万丈だった昔は、こんな仕掛けがちょいちょい大活躍したものだ。

竹ひごをちょいちょいと組んで、大工道具の包みに見せかける。まもなく変装が一丁上がり、さきほどの包みを小脇に抱えると、いかにも重そうに肩をいくぶん傾げて小道をたどった。

こぶだらけの老松の木陰にたたずむ風雅な亭に出た。銅を打った朱の双扉は開け放され、新発意《しんぼち》ふたりが箒を使っている。

高い敷居をまたいだ陶侃《タオガン》が、無言でまっすぐ奥壁ぎわにすえた大寝台へと向かう。しゃがんで何やらぶつぶつ言いながら、大工用の間尺ひもを出して寝台の寸法を計りだした。

新発意《しんぼち》の片割れが声をかけ、「なんだい、また模様替えなんか要るんだ？」

「大きなお世話だよ！」陶侃《タオガン》がけんつくを食わす。「大工風情に銭の二、三枚出し惜しんだってしょうがないだろ！」

新発意《しんぼち》どもが笑いながら出ていき、邪魔が消えたとたん、陶侃《タオガン》はすっくと立って探りにかかった。

奥壁の高みに子供でも通れないほど小さな丸窓を別にして、あかりとりは一切ない。さっき仕事にかかるふりをした寝台は、堅い黒檀むく材に凝った彫りを施して螺鈿をちりばめたものだ。ぜいたくな錦織の上掛けと枕がそろい、紫檀に彫刻をほどこした脇卓に茶炉と上等な磁器の茶道具が出ていた。左右のうち片側の壁面いっぱいに、絹地に目もあやな彩色をほどこした仏画の観音さまがかかり、向かいの壁ぎわにすえた紫檀の化粧台に香炉と大灯明一対がのせてあった。ほかは低い腰かけだけだ。新発意《しんぼち》どもが戸を開け放って掃除をすませたばかりなのに、残り香がまだくどいほどだった。

「さあてと」と、小声で自分に言い聞かせるように、「まずは隠し戸のありかを見つけ出さんと」

まっさきにどこより怪しい場所——掛軸裏の壁に行く。そこらじゅうを叩いて音を調べ、羽目板のすきまなど隠し戸にありがちな特徴を探したが、なにも見当たらない。そちらがすむとほかの壁もしらみつぶしにあたり、寝台をどけてなめるように壁面をみた。化粧台によじ登って小窓周辺を探り、見せかけより一回り大きな開け口が巧妙に隠されていないか調べてみた。だが、これまた空振りだ。

隠しからくりの本職を自認する陶侃《タオガン》としては、いたく癪に障る事態だった。

「古屋敷だったら床に落とし戸をはめこんであったりもしようが」と考える。「この亭ができたのはつい去年だろ。おおかた、坊主どもの手でこっそり壁に隠し戸を仕掛けたんだろうが、地下道なんか掘ってみろ、どうしたって外部にもれずにおくものか。そうは言っても、あともう思いつくのはそこしかないよ」

寝台手前にのべた厚い絨毯を巻き上げ、四つん這いになって床の甃《いしだたみ》を一枚ずつ小刀ではがしてみた。それでも収穫はない。

長居するわけにもいかず、ここはいったん出直さざるを得ない。頑丈な双扉の蝶番に仕掛けでもと思いつき、出がけに手早く確かめた。だが、どこにも変わった点はない。ため息まじりに扉を閉め、錠もいじってみたが堅牢この上ないときている。

庭道で坊主三名とすれ違ったが、相手の目には大工のおやじが不景気づらして道具袋を抱えて行く姿しか映らない。

さっきの庭門脇のやぶで、もとの服装に戻って人目につかぬうちに抜け出した。

あちこち院子《なかにわ》をぶらつきがてら僧坊のありかも見届け、参籠客の亭主を泊める客殿も見かけた。

山門に戻って門番小屋に寄ると、来た時と同じ役僧が三人ともいた。

さっきの年長の坊さんに袖の銭さしを出して返そうともせず、陶侃《タオガン》はいけしゃあしゃあと礼を述べた。「さきほどはご用立ていただいて助かりました、ご厚意痛み入ります」

立ち話もなんだからと招じ入れられ、まあお茶でもと言われてその言葉に甘える。やがて方卓のぐるりに四人しておさまり、仏寺につきものの渋茶をすすった。

「あんたら」陶侃《タオガン》がくだけた話しぶりになって言う。「よっぽど銭を使うのがおいやとみえる。せっかく銭二さしをご用立ていただいたが、とうとう手つかずじまいですよ。だって、お香代のばら銭を出そうにも、縄のどこにも結び目がないときてはねえ。ほどくにほどけんじゃないですか」

「お客人はおかしなことをおっしゃる。その銭さしを見せてもらえますか」若い坊主の片割れが言った。

陶侃《タオガン》が袖から出した銭さしを受け取り、縄目に沿って手をすべらせる。

「そうら！」と勝ち誇る。「これが結び目じゃなけりゃ、なんなんです？」

陶侃《タオガン》はろくすっぽ見ずに銭さしを奪い返すと、今度は年長の坊主に、

「これぞ外道の妖術だね！　銭五十賭けますか、結び目がない方に？」

「のった！」さっきの若いのが申し出にとびついて大声をあげる。

陶侃《タオガン》は銭さしを持って宙に振り回してみせ、その坊主に渡した。

「さ、結び目を見せてもらおうか！」

坊主三人がかりで目の色を変えて縄を手探りしたが、銭のすきままでいちいち調べても結び目は一向にあらわれない。

悪びれる様子もなく銭さしをまた袖にしまった陶侃《タオガン》が、今度は銭一枚を卓に投げだしてこう言った。

「そいじゃ、いまのご損をつぐなう機会をあげようか。この銭を回してみて、裏が出たら銭五十を進呈するよ！」

「よっしゃ、のった！」年長のがそう応じて銭を回す。裏

仏寺での小手調べ

が出た。

「それでおあいこだね」と陶侃《タオガン》。「だけど、おたくさんらにご損をかけちゃ悪いやね。よかったらこの銀錠、銭五十枚とひきかえに譲ろうか」

そう言いながらまたもやあの銀錠を出し、たなごころで重みをはかる。

ここまでくると三人とも頭の中がすっかりごちゃごちゃだ。年長の坊主は陶侃《タオガン》のおつむりを少々疑ったものの、かといって百分の一値で銀の延べ棒をせしめる絶好の機会を逃がしてたまるかというわけで、卓上に銭さしをもう一本出した。

「いい買い物をしたねえ」陶侃《タオガン》が述べる。「こいつは上等だし、おまけに持ち運びがいたって楽なんだ！」

そこで銀錠にふっと息を吹きかけると、ひらひら舞って卓上に落ちた。錫箔でうまいこと見せかけてはいるが、その実はまがいものだ。

卓上の銭さしをちゃっかり取り込み、袖から別のを出してみせる。そちらの縄は変わり結びになっているのだと、坊主どもに実地に教えてやる。指先でぐいと押せば、銭の四角い穴にすべりこんでぴったり納まり、繰ってもはずれない。だから、上から指でなぞったってわからないのだ。おしまいに、ついさっき回した銭を裏返してみせた。こちらの面も裏だ。

そこで、ようやく陶侃《タオガン》が本職のいかさま師とわかった坊主たちがいっせいに笑いだした。

「いい勉強したねえ、あんたがた」陶侃《タオガン》がしれっと言う。「銭百五十枚だけのことはあるよ。

じゃあ、このへんで本題に入らせてもらうか。世間のうわさじゃ、この寺はべらぼうにもうかってるそうじゃないか。だからいっぺん様子を見せてもらおうと思ってたのさ。

なんでも、いいうちからずいぶんお参りに来るんだそうだねえ。うまい具合に、こちとらは舌三寸と目のつけどころがとりえでね。自分で言うのもなんだが、これぞという客の目星をつけるとか、奥方のお泊まりに二の足踏んでる亭主連中なんかの背中を押してやる係に、おれなんかどうかなと思ってさ」

年長の坊主に首を横に振られてしまい、あわてて言い足す。

「見返りの額ならそんなにこだわらんよ。そうだなあ、たとえば紹介客のお布施から一割とか」

「あのねえ、あんたさん」年長の坊主がつっぱなす。「一から十まで、でたらめを吹き込まれたんだよ。うちをねたむ輩がたまにひどい噂を流しているのは知ってるがね、根も葉もないつくり話さ。あんたの場合は稼業が稼業だから、何でも悪い方にとるのはまあわかるがね。この件ばっかりは勘違いもいいところさ。わしらの幸いはなにもかも観音さまのお恵みですよ、やれありがたや」

「悪く思わんでくれよ」陶侃《タオガン》が言いつくろう。「知っての通り、疑うのも商売のうちでね。ふうん、そいじゃおこもりの女子《おなご》衆《し》があとでかれこれ言われんよう、ちゃあんと手を打ってあるんだろうね」

「そりゃあそうだよ」年長のが相槌を打つ。「なにより、うちの霊徳《れいとく》管長さまは受け入れにすごくやかましいんだ。初めてご参詣の方は、まず客殿で管長さまが膝つきあわせて面談なさる。帰依の深浅にはじまって懐具合やら、あとはまあ言うなら毛並みね、ちょっとでも胡乱なふしがあれば、その場でお引き取りいただく。それで本堂でご夫婦そろって供養をすませたら、ご亭主もちで管長さま以下の長老がたにお斎《とき》のふるまいがある。こいつがいつもちょっとした散財でね。どんなに控え目に見積もっても、うちの庫《く》裡《り》をあずかる典座《てんぞ》（まかない僧）は、腕も素材も最高ずくめだから。

しまいに管長さまのご案内で、ご夫婦を奥の亭にお通しする。あんたは見ておられまいけど、どこに出しても恥ずかしくないほど贅をつくしてあるのさ、今のはそっくり本気にしてもらってかまわんよ。六軒あってね、さっき本堂で拝んでこられた御本尊の白檀像を等身大に写したありがたいお軸がどこの壁にもかかってるのさ。奥さん方はそこで一泊して観音さまに願かけするってわけさ、ありがたや！　で、奥方が入られたらご亭主の手で戸締りして外から鍵をかけてもらい、その上から管長さまが細長い紙を貼ってご亭主に封印するよう言われる。ご亭主以外にこの封印を破れる道理はない。なんとなれば、あくる朝になって戸を開けるのはほかならぬご亭主だからな。うしろ指さされる種がどこにもないと、これで得心いったかな？」

陶侃《タオガン》がしょんぼりかぶりを振った。

「まことに残念ながら、あんたの言う通りらしい。ときに、参籠して願かけしても甲斐がなかったらどうなる？」

「そんなことになったとして」乙にすまして答えた。「それは奥方に雑念があったせいか、御本尊への信心が足りんというだけのこと。やり直しをされる方もたまにはおいでだがね、たいていは一度限りで、二度とはおみえにならんなあ」

頰の長い毛をひっぱりながら陶侃《タオガン》がさらに尋ねた。

「月満ちてようやく子をさずかったあかつきに、普慈寺のおかげが忘れられたりはせんのだろ？」

「ああ、そんなこたあない」にやりと笑う。「寄進の金品用にわざわざ輿を仕立てる場合だって、ないわけじゃない。で、こんなちょっとしたご挨拶をはしょろうもんなら、管長さまから奥方のほうに使いが行って、寺のおかげを忘れておいでじゃありませんか、とひとことお知らせするのが普通だね」

もう少し坊主どもとよもやま話をしたものの、これといって収穫はなかった。

それで、やがて陶侃《タオガン》はそこを引き揚げ、回り道して政庁に戻った。

6

広州の老女は凶行を訴え
判事は憂慮を耳打ちする

政庁に戻ってみると、狄《ディー》判事は係争中の小さな地所の件を上級書記や公文書係と吟味中だった。

陶《タオ》侃《ガン》の入室をみとめ、人払いの上で洪《ホン》警部を呼びにやる。陶《タオ》侃《ガン》はにせ銀錠と銭さしの目くらましだけは伏せたが、あとは細大漏らさず寺での見聞を報告した。話が終わると狄《ディー》判事がこう言った。

「さて、これで疑惑にけりがついた。おまえの目をもってしても亭に隠し戸が見当たらなかった以上は、その坊主の言い分をのむしかないな。観音像の霊験はほんもので、信心篤い婦女の切なる祈りに感応して子を下したまうのだろう」

警部も陶《タオ》侃《ガン》も、判事のこのことばに愕然とした。

「まち中どこでも、あの寺にまつわるとかくの噂でもちきりです」と、陶《タオ》侃《ガン》が食い下がる。「どうか、私でなければ洪《ホン》警部を再度やって、さらにくまなく探らせてくださいませ」

だが、狄《ディー》判事はかぶりを振った。

「残念だが、出る杭は打たれるというのは世の常だ。普慈寺の調査はこれにて打ち切る！」

洪《ホン》警部が再説得しようとしたが、狄《ディー》判事の口調から無駄だと察した。

「それに」と、判事が言い添える。「馬栄《マーロン》が半月街の下手人探索中だ。応援が要るようなら、いつでも出られるよう、陶《タオ》侃《ガン》に待機しといてもらわんと」

見るからに失望した陶《タオ》侃《ガン》が何か言いかけたとき、銅鑼の大音声が政庁内に響きわたり、立った狄《ディー》判事が午後の法廷にそなえて身支度にかかった。

傍聴席はあいかわらず満員だった。正午に途中で切り上げた王《ワン》秀才の審理の続きをやるのだろうと、みな心待ちにしている。

狄《ディー》判事は点呼をすませるや、広間を埋めつくす群衆をじろりとにらんだ。

「蒲陽《プーヤン》の民は当政庁の裁きにいたく関心を寄せているようだな。この際だからおおやけに注意を申しておく。一部、不逞の輩が県内で普慈寺にまつわる悪質な風評をまいているのは、すでに注目しておる。ゆえなく人をそしり、おとしめる行為に対しては律令ではっきり刑罰が定められていると、知事からみなにあらためて申し渡しておく！　法にたてつく輩は、法による報いを必ずや受けるのだ」

ついでさきほど検討した小さな地所の係争関係者一同を召し出し、やや時間をとって結審に持ち込んだ。半月街事件の関係者は一人も呼ばれなかった。

終盤にさしかかるころ、入口あたりがざわついた。

狄《ディー》判事が目下の案件書類から顔をあげると、人ごみをかきわけて老婆が出てこようとしている。判事の合図で巡査長が二人の巡査を連れて迎えに行き、御前に連れてきた。

上級書記が狄《ディー》判事に耳打ちする。

「閣下、あれは妄想で訴えをでっちあげ、馮《フォン》閣下を何ヵ月もわずらわせたいかればあさんです。悪いことは申しませんん、お取り上げにならないのがいちばんかと」

狄《ディー》判事はそれには答えず、近づく女を鋭く見守った。もうかなりの歳で、足が不自由らしく長い杖をついていた。着古してはいるものの、洗濯のきいた長衣にきちんとつぎがあててある。顔立ちには侵しがたい気品があった。

膝をつこうとしたので、狄《ディー》判事がわきの巡査を身ぶりで促した。

「老病者は当政庁ではひざまずかずともよい。立ったままで、姓名および用件を申し述べよ」

老婆はていねいに一礼すると、かぼそい声で述べ出した。

「いやしき手前は梁《リャン》夫人欧陽《オウヤン》氏と申します。広州商人梁凱《リャンイー》豊《フォン》の後家にございます」

ここでふっつり声をとぎらせ、滂沱の涙とともに枯木のような身体を揺らして嗚咽した。

広州なまりが強く、判事には聞きとりにくかった。さらに、本人はどうみても供述に耐える心身状態ではない。それで、こんなふうに言葉をかけた。

「いかになんでも、ご老体をこの場に長く立たせっぱなしは不都合きわまる。お話は執務室で伺おう」わきに控える洪《ホン》警部をかえりみて、こう命じる。「小さいほうの応接室に案内して、お茶を出せ」

老婆が行ってしまったあとは、通常政務を数件こなして閉廷した。

執務室で洪《ホン》警部が待っていた。

「閣下、あの女はどうも普通ではございません。茶を一杯飲むとほんのしばらく落ち着きを取り戻し、一家もろともひどい不法行為を受けてきたむね、筋道だてて話しました。そこでまたもや涙ながらに取り乱しましたので、私の一存ながら、官邸におります女中のばあさんを介添えとなだめ役によこしてもらいました」

「いい判断だ、警部」と判事が言った。「すっかり楽になったところで、聴取に耐えるか否か見極めをつけよう。たいていの場合、そんな者たちの言い立てる不法行為なるものは、錯乱した自分の心が作り上げただけなのだが。とはいえ、かりにも公正なお裁きを乞いに当政庁へ来た者を、ろくな吟味もせず軽々に追っ払ったりしてはいかん！」

狄《ディー》判事は椅子を立ち、手を後ろに組んで行きつ戻りつしはじめた。洪《ホン》警部が御心配の件は何でしょうと言いかけた矢先、判事の足が止まった。

「今ちょうど二人きりだ、腹心の相談相手たるおまえにだけは、普慈寺の件で本音を打ち明けておきたい。近く寄れ、人に聞かれるとまずい」

声を低く落とし、狄《ディー》判事はこう続けた。

「調査を続けても仕方ないのはわかるだろう。そもそも決め手の証拠がまず入手不可能だ。いつもは大いにあてになる陶侃《タオガン》の才覚をもってしても隠し戸が見つからなかったのだからな。それにどんな手を使ったかしらんが、坊主どもが悪評の通り非道をはたらいたとして、犠牲になった女が表立ってやつらに不利な証言をする見込みはない。そんなことをしたら自分もろとも連れ合いが世のあざけりを受け、子どもの出自まであれこれ取りざたされる。さらに、これはくれぐれも他言無用だが、もっとよんどころない事情があるのだ」

警部に耳打ちせんばかりにして続ける。

「最近、都から憂慮すべき報が入った。これまで着々と力をつけてきた仏教一派が宮廷内にまで食いこんだらしい。黒衣の徒党め、女官たちの大量改宗に始まり、今度はうまうまと聖上の大御心までとらえ、世人を惑わす教義にじきじきの庇護をとりつけた。

都の総本山たる白馬寺の長老は政事堂《せいじどう》（宰相を含む主要省庁の長による閣議）の一員に推挙され、一味の徒党が宮中および国事一般に口出しをはじめ、いたるところに手先を放っている。国や聖上のお為を思う忠臣たちはそろっていたく憂慮している」

顔をしかめてなおも低い声で続けた。

「こういう次第で、かりに私が普慈寺の吟味に手出ししようものならどうなることか？　相手はただの鼠ではない、全国規模の強力な組織だ。たちまち仏教一派は管長に肩入れし、手段を選ばず援護にかかるだろう。宮中で策動をはじめ、余波はこの州一円にあまねく及んで、要路にはもれなく金品がばらまかれる。たとえ異論の余地ないほどの確証を提出したとしても、吟味に手をつけるよりさきに遠い辺境へ左遷されるだろう。それどころか、でっちあげの罪をきせられ、鎖につながれて都へ護送されたとしても不思議はない」

「では、閣下」洪《ホン》警部は憤懣やるかたない。「手も足も出ないということでございますか？」

悲しげにうなずき、しばらく考えこんだあとで狄《ディー》判事がため息まじりに言った。

「吟味の着手から解決、罪状宣告、処刑にいたるまで――一日でこれ全部をやってしまえさえすればなあ！　だが、知っての通り律令ではそんな独断専行は許されん。かりに完璧な供述がとれたところで、死刑には都の認可が要るし、州と府を経て上聞に達するまで何週間もかかってしまう。それだけ時間があれば、報告を握りつぶして訴えを却下したのち、私に汚名を着せて官界追放など、仏教一派には朝飯前だろう。ほんのかけらでいい、社会からこの病根を取り除く成算が少しでもあるのなら、官職ばかりか我が身さえ喜んでなげうつのだが。だが、どうやらそんな好機は永遠に巡ってこなさそうだ！

ところで警部、くれぐれも命じておく、いまのは一切他言無用、この件に関して二度と質問するな。この政庁にも管長の息のかかった者がまちがいなくいるはず。普慈寺がらみの話は口に出すのもまずいと心得るように。

さてと、話を聞いても大丈夫そうか、ちょっと老夫人の様子を見てきてくれ」

洪《ホン》警部が老婆をつれて戻ってくると、狄《ディー》判事は机の向かいに楽な椅子をしつらえてすすめ、ねんごろに声をかけた。

「老いの身でそんな苦境に立たされたなど、まことに忍びないものがある。ところで、婚家の姓は梁《リャン》だとさきにうかがった。が、お連れ合いの亡くなられた事情や、あなたの蒙った不法行為についてはまだ詳細をうかがっていない」

わななく手で袖を探った老婆が色あせた錦でくるんだ手記を出し、つつしんで判事に捧げ、とつとつと口上を述べた。

「何とぞ、こちらの文書をお調べになってくださいませ。なにぶんの歳で、近ごろは頭の中がもつれたようになってしまって、ごくわずかの間しかはっきりいたしません。そんな次第で、わが身や家族が今まで受けたひどい不法行為については、初めからのご説明がもうできなくなりました。すべてはそちらの文書でお読みいただければと存じます」

言い終えると椅子にもたれてまた泣きはじめた。

洪《ホン》警部に濃いめの茶を出すよういいつけておいて、狄《ディー》判事は包みをほどいた。中にはいかにも古びて黄ばんだ文書がぶあつく巻いてある。最初の一枚を広げて読んだ。書き手の素養のほどがしのばれる端正な筆跡で連綿とつづった美文の訴状だった。

目通しした限りでは、内容はいずれも広州名門の豪商梁《リャン》と林《リン》の血なまぐさい確執の記録だ。ことの発端は林《リン》が梁《リャン》家の嫁を犯した事件だった。それからというもの、林《リン》は容赦なく梁《リャン》一家を追いつめ、財産を奪った。末尾の日付を見て驚いた狄《ディー》判事は、思わず目を上げた。

「奥方、この文書の日付は二十年以上前ではないか！」

「非道への恨みは歳月を経ても消えやらぬものでございま

す」老婆は静かに答えた。

他の文書にも目を通したが、時期が違うだけでどれもこれも同じ事件の流れだ。最新の日付は二年前になっている。だが、新旧どれの末尾にも、「証拠不十分につき棄却」と、担当知事の決裁が朱筆ではっきり書いてあった。

「どれもすべて広州で起きた事件のようだが」狄《ディー》判事が尋ねる。「ふるさとを離れたのはどういうわけで？」

「蒲陽《プーヤン》に参りましたのは」老婆が言った。「主犯の林範《リンファン》がたまたまこの地に居を構えたからでございます」

この名前に聞き覚えはなかったので、書類を片づけながら優しくこう言った。

「この記録はこちらでよく注意して読んでみよう。何か結論が出たらすぐお呼びするから、その後のことについてご相談に乗るとしよう」

のろのろと立った老婆が深く頭を下げた。

「長の年月、このひどい不法行為をつぐなうすべを講じてくださるような知事さまをひたすらお待ちしておりました。天のお慈悲でようやくその日が巡ってまいりました！」

老婆を見送った洪《ホン》警部が戻ってくると、狄《ディー》判事がこう言った。

「ざっと見た感じでは、学も頭もある悪人がおおぜい他人を陥れて私腹を肥やし、当然の処罰をのらくら免がれて今日にいたる、という、難事件によくある話だろうな。あの老刀自はあきらかに、悲嘆と絶望がこうじておかしくなってしまったのだ。相手方の論拠に不備を見出だせるかどうか疑わしいが、この書状をていねいに読んでやるのが、こちらにできるせめてもの心づくしだろう。読んでみたところ、この件を手がけた知事どのの中には、名の知れた律令の権威で大理寺（都の中央裁判所）の現職にあるお方の名も最低ひとりはまじっている」

そののち陶侃《タオガン》を呼びにやり、副官のしおれた顔に明るく声をかけた。

「元気を出せ、陶侃《タオガン》。坊主の周辺を嗅ぎまわるよりましな仕事ができたぞ。さっきの梁《リャン》ばあさんが住む界隈へ行き、本人と家族に関する情報を集められるだけ集めてこい。それと、林範《リンファン》という金持ちを探し出してほしい、このまちのどこかに住んでいるはずだ。そっちについても報告をくれ。どちらも広州生まれで数年前に越してきた、という事実を頭に入れておくと、参考になるかもしれん」

洪《ホン》警部と陶侃《タオガン》が退室後、狄《ディー》判事は上級書記に命じて通常政務書類をとってこさせた。

7

馬栄《マーロン》は荒れ道観を発見し
大立ち回りで死闘を制す

馬栄《マーロン》のほうはその午後に狄《ディー》判事の執務室をさがるとまっすぐ居室に戻り、見てくれを数ヵ所ちょいちょいといじっただけで別人のように化けた。

帽子をとり、髪をふりさばいて汚れたぼろでまとめる。だぶだぶのずぼんにはきかえ、なわきれで両足首にすそを縛ってとめる。つぎはぎだらけの短い上衣をはおり、仕上げに布底鞋《ぬのそこぐつ》をわらじに替えた。

こんな怪しげななりで政庁の脇門を忍び出て、おもての雑踏にまぎれる。その風体を人々が目にするや、あたふた通り道をよけるのを見てよしよしと悦に入る。やってくると、行商人らは習い性で商売ものをかかえこんで隠すようにした。そのさまに馬栄《マーロン》はしばし茶目っけを起こし、わざとすごみをきかせてこわもてぶりをいかんなく発揮した。

だが、任務については思ったほどあっさり片づくものではないとじき思い知った。浮浪者相手の道ばたの露店でまずい飯を食い、すぐ横のごみ溜めがぷんぷん臭う、酒場というより穴ぐらのようなうちで下等な粕酒をひっかけながらお涙頂戴の身の上をこれでもかとされ、はした金の寸借もいやというほどもちかけられた。だが、そんなのはまちと名のつく土地の路地裏に行けばどこでもごろごろしているけちなちんぴらで、罪といってもせいぜいかっぱらいやすり程度だ。これまでの感触からいって、組織の傘下に組み込まれ、裏街道の動向を逐一おさえている地廻りの三下どもはまだお出ましではないらしい。

灯ともしごろになって、ようやく運が向いてきた。道ばたのとある屋台で、またもやひどい安酒を無理して一口ずつ流しこんでいたら、そこで飯をかっこんでいた乞食二人連れの話がひょっこり耳に入ってきたのだ。どこぞに着物を盗むいい穴場はねえかと片方のやつに聞かれて、相棒がこう答えた。

「そらあおめえ、朱道観の連中に訊いてみな、一発だぜ！」

下層民のごろつきどもは荒れ道観の周辺に集まりたがるきらいがあるにはある。それは百も承知だが、朱塗りの門や扉はたいていの道観につきものだし、なにぶん着いてまだ数日にしかならないこのまちで、目当ての道観をどうやってつきとめたものか途方にくれた。北門近くの市場へ行く途中で、浮浪児の首根っこをつかまえて『朱道観』へ案内しろとすごむ。ぼろ着の子供は口答えせずに迷路のような細道を縫って辛気臭い広場へ案内し、そこで身をよじらせて手をふりほどくと一目散に逃げていった。

夜空を背にした道観の大きな朱門がまっ正面に立ちはだかる。古びたお屋敷の高塀が両側から視界をさえぎり、塀の足もとにずっと木造のあばら屋が、どれもこれもかしいだりよろけたりしながら身を寄せ合っている。道観がにぎわったその昔は参詣客目当ての露店だったのだが、さびれ

申八《シヨンパ》との出会い

た今はごろつきどもが勝手に住みついたというわけだ。

院子《なかにわ》のそこらじゅう汚物やごみが散らばり、破れ衣のじじいがありあわせの炭火と安油で餅《ピン》を揚げるすえた臭いとあいまって吐き気をもよおす。壁の割れ穴にさしこまれてくすぶるたいまつの薄明かりで、車座の一団がうずくまって賭けごとにうつつを抜かしているのが見えた。

馬栄《マーロン》はそいつらの周囲をうろついてみた。もろ肌脱ぎになって太鼓腹をせりだしたでぶが、伏せた酒がめに腰かけて壁にもたれている。のびほうだいの髪やあごひげが脂と垢でかたまっている。太い帆柱さながらの右腕をふしくれだった棍棒にあずけ、左手で腹をぼりぼりかきながらも、薄目を開けて賽の目の行方をぬかりなく追っている。地べたでは、やせっぽち三人がしゃがんでさいころ盤を囲み、他の連中は思い思いに周辺の暗がりに身をひそめている。

馬栄《マーロン》はしばらくそこに立ったまま、目で勝負を追っていた。連中はこちらに目もくれない。胸中で話の糸口を探しあぐねていた矢先、酒がめに座る大男が顔も上げずにいきなり声をかけてきた。

「その上衣、ちょっくら着させてもらうぜ、兄弟!」

ふと気づけば、周囲の目がいっせいにこちらを見ている。ばくち打ちの一人がさいころをかき集め、背をのばして立ちあがった。上背では馬栄《マーロン》に負けるが、むきだしの腕はまちがいなく鍛え上げており、腹巻きからあいくちの柄頭が突き出ている。にやつきながら馬栄《マーロン》の右側に寄ってきて、あいくちをもてあそんだ。でぶが酒がめからおみこしをあげてずぼんを引き上げ、嬉々としてつばを吐くと、棍棒を握って馬栄《マーロン》の正面に仁王立ちした。

横目づかいにこう述べる。

「兄弟、神叡観へようこそお参り! こう考えたら見当はずれかい? ふいと信心がきざして、お供えする気になって神様んちに来たんだろ? その上衣ならまちがいなく善根が施せるってもんだぜ!」

そう言いながら、すぐにでも打ちかかる構えをとった。

場の状況はひと目で読めた。さしあたっての脅威はでぶの右手にある物騒な棍棒と、右手の男が引き抜いたあいくちだ。でぶが話し終えるのと同時に馬栄《マーロン》は左腕を飛ばし、敵の右肩をつかんで親指で急所を押さえつけ、棍棒を持つ腕の利きをしばらく封じた。でぶがあわてて左手で馬栄《マーロン》の左手首をつかんで引き寄せ、膝を蹴り上げようとした。が、ほぼ同時に馬栄《マーロン》が右肘を曲げ、前方に振りかぶって後ろへ振り切り、あいくち男の顔に決めてかすれ声とともに地に沈めた。そのまま今度は前に突き、がら空きだったでぶのみぞおちあたりに痛烈な一発を見舞う。でぶは馬栄《マーロン》の左手首を放し、地べたに二つ折りであえいだ。

あいくちを持った男をもうちょっと構ってやらんとだめかな、と、確認がてらふりかえろうとした馬栄《マーロン》の背中につぶれそうな重みがかかり、万力のようにたくましい腕が後ろから喉首をぐいぐい締め上げた。

馬栄《マーロン》は鍛え上げた首をうつむけ、あごで敵の腕を押さえつけると同時に背後を手探りした。左手は服をちぎるにとどまったが、右手がうまく片脚をつかんだ。渾身の力でその脚を前に引いて身体ごと右へ倒す。両者どちらも地面に倒れたが、馬栄《マーロン》のほうが上にいて、相手の腰骨もくだけよと全体重を尻にかけて押しつける。万力がゆるんだとたんに馬栄《マーロン》がはね起き、どうにか立ってあいくちで突きかかる相手をかろうじてよけた。

よけながらあいくちを持つ手首をつかみ、腕をねじりあげてすかさず背負い投げをかけ、大きく弧を描いて投げとばした。男は壁に激突してそのまま空の酒がめに墜落、粉みじんにしてのびてしまった。

馬栄《マーロン》があいくちを拾い、壁越しに放り捨てる。物陰にひそむ面々のほうを向いてこう言った。

「ちょいと手荒にしちまったかしれんがな、兄弟、あいくちを使う手合いにゃ堪忍袋も切れるって！」

それに答えて、どっちつかずのつぶやきがあがる。

でぶはまだ時折、唸り声や悪態を合いの手に入れながら、地べたでさかんに吐いていた。

馬栄《マーロン》がそのひげをつかみあげ、ぶん投げて背中から壁にぶつけた。どさりと音を立てて落ちたでぶが、口もきけずにへたりこんだまま目ばかりぎょろつかせる。

かなりしてからかすれ声を出せるようになった。

「さあて、いうなりゃ挨拶のやりとりもすんだことだし、卒爾ながら兄貴のご尊名やら稼業を聞かしちゃもらえませんかい？」

「おれの名か」馬栄《マーロン》がさらっと答える。「栄宝《ロンパオ》ってんだ、すっ堅気の行商人だぜ。街道筋を売り歩くのさ。それで、けさもはよから、おてんとさまが顔出してすぐに大店の旦那に出くわした。おれんとこの品物がことのほかお気に召してな、銀三十粒で買い切りだよ。そこでこの道観に駆けつけ、線香あげて神さんに礼でもしようと思ったわけだ」

これにはみなが腹をかかえ、さっきの首絞め屋の卵が晩飯はすんだのかと声をかけてきた。まだだというとでぶが油餅《ユウピン》売りに向いてどなり、みなで炭火を囲んで車座になり、にんにくをきかせて揚げた油餅《ユウピン》を食った。

でぶは中八《ションパ》と名乗った。胸を張って自ら言うには、まちの無頼みなから一目置かれて束ね役をつとめるかたわら、乞食同業組合の顔役もしている。子分どもを連れてこの道観の門前に住みついて二年になる。ここは前だいぶにぎわってたんだが、なんかまずいことがあったらしい。道士らがいなくなると、お上が道観を閉鎖しちまった。ここは静かでいいとこだよ、それでいてちょっと歩けばまちのど真ん中に出るし。

馬栄《マーロン》のほうは、いまちょいと困ってんだと中八《ションパ》に打ち明けた。銀三十粒は安全な場所に隠したものの、商人が政庁に訴え出たかもしれんからなるべく早くまちを出たい。重い銀包みで袖をぶらぶらさせてまちの往来を歩くなんざふるふるごめんだ。わけなく肌身につけて持ち歩ける小間物類と換えたい。多少は損したってかまわん。

中八《ションパ》がもったいつけてうなずく。

「兄貴、そいつはいい用心だ。だがね、銀は仲間うちじゃめったに出回らん。おれらが取引つったらふつうは銭だわな。それでだな、銀と同等でもっとかさばらんもんにとくりゃ、そりゃもう金しかないって！　はっきり言うがな、兄貴よう、縁起のいい山吹色ったら、おれら風情にゃ一生に一度でもお目にかかりゃあ御の字だぜ！」

まあ、めったに拝めんお宝だわなと相槌を打ったあとで、馬栄《マーロン》はさらにつっこんだ。もしかして、いいうちの女どもが輿から落っことした金の小間物を乞食が拾ったりせんとも限らんよ。「そんなたなぼた、あったらすぐ知れわたる。乞食同業組合の顔役ってんなら地獄耳だろ」

おざなりに腹をかきかき、申八《ションパ》が相槌を打った。まあ、かりにそんなことになりゃ、まんざらそうならんでもないけどねえ。

投げやりで、やる気のなさが透けてみえた。

袖を探った馬栄《マーロン》が銀粒をつまみ出し、たなごころに受けて、たいまつの光にちらつかせながら重さをたしかめる。

「銀三十粒を隠したとき」と彼は言った。「お守りに一粒だけとっといたのさ。話《なし》をつけてもらう仲介料て名目で、前金でおさめてもらっちゃいかんかね」

馬栄《マーロン》の手から、申八《ションパ》が目をみはるほどすばやく銀粒をひったくった。そして満面の笑顔で、

「兄貴のためだ、及ばずながら力になるぜ。明日の晩また来いや！」

馬栄《マーロン》は礼を述べ、できたての仲間にほがらかに声をかけてその場をあとにした。

8

判事は同役歴訪に出かけ
半月街の事件を解説する

政庁に戻ってくると、馬栄《マーロン》はさっさと着替えて正院子《にわ》に出た。執務室にまだ明かりがみえる。

狄《ディー》判事は洪《ホン》警部となにやら相談していたが、馬栄《マーロン》の入室に気づくと話を打ち切った。

「さてと、なにか出たかな？」

馬栄《マーロン》は申八《ションパ》と出会った次第をかいつまんで報告し、さっきまとめた口約束の話もした。

狄《ディー》判事は喜んだ。

「じつに幸先いいな」そう述べる。「初日にいきなり下手人に大当たりしたら。手始めとしては上々の出来だ。しか

るべき筋からその情報が裏世界を駆け巡り、今ごろは当人と連絡《つなぎ》がついているはずだ。そのうちに串八《ションパ》がなくなった簪の手がかりを知らせてよこし、そこから下手人の身元が割れるとみてまちがいなかろう。

ところでおまえが入って来る前に警部と相談し、明日から私は近県の同僚たちにあいさつ回りに出かけるのがよい思案だろうということになった。おそかれ早かれすませなくてはならない儀礼なら、時期的にも今がよかろう。二、三日ほど蒲陽《プーヤン》を留守にする。その間おまえは引き続き半月街の下手人探しに注力してくれ。必要とあらば喬泰《チャオタイ》に探索の応援を命じよう」

単独のほうがいいというのが馬栄《マーロン》の意見だった。ふたりして同じことをかぎ回ったら、あらぬ疑いを招くのがおちだ。判事もその言い分をみとめて馬栄《マーロン》をさがらせた。

「天の助けでございますな」洪《ホン》警部がぽつりと言う。「閣下が一日二日でもお留守になさって政庁が閉まれば。そうすれば、王《ワン》秀才の吟味をいったん中断する名目がりっぱに立ちます。うわさが大きくなっておりますので。王《ワン》秀才は知識階級、ひきかえ殺されたのはしがない貧乏商人の娘だ、だから閣下は王《ワン》をかばっていらっしゃるのだと」

狄《ディー》判事がひょいと肩をすくめて言った。

「ともあれ、夜が明けたら武義《ウーイー》へ向けて発つ。あくる日はそこからまっすぐ金華《チンファ》へ行き、三日めに帰ってくる。留守中は馬栄《マーロン》と陶侃《タオガン》が指示を求めてくるかもしれんから、警部、おまえは居残ったほうがいい。留守居と政庁印の管理を頼む。あと、武義《ウーイー》の同役潘《パン》知事どのと金華《チンファ》の羅《ルオ》知事どのへの手土産に、なにかふさわしい礼物を見つくろって用意させてくれ。旅行用輿に荷物を積みこみ、明早朝には正院子に待機させておくように！」

たしかに承りましたと洪《ホン》警部がうけあうと、狄《ディー》判事は上級書記が置いていった書類に朱筆を入れようと机に身をのりだした。

警部のほうは立ち去りかねる様子で、狄《ディー》判事の机の前から動かない。

しばらくして判事が顔を上げてたずねた。

「何か気がかりでも、警部？」

「閣下、あの強姦殺人の一件をずっと考え、記録を何度も読みました。ですが、どうがんばってもさきに提示なさったご推理に追いつけません。明日のご出発もあることですし夜更けではございますが、ごめんをこうむってもう少しご説明いただけましたら、お留守のふた晩はどうやら心おきなくぐっすり眠れそうです」

にっこりした狄《ディー》判事が机上の書類に文鎮をのせ、くつろいで椅子の背にもたれた。

「警部、茶をいれ直してくるよう召使に伝えて、この腰掛にかけたらいい。あの取り返しのつかない十六日の晩に実際に起きたことを説明しておこう」

濃い茶を一杯飲んでから、判事は語りはじめた。

「本件の事実関係要約をおまえに話してもらった時点で、清玉《せいぎょく》を犯した下手人候補から王《ワン》秀才を即刻はずした。女というものが妙に男の嗜虐性をそそることは事実まある。孔子が『春秋』の中で、女をたびたび『妖物《ようぶつ》』呼ばわりしておられるのも、まんざらわからなくはない。ただし、そんな邪念を実行に移す人間には二種類ある。ひとつは社会底辺で品性のかけらもない常習犯。もうひとつは長い放蕩三昧のあげく倒錯趣味にからめとられた漁色家の金持ち。王《ワン》秀才のようにもとが実直な勉強家の青年でも、恐怖のあまり逆上すれば娘を絞め殺すことだって考えられるだろう。しかし強姦まして六ヵ月以上もなじんだ娘を相手にとなると、断じてありえまい。そうなると真犯人はいま挙げた二種類から探すほかない。

漁色家の金持ちの線はすぐ捨てた。そうした連中は、どんな悪習だろうが非道だろうが金ずくで意のままになる秘密営業の店に出入りする。貧しい店の並ぶ半月街のような界隈の存在など眼中にもあるまいし、王《ワン》の夜這いを知るとも思えん。いわんや、布切れづたいに軽業まがいの芸当をする能力など話のほかだ。となると、あとは底辺の常習犯だけだ」

ここで判事は口をつぐみ、ややあって声に厳しさをにじませて続けた。

「そういう見下げはてた無頼は腹をすかせた野良犬のようにまちをうろつく。小路の暗がりでかよわい老人に出くわせばなぐり倒し、なけなしの銭さしを奪う。一人歩きの女ならなぐって気絶させて犯し、耳から耳輪を引きちぎって溝に転がし、あとは野となれ山となれだ。貧民街をこそついて不用心な戸や窓があれば、忍びこんで全財産の銅やかんか、着たきり雀のつぎはぎ衣を盗んで行く。

そんなやつが半月街を通りすがりに、こそこそ清玉《せいぎょく》のもとに通う王《ワン》を見かけたと仮定するのは無理だろうか？　密夫《みそかお》の縄張りを荒らされても声も出せない女にありつく好機と、すぐさま見てとったわけだ。だが、清玉《せいぎょく》は操を守った。たぶん叫んだか、戸口へ走っていって両親を呼ぼうとした。それで扼殺したのだ。下手人はこんな憎むべき非道をはたらいたうえ、図々しくも部屋を荒らして金目の品を探し、なけなしの装身具をかっぱらった」

ここでひと息入れ、お茶のおかわりを飲んだ。

洪《ホン》警部が深くうなずく。

「なるほどそれで、今回の罪状ふたつとも王《ワン》秀才のしわざでないと確かに得心がいきました。それでも、法廷で使えるほどの確証があるとはまだ思えません」

「確証をと言うなら」判事が答えた。「あるとも！　まず、検死役人の証言を聞いただろう？　かりに清玉《せいぎょく》を扼殺したのが王《ワン》秀才なら、娘の首に長い爪が立って深い傷が残るはず。肌のあちこちに傷があるにはあったが、検死役人の目に触れたのは浅い爪跡だけだ。このことで、流れ者のごろつきらしい不揃いな短い爪による傷だとわかる。

第二に、清玉《せいぎょく》は襲われて精一杯にあらがった。だが、あの娘のちびた爪では、王《ワン》の胸と腕にあったような深く鋭い裂傷は絶対できない。ちなみにあの傷がいばらのせいというのは王《ワン》の思いこみだが、本筋にはどうということない些末事だから、再検討はいずれそのうち。それで王《ワン》が清玉《せいぎょく》を扼殺したという可能性についてだが、ついでながら言っておくと、王《ワン》の体格を見、娘の体格についての検死役人の陳述を聞いたあとで確信した。かりに王《ワン》が絞め殺そうとしたって、あっという間に窓から押し出されるのがおちだ！　だが、それはまあどうでもいい。

第三に、十七日の朝に犯行が発覚したさい、王《ワン》が窓の登りおりに利用した布は部屋の床に丸めてあった。下手人が王《ワン》なら、あるいはともかくもその部屋に行ったのなら、綱がわりの布がなくてどうやって出られた？　日ごろ身体を鍛えているわけでなし、窓を登るにも娘の助けが要った。しかしながら、押込みの場数を踏んだ屈強なやつなら、急いで逃げるさいにいちいちひもにすがったりせんだろう。喬泰《チャオタイ》がしたようにするだろう、おまえも見た通りだ。窓枠をひらりと越えてまず両手でつかまり、ぶらさがって飛び降りる。

こんなふうにして、私なりに下手人の特徴をつかんだんだ」

洪《ホン》警部がせいせいした顔でうなずいた。

「閣下が信頼できる事実にもとづいて推理なさったと、ようやく完全にわかりました。これで下手人がつかまれば、必要に応じて拷問もまじえつつ、自白させるに足る証拠をつきつけてやれます。まちがいなくまだこのまちにおりましょう、不安を感じて高飛びするわけがございません。馮《フォン》判事さまは王《ワン》秀才のしわざだと信じ切っておられた、閣下もその所見を追認されたという話はあまねく知れわたっておりますから」

頬ひげをなでながら、狄《ディー》判事がゆっくりうなずく。

「そのごろつきは金簪を処分しようとしてしっぽを出すだろう。闇で簪が売りに出されたら、いちはやく情報を入手できる者に馬栄《マーロン》が渡りをつけてある。後ろ暗いやつは金工や質屋に近づいたりはせんものだ。通常政務の一環として、盗品の特徴をしるした政庁からの触れ書が回っているからな。それよりはまず裏社会の仲間うちでつきを試し、おっつけ申八《ションパ》親分の耳に入るだろう。かなりの運任せとはいえ、そんなふうにして馬栄《マーロン》が下手人の身柄をおさえるわけだ」

またお茶をすすったあと、狄《ディー》判事は朱筆をとって目の前の書類にかかった。

立ち上がった洪《ホン》警部が思案のおももちで口ひげを引き、しばらくしてこう言いだした。

「ご説明のない点があとふたつございます。下手人が乞食坊主のなりをしているとおわかりになったのはどうしてですか？　それと、夜警団の一件はどういうふうに読み解くのでしょうか？」

狄《ディー》判事はしばし無言で書類の朱入れにかかりきっていた。余白に見解を記入して筆を置くと、書類を巻いてかたづける。すっかりすむと太い眉の奥から洪《ホン》警部をじっと見た。

「けさがた王《ワン》秀才が夜警がらみの妙なできごとを申し述べたが、あれが脳裏に結んだ下手人像の画龍点睛となった。底辺のごろつきはよく道士や仏教の托鉢坊主になりすます。昼夜の別なくまち中をほっつき歩くには最適の変装だな。だから、二度目に王《ワン》が聞いたのは夜警の拍子木ではなく——

——」

「托鉢の木魚だ!」洪《ホン》警部が声を上げた。

9

ゆゆしい使いで二僧来訪
羅《ルオ》知事の宴で判事が唱和

あくる朝、旅支度のさなかに上級書記が入ってきた。普慈寺の僧二名が、管長の伝言を持参しておりますという。

官服に着替え直して執務机につき、老僧ともう少し若い僧の二人連れを入ってこさせる。ひれ伏して三拝を行なう姿をよく見れば、両名ともどっしりした黄緞子を紫絹で裏打ちした法衣をまとい、手には琥珀の珠数というういでたちだ。

「普慈寺の霊徳《れいとく》管長より」年長の使僧がよく通る声で口上を述べる。「閣下に対し奉り、くれぐれもよしなに聞こえ上げるようにと申しつかっております。ことにご着任まもない目下は御用繁多と拝察いたしますので、管長自身の表敬訪問はかえってご迷惑かと存じ、暫時控えさせていただきますが、いずれ折を見はからいまして閣下に拝顔の栄を受け、親しくご教導賜れば幸甚に存じます。ただしそれまでご挨拶を欠いて、万が一にも知事閣下のご心証を害してはと存じ、形ばかり音物《いんもつ》を持参いたしました。つまらぬ品でございますが、あまりある敬意に免じてなにとぞご笑納賜りますように」

そこで老僧に身ぶりで促されて若いほうが立ち上がり、高価な錦で包んだ小さな荷を執務机にのせた。

判事ならきっぱり辞退するものと洪《ホン》警部は思っていた。が、あにはからんや狄《ディー》判事は型通り謙遜の辞を歯切れ悪く口にしただけで、ことさら包みを押し返す気配もなく、そのうちに立って鄭重に礼を述べた。

「お上人《しょうにん》には、ご高配とご懇篤な頂戴物に対する深謝の念をどうかお伝えいただきたい。ご芳志の答礼はまたいずれ折をみて。また、以下も必ずお伝え願いたい。私は仏門の徒ではないが、教えには強い関心がある。霊徳《れいとく》どののごとき高徳の上人《しょうにん》から深遠な教義をつまびらかに手ほどきいただく折あれかし、と大いに楽しみにしていると」

「閣下の仰せかしこまりました、つつしんでそのように申し伝えます。また、管長より以下のできごとをやはり閣下のお耳に入れるよう申しつかっております。それ自体は些事とは申せ、政庁にご報告するに足る由々しさを含んでおるやに存じます。まして、昨日午後の公判席上では、もったいなくもこの県の良民みなとひとしなみに弊寺をお守りくださるとの閣下のお墨付きを頂いた矢先でもございますし。このところ、境内にいかさま師どもが出没し、浅慮な僧らより弊寺の浄財の銭数さしを奪おうとはかったうえ、あれこれぶしつけな詮索をいたしております。お情け深い閣下のお力をもちまして、このしつこい悪人ばらの動きを止めるためにしかるべき措置を講じていただければ、と、管長が切望しておる次第でございます」

狄《ディー》判事が頭を下げてそれに答え、使僧たちは辞去した。

判事はひどくいらだっていた。陶侃《タオガン》がまたぞろ昔の手癖を出したばかりか、さらにまずいことに政庁までつけられたとわかったからだ。ためいきまじりに洪《ホン》警部に言いつけて、さっきの錦包みを解かせた。

凝った包みを開けると、なかから輝く金錠と目方のある銀錠が三本ずつ出てきた。

狄《ディー》判事はその金銀をまた元通り包み直して袖にしまった。あからさまな賄賂の授受などこれまでなかったから、洪《ホン》警部は内心すこぶる悩んだ。が、寺の話題はかまえてご法度とゆうべ釘をさされている。それで使僧訪問の一件は自分の胸ひとつにおさめ、また旅行着に着替える判事を黙って手伝った。

公式の供回りが整列した広い正院子《にわ》に判事が悠然と出ていく。きざはしを降りたあたりに旅行用輿がすえられ、輿の前後を巡査六名ずつで固め、先頭が長竿の先に「蒲陽《プーヤン》知事」としるした高札を掲げている。輿の柄にたくましい輿《こし》丁《かつぎ》が六人つき、控えの輿丁十二人は荷をかついでつきしたがう。

準備万端を見届けて狄《ディー》判事が輿に乗ると、輿丁たちは担ぎだこのできた肩を柄の下に入れた。一行がおもむろに院《なか》子《にわ》を横切り、門の双扉を出て行く。

行列が政庁玄関にさしかかると、剣と弓で武装した騎馬の喬泰《チャオタイ》が輿の右に、やはり騎馬の巡査長が左についた。

行列が蒲陽《プーヤン》のまちを抜けて出ていく。露払い二名が手にした銅鑼を打ちながら先駆けし、「道を開けろ！　道を開けろ！　知事さまのお通りだ！」と大声で呼ばわる。

沿道の民からいつもの歓声がひとつもあがらないと狄《ディー》判事は気づいた。輿の窓格子からのぞいてみれば、沿道につめかけた者たちの表情は一様に険悪だ。ためいきをついて小布団によりかかり、袖から梁《リャン》夫人の書類一式を出して読みはじめた。

蒲陽《プーヤン》を出てからは、どこまでも稲田ばかりの平地を縫って何時間も街道を進んだ。ふと巻物を膝におろし、単調な景色に漫然と目を向ける。いまのもくろみの先行きに見通しをつけようとしたが、結末がさっぱり見えてこない。輿丁に規則正しい振り子さながら揺られていつしかとろとろと眠気がさす。目覚めればたそがれどき、行列が武義《ウーイー》城内にさしかかっていた。

政庁大広間で県知事の潘《パン》判事が迎え、地元名士陪席の夜宴を開いてもてなした。

潘《パン》知事は狄《ディー》判事よりいくつか年上だが、科挙に二度落ちて昇進の目はない。

狄《ディー》判事の見るところ、潘《パン》は学識豊かで人となり謹直な硬骨漢、試験に落ちたのは勉強が足りなかったせいというより、時流におもねる文章を書こうとしなかったからだ。

宴といっても飲食は二の次、才識ある主人との歓談が最大のもてなしだ。この県の行政についての話は同役としてたいへんためになった。宴果てて客室にひきとるころには、はや夜更けになっていた。

翌早朝に別れを告げ、一行は金華《チンファ》へ向かった。

街道が起伏がちのいなかにさしかかり、したたる松の緑と揺れなびく竹林が、絶妙の取り合わせでこんもりと丘をおおっている。その日はうららかな秋晴れで、輿の窓幕を上げて風景を満喫した。だが、頭を占める難問を追うにはいたらない。梁《リャン》夫人の訴えをあれこれ考えるのもやがて疲れ、巻物を袖の中にもどした。

それでも心のうちは一向に安らぎが訪れず、この案件が去ったとたんに今度は半月街の一件で心配がきざした。はたして、馬栄《マーロン》は間に合うように首尾よく下手人をつきとめてくれるかどうか。喬泰《チャオタイ》を蒲陽《プーヤン》に残して、別働で下手人探索にあたらせればよかったと、今ごろになって後悔する。

金華《チンファ》にさしかかるころには疑惑と心配の板ばさみだった。その憂鬱に追い打ちをかけるように、まちを目前にしながら川の渡し船に間に合わず、予定が一時間以上も遅れてしまい、とうに日が落ちたあとでようやくまちに入った。

大広間の前でてんでにちょうちんを手にした巡査たちが出迎え、輿から降りる狄《ディー》判事を助けた。

羅《ルオ》知事が格式ばって狄《ディー》判事を迎え、贅沢な大広間に通す。口にこそ出さね、潘《パン》判事とはまったく好対照だと思う。まだ若く、ころころした短軀のにぎやかな男で、頬ひげは伸ばさないかわり、都のはやりに従って口ひげをとがらせ、あごひげを短くしている。

型どおりの挨拶のやりとり中に、隣の院子からかすかに管弦のさんざめきがもれてきた。卑屈なほど下手に出て詫びたあとで羅《ルオ》知事が言うには、歓迎の夜宴を開こうと、陪席の友人を若干名集めておいた。ところが予定時刻を大幅に過ぎたので、これはてっきり武義《ウーイー》に引き留められたかと思い、みなでお先に始めてしまった。そんなわけでお食事はこちらの隣にある脇部屋にご用意させますので、ひとつさしむかいでいただきながら、共通の関心事たる公務を静かに語り合いましょう、との申し出だった。

物腰いかにも鄭重でありながら、静かな歓談など余興のうちにも入らんと顔に書いてある。こちらとしてもお堅い話をするような気分でなし、それでこう言った。

「実を申すといささか疲れておりますので、ぱっと派手にとまではいかずとも、もう始まっている夜宴に入れていただいて、ご友人と親交を深める方がありがたいのですが」

予想外の申し出に目を丸くした羅《ルオ》知事が、いそいそと狄《ディー》判事を第二院子の宴席に伴った。賓客三名が卓を囲んでにぎにぎしく酒杯をあげている。

立って頭を下げた一同を羅《ルオ》知事が引き合わせる。最年長の羅賓王《ルオピンワン》は主人の遠縁で文名高い。次は都で売り出し中の絵師。三人目は見聞と人脈を広めかたがた諸方を遊行中の処士。三人とも、だれがどう見ても羅《ルオ》知事の飲み仲間だ。

狄《ディー》判事の登場で一気に座が白け、通り一遍の挨拶がすむと話もとぎれがちだ。そこで、座の空気をいちはやく読んだ狄《ディー》判事が、酌を命じてみなで駆けつけ三杯を干した。

燗酒のおかげでわれながら気分が軽くなったので古い歌謡を朗誦、やんやの喝采をあびた。羅賓王《ルオピンワン》が自作の抒情詩をいくつか歌って酒がまた一巡、そこで狄《ディー》判事が相聞詩を歌った。これが羅《ルオ》知事に大受けし、手を叩く。それを合図に奥の屏風の陰から上品にこしらえたきれいどころが四人出てきた。羅《ルオ》知事と賓客が入ってきたので、それまで控えていたらしい。二人が酌をつとめ、ひとりが銀の笛を吹き、最後のひとりは長い袖をひるがえして優雅に舞ってみせた。

ごきげんの羅《ルオ》知事が友人たちに話しかけた。

「なあ君たち、うわさって本当にいい加減なもんだな！　考えてもみろよ、こちらの狄《ディー》判事どのは、都では折紙つきのうるさがたともっぱらの評判だぞ。ところがご本人は諸君見ての通り、いたって楽しい酒友ときた！」

そこで羅《ルオ》から四人の女を引き合わされた。みな才色兼備で、客の詩に韻をそろえて自作の詩を唱和したり、おなじみの曲に当意即妙の即興詞をつけてくる。それも、狄判事《ディー》がびっくりするほど達者なお手並みだった。

またたくまに時がたち、夜半になるとみなさりげなく散っていった。酌をした女ふたりはそれぞれ羅賓王《ルオピンワン》と画家の敵娼《あいかた》だったらしく、朋輩たちを置いて出ていった。処士は夜宴をはしごする先約があって、楽師と舞姫を同伴してよそへ顔出しするという。そんなわけで狄判事《ディー》と羅《ルオ》知事だけになった。

酔った勢いで狄判事《ディー》こそ二心なき友と宣言した羅《ルオ》が、かくなる上は兄弟づきあいしようと言ってやまない。連れだって露台で風にあたって明月に見とれつつ、彫りのある大理石の欄干べりにすえた腰掛にならんでかけた。眼下に美しい秋の庭がひろがる。

さっき宴席に侍った芸妓たちの品定めでひとしきり盛り上がったあと、狄判事《ディー》が言った。

「賢弟とは今日が初対面というのに、生まれた時からのお付き合いという気がする。そこで折り入って頼みがあるのだが、ごく内々の件でぜひともお知恵を拝借したい」

「喜んで」羅《ルオ》が真顔で答えた。「ただ、若輩者の小生に、大兄のような人生の達人にお貸しするだけの知恵がはたしてあるかどうか」

「ありていに申すと」狄判事《ディー》は内緒ごとを打ち明けるように声をひそめた。「私は酒と女がこよなく好きだが、同時に変化もほしいのだ」

「おお、これぞ至言です！」羅《ルオ》知事が叫んだ。「含蓄ある卓見だ、もろ手を挙げて支持しますぞ。どんな珍味佳肴といえど、毎日続けばもうたくさんだ！」

「あいにくと」と狄判事《ディー》は続けた。「現在の地位立場では、たまにでも県内の青楼に出入りして、つれづれの気晴らしに可憐な花を手折る、などというわけには行かない。そうなれば、まち全体で何を言われるか考えてもみたまえ。お上の権威に傷がついてはまずい」

「そうなんですよ」相手がため息をつく。「政庁の雑務もですが、なまじ位があがると不都合がいろいろついて回りますなあ」

狄《ディー》判事は体をよせて声を落とした。

「そこでかりに、きみが手塩にかけたこちらの県に咲く名花を、たまたま私が見出したとしたら？　うちの貧しい庭にその若枝を移植するにあたって、きみなら水ももらさぬ手配をしてくれると見込むのは、ご厚意に甘えすぎというものだろうか？」

すぐさま大乗り気になった羅《ルオ》知事が席を立って深く一礼、鄭重に述べた。

「お任せを、大兄。当県をそこまで見込んでくださり、身に余る栄誉ですよ。拙宅に二、三日ご逗留いただければ、この重要課題を多方面からともに熟考できます」

「明日はたまたま」狄《ディー》判事が答えた。「蒲陽《プーヤン》で、どうしても外せない公務があるんだ。だが、まだ宵の口だ。きみのご支援と助言があれば、いまから夜明けまでには埒があく」

羅《ルオ》知事がさかんに手を叩いて快哉を叫ぶ。

「いいですねえ、いかにも血気盛んなご気性だ！　さてと、そうすると女を口説きおとす手持ち時間はあとわずかですな。たいていの妓女は地元に情夫《いろ》や旦那がいますから、身請けして他郷へとなると、おいそれと首を縦に振りませんよ。ですが大兄は押し出しがいいですからな。もっとも率直に言わせていただくと、そういう長い頬ひげは、この春からは都ですたれております。ですが、まあやるだけやってごらんなさい。私も腕によりをかけて、とびきりの上玉を連れてまいりましょう」

広間のほうへ向き、召使にどなった。

「執事を呼べ！」

抜け目なさそうな顔の中年男がほどなくやってきて、狄《ディー》判事と主人の前で最敬礼した。

「輿を連れてすぐ出かけてくれ」羅《ルオ》知事が言った。「これから月見の宴にする、詩の唱和をつとめる芸妓が四、五人ほど入り用だ」

どうやらこの手の命令はいつものことらしく、執事はまたていねいに一礼した。

「では、ご指示いただきましょうか」羅《ルオ》が尋ねる。「なるべく大兄のおめがねに叶うように。見てくれでいきますか、それとも情の深さとか、高尚な芸事に達者な妓ですか？　はたまた話術にたけた女がお好みでしょうか？　夜の今ごろならたいていの妓は帰ってますから、よりどりみどりで押さえられます。うちの執事にひとことおっしゃっていただけば、いかようにも計らいますよ」

「賢弟」と狄《ディー》判事は言った、「いまさら水臭く隠しだてはするまい！　ごめんをこうむって本音を申せば、評判の芸達者やらお上品な美人には、都にいた時分でいいかげん食傷してしまった。口にするのもいささか気がひけるが、今ではどちらかというと下品な方面に食指が動くんだ。はっきり言えば、われわれの身分ではふだん足を向けない界隈に咲く花がいちばん好もしい」

「ははあ、なある」羅《ルオ》知事が声をつつぬかせる。「陽極まりて陰と、古人の言にいみじくもございましたか？　凡庸な輩には下品としかうつらぬ点に美を見いだされるとは、いやはや大した境地におられる。兄《けい》、兄《けい》たれば弟《てい》、弟《てい》たりです！」

そこでさっそく執事をそばに呼び、なにごとか耳打ちした。驚いた執事が片眉をつり上げ、またもやていねいにおじぎしてさがった。

先に立って宴席にもどり、召使にあらためて料理をいいつけると、羅《ルオ》知事は狄《ディー》判事に向かって杯を挙げた。

「大兄」と述べる。「独自のご発案、じつに遊び心をそそります。これまでにない新味を思うと、今からぞくぞくしますな！」

さほどたたぬうちに水晶玉をつらねた入口の簾《れん》をちりりと鳴らして女が四人きた。いずれもけばけばしい身ごしらえに、くどいほど紅をさしている。四人のうちふたりはまだあどけなさを残す若い妓女だったので下品ななりでも見るに耐えたが、少し年のいったほうは泥水稼業による荒れが隠しようもなく目立つ。

それでも狄《ディー》判事は大喜びで、場違いなお屋敷に来てしまった妓たちの気おくれを見てとるや、自らわざわざ席を立ってひとりひとりの名をねんごろにたずねた。若い妓は杏《きょう》児《じ》と藍玉《らんぎょく》、姐さん株は孔雀に牡丹といった。狄《ディー》判事がみな

羅《ルオ》知事の宴席

を卓に連れていってやったが、妓たちのほうはどうしていいやらわからず、うつむいて棒のようにつっ立っている。

そんな妓たちに狄《ディー》判事が卓上の料理をあれこれすすめて箸をつけさせ、羅《ルオ》知事のほうは手ずから実演して酌のしかたを指南してやった。やがて女たちもくつろいで、そろそろ物珍しげに室内を見回し、ついぞ見たこともないような上つ方のありさまに目を奪われていた。

言うまでもなくどの妓も歌舞のたしなみはおろか、読み書きの心得とてない。それでも、羅《ルオ》知事が箸先に煮汁をつけて卓上に名前を書いてやると、読めないながらも喜んでいた。

女たちがめいめい一杯ずつ酒をもらって上等のごちそうで小腹をなだめると、狄《ディー》判事が友人になにか耳打ちした。うなずいた羅《ルオ》が執事を呼びにやる。なにごとか用を言いつかった執事がじきに立ち戻り、うちから迎えが来ていると孔雀と牡丹に伝えた。ふたりとも、狄《ディー》判事から花代に銀をひと粒ずつもらって帰る。

今度は杏児《きょうじ》と藍玉《らんぎょく》を両隣にはべらせた狄《ディー》判事が乾杯の作法を教えがてら、四方山話に花を咲かせる。ご指南のなりゆきで狄《ディー》判事が無理して次から次へと杯をあけるさまに、羅《ルオ》知事が抱腹絶倒する。

お手のものの誘導尋問で、杏児《きょうじ》はすっかり気を許して問われるままにあれこれ答えていた。それによると藍玉《らんぎょく》は実の妹、ふたりとも湖南《フーナン》の農家生まれだ。十年前にひどい洪水があって農民たちが食うに困り、親の手で都の女衒に売られた。初めはその女衒のうちでおさんどんに追い使われ、大きくなるとそいつの親戚のもとに売られて金華《チンファ》にきた。泥水稼業に落ちながらもいまだに純朴なのが見てとれる。狄《ディー》判事の見立てでは、つぼを押さえて優しく仕込めば、いずれはどこに出しても恥ずかしくない嫁になれるはずだ。

真夜中ごろにとうとう羅《ルオ》知事がつぶれた。しゃんと席についているさえままならず、ろれつも回らない。その様子を察した狄《ディー》判事の方から、主人役にご退席を願った。

両脇を召使に支えられて退場しながらも、羅《ルオ》知事は回らぬ舌で判事におやすみなさいと言い、執事にはこう言い置いた。「狄《ディー》閣下のご命令はわが命令と思え！」

遊び人の知事がいなくなるや、狄《ディー》判事は執事をそば近くに寄らせて声を低めた。

「この杏児《きょうじ》と藍玉《らんぎょく》を身請けしたい。万事おまえに任せるから、妓楼主とこまごました話をまとめてくれないか。私の意向だというのはくれぐれも伏せてな！」

訳知り顔の執事が愛想よく会釈する。

狄《ディー》判事は袖から金錠を二本出して執事に渡した。

「これだけあれば身請けしてもおつりがくるはず。差額は蒲陽《プーヤン》官邸までの旅費ふたり分にあててくれ」

さらに銀錠を上乗せする。

「些少だが、ご苦労賃にとっておくがいい」

執事はいちおう体裁をつくろって再三辞退した末に銀を受け取った。万事ご命令通りにはからいますと請け合い、蒲陽《プーヤン》までは道中うちの家内に付き添わせますという。「それでは、ただちに」最後に言う。「このふたりにご寝所で夜伽させるようはからいましょう」

だが、もう疲れた、あしたの道中もあるし、ぐっすり寝ておきたいと狄《ディー》判事は述べた。

そこで杏児《きょうじ》と藍玉《らんぎょく》をいったんひきとらせ、狄《ディー》判事のほうは客室に案内された。

10

陶侃《タオガン》は坊正に事情を聴き
荒れ家の闇に肝を冷やす

　さてそのころ、陶侃《タオガン》は判事に言われた通り、梁《リャン》夫人の身辺調査に出ていた。

　そちらの住まいも半月街の近くなので、先に高《カオ》坊正を訪ねた。昼の時分どきをわざわざ狙って出かける。

　出てきた坊正にこのうえなくねんごろに挨拶する。さきにお叱りを受けたばかりの高《カオ》坊正としては、このさい新任知事の副官とは昵懇にするが勝ち、と胸でそろばんをはじき、粗餐ですがご一緒にと陶侃《タオガン》を誘って快諾を受けた。

　陶侃《タオガン》の腹がくちくなったところで坊正は戸籍簿を持ち出して説明にかかる。二年前、梁《リャン》夫人は孫の梁寇発《リャンコウファ》に連れられて当地に越して来たという。

　本人は六十八歳と届け出、孫は三十歳となっている。ただ坊正によると梁寇発《リャンコウファ》は見た目がうんと若く、二十歳前後と言われても違和感なかったらしい。

　それでも既に会試を通ったというふれこみだったことを考え合わせると、三十前ではむろん話が通らない。人当たりがよく、ひまさえあればよくあちこち散策していた。とくに北西のあたりに気をひかれたらしく、水門近くの運河べりでよく見かけた。

　越して数週間後、この二日というもの孫のいどころがわからない、何か不都合でもと心配した梁《リャン》夫人から坊正あてに届け出があった。それで定法にのっとっていちおう調べたものの、梁寇発《リャンコウファ》の行方は杳として知れなかった。

　梁《リャン》夫人はその後に政庁に出向き、蒲陽《プーヤン》に居を構えた広州豪商林範《リンファン》に孫をかどわかされたと馮《フォン》判事に訴え出た。そのさいに古い文書をどっさり提出したので、梁《リャン》と林《リン》の両家は長期にわたり不倶戴天の仲だと知れた。それでも孫の失踪については、林範《リンファン》の関与をうかがわせるに足る証拠の一片も出せず、馮《フォン》判事に訴えをしりぞけられた。

以来、梁《リャン》夫人は老女中ひとりだけ置いて小さな家にひきつづき住まっている。もう歳も歳だし、過去の不運をくよくよしすぎて少しおかしくなってしまった。梁寇発《リャンコウファ》の失踪については、坊正として特に見解はない。おそらく運河に落ちて溺れでもしたのだろう。

そこまでひととおり聞き出すと、陶侃《タオガン》は坊正のおごりにせいいっぱい礼を述べ、梁《リャン》夫人の住まいを見に出かけた。

探し当てた先は南水門から少しひっこんだ界隈の、吹けば飛ぶような裏路地に小さな平屋が立ち並ぶ中にあった。間取りはせいぜい三部屋もあれば御の字だ。

飾りけのない黒塗りの玄関を叩くと、だいぶしてから足をひきずる音が聞こえ、のぞき窓が開いて老婆というもおろかなしわくちゃ顔がのぞき、不満そうに声をとがらせた。

「何か用かい?」

「梁《リャン》の奥様はご在宅で?」陶侃《タオガン》があくまで下手《したて》に出る。

老婆がうろんな目をした。

「おかげんが悪いんだ、面会おことわりだよ!」しゃがれ声で言うなり、のぞき窓をぴしゃりと閉めた。

陶侃《タオガン》は肩をすくめてきびすを返し、近所を探りにかかった。物音も人影もなし、乞食や物売りの姿さえ見当たらない。梁《リャン》夫人の言葉を頭から真に受けるのもどうかなと心配になった。夫人と孫がしたたかな役者で、もしかすると林《リン》範《ファン》とも結託して、悪だくみのかくれみのに哀れな身の上話をでっちあげたのかもしれない。ここまでさびれていると、人目につかずにこっそり悪事をはたらくにはもってこいだ。

梁《リャン》夫人の筋向かいはひときわ大きく堅牢なれんが建ての二階屋だった。雨ざらしの看板を読めば絹物屋の空き店舗だとわかる。だが、どの窓も鎧戸がおりているところをみると、今は無人らしい。

「だめだこりゃ!」と陶侃《タオガン》はつぶやいた。「林範《リンファン》邸のほうから探ってみるより仕方がない!」

まちの北西さして、長い道のりをてくてく歩きだした。

林範《リンファン》の住所には政庁の戸籍簿で当たりをつけてあったが、たどりつくのは思いのほか手間どった。林《リン》邸はまちの旧城壁の縄張り内にあった。古くは地元の名士が軒を連ねていたが、今ではお屋敷街はまちの東に移ってしまった。堂々たる屋敷跡を囲んで、迷路顔負けに蟻通しの裏道がもつれからまっている。

　あさっての方角をさんざん引き回されたあげく、ようやっと目立つ門構えの大邸宅にたどりついた。正門は頑丈な朱塗りの双扉に銅鋲を惜しげもなくあしらい、きれいに手の入った左右の高塀が周囲を圧してそびえ立つ。門の両脇を大きな石獅子が守る。敵意にみちみちた険しさをまとった屋敷だった。塀沿いにぐるっと回って勝手口を探しかたがた、大きさの見当をつけようと思い立つ。が、できない相談だった。右手側は隣家の塀、左手はくずれた廃屋のがれきが山になってそれぞれ行く手をふさいでいる。

　引き返して角を折れると小さな青物屋があった。漬物を買ってお代を払い、景気はどうかねと気さくにたずねる。

　おやじが前垂れで手を拭きながら言った。

「ところがら、濡れ手に粟は無理だねえ。ですが贅沢を言ったらばちが当たるでしょ。うちは一家そろって丈夫な力持ちでね、朝から晩まで働けます。そうすりゃ日々のお粥に商売もんの野菜をちっとはつけて、週に一度は豚肉だって口に入ります。上を見たら、きりがないですからねえ」

「角を曲がったついそこにあれだけの豪邸があるんだ」と陶侃《タオガン》。「誰がどう見たって、おたくの客筋はすこぶるよさそうだけどねえ」

　おやじが肩をすくめる。

「界隈きってのお屋敷はふたつありますがね、ひとつは長いこと空き家、もうひとつにはよそもんが住んでる。わっしのつきがない証拠ですよ。広州の人でねえ、あの仲間うちでしゃべってても何が何やらさっぱり。林《リン》さんは西北門外の運河べりにちっぽけな農地があって、お屋敷で使う青物はそこの小作が荷車をひいて毎週入れにきます。うちになんか寄りつきもしませんよ」

「ふうん」と陶侃《タオガン》は言った。「あたしゃしばらく広州にいたんでね、広州人はやたらと人なつこいはずだが。たまには林《リン》さんちの連中がここへ寄っておしゃべりぐらいしてくだろ？」

「だーれも知りませんって！」おやじがうんざりする。

「おれら北者《きたもん》より偉いつもりなんでしょ、仲間うちで勝手にやってますよ。で、それがどうかしましたかい？」

「じつはね」と陶侃《タオガン》は答えた。「あたしゃ腕っこきの表具屋なのさ。あすこみたいに表具屋街からへんぴな場所の豪邸なら、いたんだ軸物やなんかのお直し仕事にありつけるんじゃないかと思って」

「見込みはないよ、よしときな。行商や日雇いだって寄せつけないようならちだもの」

だが、はいそうですかと素直に引き下がるような陶侃《タオガン》ではない。また角を折れると袖から例の仕掛け袋を出して竹ひごを組み、表具屋の糊壺と刷毛包みらしく仕立てた。それから門前の段々を登って派手に扉を叩く。しばらくしてのぞき穴が開き、格子ごしに無愛想な顔がのぞいた。

もっと若いころにあまねく諸方をさすらったおかげで、陶侃《タオガン》は各地のことばができる。それで、達者な広州語で門番に話しかけた。

「ええ、広州で腕を磨いた表具屋でございい。こちらさんにお直しもんはありませんか？」

生まれ故郷の言葉を聞いたとたんに門番は人が変わったようになり、頑丈な双扉を開けて出てきた。

「そういうことは奥でないとちょっとわからんけどな、おっちゃん！　けど、もとを正せばまっとうな言葉を話す五羊城のお膝元だろ、まあちょっと寄ってきなよ。わしんとこに腰おろして行ったらいい」

低い建物のとりまく前院子《まえにわ》はすみずみまで手入れが行きとどいていた。門番小屋で待たされるあいだも、屋敷全体の静まりようは異様だった。召使の大声や人の気配がまるでない。

戻ってきた門番は無愛想に輪をかけてふてくされていた。あとからきたのは広州好みの黒緞子を着た、いかつい男だった。大きさだけがとりえな顔の口もとに、ねずみのしっぽを不ぞろいにしたような口ひげがある。横着でいばりくさった態度からすると、こいつが執事らしい。

「どういう料簡だ、悪党め！」ぎゃあぎゃあわめきたてる。

「勝手にあがりこみやがって！　表具屋に用ができたら、こっちで呼びにやらせりゃいい。押し売り無用だ、とっとと出てけ!」

陶侃《タオガン》はしょうことなしにへどもど詫びて退散した。背後で頑丈な扉ががっちり閉まる。

しぶしぶ離れながら思案する。お日さまの高いうちに出直しても、また同じ目に遭うだけだ。ちょうどさわやかな秋晴れでもあるし、まちの外に出て林《リン》家の農場をちょいとのぞくか。

北門から城外に出て、半時間ほど歩くと運河に出た。蒲《プー》陽《ヤン》に広州人はそうそういないので、何度か農民に道を訊いて林《リン》農場はわりとあっさり見つかった。

肥えたかなり広い地所で、運河沿いに一里以上も広がっている。まんなかあたりにきれいに漆喰を塗った農家と大きな納屋がふたつ並んでいた。道がそこから水辺までのび、行き止まりは小さな波止場になっていて、船が一艘停まっていた。むしろ包みの荷をせっせと船に積みこむ男三人のほかに人の姿は見当たらない。

こんなのどかな田舎に怪しい点はどこにもないと見極めて引き返し、また北門をくぐった。小さな飯屋を見つけて、つましく米の飯と肉入り湯《スープ》の椀を注文し、給仕にせがんで刻み葱の小皿をつけさせた。歩き回ったおかげで腹が減っている。飯粒を丹念に拾い、椀は最後のひとしずくまであまさず飲みほすと、卓上に腕組みして伏せ、じきにいびきをかきだした。

うたたねから覚めると、もう暗くなっていた。さかんに給仕に礼を言ってそこを出たが、置いていった心づけがみみっちいので給仕がむかっ腹を立て、あやうく呼び返そうとしたほどだ。

その足で陶侃《タオガン》はまっすぐ林《リン》邸へ行った。おりよく秋らしい冴えた月のおかげで、そう苦労せずとも道はわかった。青物屋はとうに店を閉め、人通りは絶えている。

左手の屋敷跡に入りこみ、深いやぶやがれきに用心しながらじりじり進むうち、廃墟の第二院子へ出る古い門が見つかった。戸口をふさぐがれきを乗り越えてみれば、院子の塀はまだところどころ立っている。ひょっとして、てっぺんに登れば林《リン》邸の外塀の向こうが見えるんじゃないか、と陶侃《タオガン》は考えた。

なかなか登れずに何度もやりそこなったが、しまいに崩れたれんがのすきまを足がかりにして、塀のいただきにうまく上体を押し上げた。この危なっかしい足場にぴったり腹ばいになると、邸内がすっかり見渡せる。全体が三つに分かれ、いずれもりっぱな棟を華やかな回廊で行き来するようになっている。だが、屋敷全体は死んだように静かだ。人影はまるでなく、門番小屋を別にすれば明かりは奥院子の窓二つだけだった。ふつうこれだけのお屋敷なら、宵の口にはかなりにぎやかでもいいくらいなのに、このありさまはいぶかしくてならない。

塀のいただきに貼りついて一時間かそこら粘ったが、眼下の屋敷は何の動きもなかった。一度だけ、前院子《まえにわ》の暗がりでこそっと何か動くものを見たような気がしたが、かすかな音さえしなかったので、今のは見間違いかなという気もする。

とうとう見張り場所を離れることにして、おりようとした矢先にゆるんだれんがが足もとからすべり落ち、はずみで下のやぶに投げ出された拍子に、派手な音をたててがれきの山を崩してしまった。膝をひどくぶつけ、長衣を派手に破ってしまった陶侃《タオガン》は思うさま悪態をついた。なんとか立って戻り道を探しにかかる。ところが、そのとたん月に雲がかかり、あたりいちめん墨を流したようになった。

へたに歩けば腕か足を折ってもおかしくない。陶侃《タオガン》は観念し、その場にうずくまって月の出を待つことにした。

じきに自分だけでないと感づいた。一か八かの綱渡りだった日々に磨いた勘がはたらき、くずれた屋敷跡のどこかに何者かがひそんでこちらを見ているとはっきり教えている。陶侃《タオガン》は動きを止め、全身を耳にした。だが、やぶで何かの小動物がたてるらしい物音以外は何も聞こえない。

また月が顔をのぞかせたが、しばらくは動き出さずに用心深く周囲を探った。それでも、これといって何も見当たらない。

そろりと立つと、低く身を伏せてなるべく暗がりづたいに動いていき、ほうほうのていで脱け出した。

路地にもどってやれやれと安堵の息をつく。さびれた界隈で寿命が縮む思いをしたとあって、青物屋を過ぎたあたりでそそくさと先を急いだ。

ふと気づけばなんたることか、曲がり角をまちがえて見覚えのない細道に出てしまっていた。

方向を確かめようと目をあちこちさせるうち、覆面の人影がふたり、うしろの物陰からぬっと出てきてこちらへ向かってくる。陶侃《タオガン》は全速力で走って逃げた。相手をまくか、人目がある大通りに出られますようにと念じながら、めちゃくちゃに角を曲がる。

あいにく大通りどころか狭い袋小路に出てしまった。背後を見れば、相手はとうに出口をふさいでいる。まさに絶体絶命、袋のねずみだ。

「ま、待てよ、あんたら！」陶侃《タオガン》は叫んだ。「話せばわかるだろ！」

覆面の二人組は耳も貸さずに迫ってくると、ひとりが痛烈な一撃を頭にみまってきた。

陶侃《タオガン》が窮地に立った場合、いつもなら活路を開く得物は腕力よりも舌先三寸だ。拳法の心得といっても、お遊びで馬栄《マーロン》や喬泰《チャオタイ》に組み手の稽古をつけてもらうぐらいだ。とはいえ、決して臆病なほうではないから、陶侃《タオガン》のおとなしい見かけにだまされてほうほうの目に遭ったやくざもひとりふたりではない。

一撃をかいくぐって第一の男をやりすごし、もう片割れの足をすくおうとした。だが、何かに足をとられ、体勢を立て直そうとしているすきに背後から両腕をおさえられた。相手の目にともる凶悪なほむらを見れば、ただの金目当てで襲われたのではないとわかる。この二人組は命を取る気だ。

声を限りに助けを呼んだ。背後のやつが陶侃《タオガン》の両腕とも背中にねじり上げて万力のような力でおさえ、ぐるりと向きを変えさせた。そちらで相棒があいくちを抜き放つ。狄《ディー》判事のお役に立つのもたぶんこれ限りだな、と、陶侃《タオガン》はその瞬間に悟った。

力いっぱい後ろへ蹴って腕を振りほどこうとしたが、むだな抵抗だった。

まさにそのとき、三人めの荒くれが巨体に髪を振り乱して袋小路へ駆けつけた。

11

乱闘に飛び入る第三の男

副官達で知恵の出し合い

にわかに陶侃《タオガン》の腕が自由をとりもどし、背後のやつは新手をかわして袋小路の入口めがけて駆け出した。第三の男はあいくち使いの頭めがけて拳を飛ばしたが、同じくかわして逃げられたので、あとを追いかけていった。

陶侃《タオガン》のほうはふうっと息をつき、額の汗をぬぐって衣の乱れを直した。そこへ第三の大男がとって返してつっけんどんにこごとを言う。

「おまえなあ、その様子じゃまたぞろ昔の手癖を出しやがったのかい！」

「あんたと知り合ってよかったと思うのはいつものことだがね、馬栄《マーロン》」陶侃《タオガン》が述べる。「だけど、今しがたほどしみじみありがたいと思ったことってなかったね！　そういう自分はこんなとこで何してんだい、そんな妙なかっこしてさ？」

馬栄《マーロン》が苦り切る。

「道観で友達《だち》の申八《ションパ》に会った帰りだよ。そしたら、ごっちゃごちゃの道に迷っちまって。この路地を通りがけ、どこぞのかいもが助けてくれえとひいひい鳴きやがる。どうやら一刻を争うらしい、それでおっとり刀で駆けつけた。そしたらなあんだ、あんたと知ってりゃ、絶対に足を止めて一拍置いてたね。しじゅう人をだますばちだよ、ちったあお灸をすえてやったらいいんだ！」

「冗談じゃない、万が一にも一拍なんか置いてみろ」陶侃《タオガン》が憤慨して声をはりあげる。「その一拍が命取りってんだよ！」二人組の片割れが落としていったあいくちを拾い、馬栄《マーロン》に渡した。

その凶器を馬栄《マーロン》がてのひらにのせて重さをみたあと、月光を受けて不吉にぎらつく長い刀身を調べた。

「兄弟よう」と、つくづく見入る。「こいつに遭っちゃ、大鎌の草刈りもどきに腹をざっくりやられたとこだぜ！　返す返すもあの野郎どもを取り逃がしたのは痛かったな。しゃくだが、あいつらきっと、このへんを庭がわりにしてやがんだぜ。暗い路地にすべりこんで、こっちがまごまごしてるうちにどろんしちまった。けんかを売るにしたって、なんでまた、よりによってこんな辛気くさい場所にしたんだよ？」

「売ってないよ」陶侃《タオガン》がけんつくを食わす。「閣下のご命令で、広州人の犬野郎林範《リンファン》の屋敷を探ってたんだ。帰りがけにあの首狩り二人組がいきなり襲ってきたのさ」

馬栄《マーロン》はあらためて手にしたあいくちを眺めた。

「剣呑なやつらを探るんなら、今後はおれと喬泰《チャオタイ》に任せたほうが身のためだぞ。どうやらその屋敷を探っていて見つかり、林《リン》さんの逆鱗に触れたんだな。こう言っちゃなんだが、あいつらふたりを差し向けて殺させようとした張本人はそいつだぜ。このあいくちはここいらじゃ見かけないが、ふつうは広州やくざの持ちもんさ」

「そう言われてみりゃ」陶侃《タオガン》が声をあげる。「あん畜生の片割れに見覚えがあるようだぞ！　顔の下半分を首巻で隠してたが、体つきや身のこなしがどことなく林《リン》のむっつり執事だよ」

「だとすればだ」と、馬栄《マーロン》。「やつら、なんか悪だくみしてやがるな。そうでもなきゃ、誰かに様子を探られたって、そこまで悪くとるはずないだろ。そら、もう帰るぜ、一緒に来な！」

つれだってまた複雑怪奇な迷路の細道を抜けたあげくにやっと大通りを見つけ、政庁までぶらぶら戻った。

帰ってみると、無人の上級書記室に洪《ホン》警部がぽつねんと座って碁盤をにらんでいた。

入ってきた二人に座席とお茶をすすめ、林《リン》邸探索から間一髪で馬栄《マーロン》に助けられた次第までを通して陶侃《タオガン》に聞かされる。

「まだ未練が残るよ」陶侃《タオガン》が最後に述べる。「閣下に普慈寺の調査を止められた件だが。こんな広州やくざを扱うより、あのとろい坊主ども相手のほうがよっぽどましだね。

少なくとも、寺では少々もうけさせてもらったし……」

洪《ホン》警部が感想を述べた。

「閣下が梁《リャン》夫人の訴えを受けて公判にかけるおつもりなら、すぐにでもかかられんと」

「なんでそう焦るんですか?」と陶侃《タオガン》が問い返した。

「今夜のことで動転していなければ」と警部は答えた。

「あんたもとうに気づいたはずだ。あんたの見た林《リン》の屋敷は大きいしよく手入れしてあるのに、空屋も同然だった。そこから思いつくのはひとつしかない。一家ぐるみでまちを出ていく気なんだよ。女子供や召使の大半はもう一足先に出されたんだろう。明かりのついた窓のありかからみて、門番のほかには林範《リンファン》自身とやつの片腕をつとめる子分が二人くらいしか残ってないんだ。林《リン》農場の近くであんたが見かけた船には、南方へ旅立つ用意万端が整っていたとしても不思議はないね」

陶侃《タオガン》がこぶしで卓を叩いて叫んだ。

「そうに決まってるよ、警部! それで何もかもつじつまがあう! ふうむ、閣下はごく近々に踏ん切らずばなるまいね、そしたら林範《リンファン》旦那におれたちで教えてやりゃあいい。あんたは訴えられてるから、しばらくはいやでも今の場所に足止めされるぞってな。あんな悪党にわざわざお知らせしてやる義理はないがね! だけど正直言って、あいつがひた隠しにしたがってる仕事と、梁《リャン》の婆さんとのつながりがどんなものやら、さっぱり思いつかないよ」

「閣下は」と警部が説明した。「梁《リャン》夫人が出した書類を旅にお持ちになったよ。私はまだ見てないんだがね、なにげなしにもらされたことをあれこれ考え合わせると、林《リン》に不利な決め手になるものは、書類の内容にはどうも見当たらないらしい。まあ閣下のことだ、こうしている間にも何か名案を思いついておられるに違いない」

「明日また林《リン》邸へ行ってみようか?」と陶侃《タオガン》がたずねた。

「思うに」洪《ホン》警部が答える。「しばらくは林範《リンファン》とその屋敷は泳がせておいたほうがいい。あんたの報告を閣下のお耳に入れるまで待とうじゃないか」

陶侃《タオガン》は承知し、今度は馬栄《マーロン》に神叡観で何があったのかとたずねた。

「今夜」と、馬栄《マーロン》が話し出した。「耳寄りな知らせがきたんだ。申八《ションバ》親分が、もしか上等の金簪一本に気はひかれねえかと粉かけてきた。はじめ、おれはさして気が乗らないふりして、簪なら対じゃないと役に立たんし、どっちかってえと金の腕輪とかの袖におさまるもんのほうがいいって言ってやった。簪を腕輪に直すのなんかすぐだぜと申八《ションバ》が言い張るもんで、とどのつまりはその言い分をのむことにした。申八《ションバ》が相手に連絡《つなぎ》をつけて、明日の晩に会わせてくれることになった。

簪が一本ありゃ、そこに必ずもう片割れがあるはずだし、かりに明日の晩に当の下手人に会えなくたって、そいつの身元やねぐらを知ってるやつではあるだろう」

洪《ホン》警部が喜色を浮かべた。

「なかなかうまくやったな、馬栄《マーロン》！　で、そのあとは？」

「用がすんでもそそくさ立ったりせずに」馬栄《マーロン》が答える。

「和気あいあいと賽を囲んで銭五十ばかり勝たせてやった。申八《ションバ》一味はちっといかさまだな。こちらの陶侃《タオガン》兄貴に至れり尽くせりで鍛えてもらってるからお見通しだったがね。でも、仲よくしときたかったんで、知らん顔しといたよ。

あとはちょっとだべってるうち、神叡観のおっかねえ話をいろいろ聞かせてもらった。拝殿脇の扉をこっそりこじ開けて、道士たちが出てったあとの房を使えば雨風を楽にしのげるのに、どうして門前のあんなしょぼい掘立小屋で我慢してんだって、ちょいと訊いてみたんだ。その話をしてやろうか」

「それそれ、わしも不思議に思ってたんだ！」陶侃《タオガン》が述べた。

「それなんだがな」馬栄《マーロン》が話を続ける。「申八《ションバ》が言うには、そうしてえのはやまやまだが、いかんせん、『出る』んでね。それさえなきゃ、と、こうだよ。夜ふけて封印した扉の奥で、うなり声や鎖を鳴らす音がたまにするんだそうだ。ある時なんか窓が開いて、緑の髪に赤い目をした悪鬼があかんべするのを見たやつもいる。うけあうけどな、申八《ションバ》一味の悪党連中はどいつもこいつも曲者ぞろいだよ。でも、そんなやつらさえ、幽霊や悪鬼とかかわり合うのは気が進まないんだ」

「うへえ、薄気味悪い話だねえ！」と、陶侃《タオガン》。「道士どもはどういうわけで出てったんだね？　あんなのらくら連中をぬくぬくした巣から追っ払うなんて、なまなかなこっちゃないよ。悪鬼かね、それともたちの悪い妖狐のたたりかね？」

「さあな、そっちはわからん」と馬栄《マーロン》は言った。「わかるのはただ、道士どもはいなくなったが、そいつらの行先はだれにもわからんってことさ」

そこへさらに警部が、若い美人を嫁にした男のとびきり恐ろしい怪談をしてきかせた。嫁は妖狐で、のちに本性をあらわして夫の喉笛を食い切ったという。

その話が終わると馬栄《マーロン》が言った。

「こういう怪談を聞いちまうとなあ、いつでも茶よりましなもんをやりたくなるよ」

「そうそう」と、陶侃《タオガン》。「それで思い出した！　林範《リンファン》ちの近くの青物屋で木の実をまぶした菜漬を買ってきた、聞き込みのきっかけ作りさ。いい酒のさかなになるだろうよ」

「そらそら、これぞ神仏のおぼしめしってやつだぜ」馬栄《マーロン》が断言する。「普慈寺でくすねてきたあの銭を始末しろってのさ！　寺からくすねた銭なんか無理して持ってると、災難にとりつかれちまうぜ！」

今回ばかりは陶侃《タオガン》も逆らわなかった。寝ぼけまなこの召使を叩き起こして、上等の地酒を三人分買いに行かせた。茶炉で燗をつけてみなで何杯となく過ごし、夜中すぎまで起きていた。

あくる早朝、三人とも政庁の公文書室に顔をそろえた。洪《ホン》警部は牢の見回りに出かけた。陶侃《タオガン》は、林範《リンファン》本人および蒲陽《プーヤン》での活動に関する記録にかたっぱしから当たってみようと文書保管庫へ消えた。

門衛詰所にふらりと寄ってみた馬栄《マーロン》は、そこで油を売っている巡査どもと、賽にうつつを抜かしている門衛や使い走りを見て、全員を前院子に集合させ、二時間というもの教練を行なってみっちりしごいたので、みな青息吐息のありさまだった。

そのあとは洪《ホン》警部や陶侃《タオガン》と一緒に昼飯をすませ、宿舎に戻ってぐっすり昼寝した。予想通りにいけば、この一晩で気力体力のすべてを使い切るからだ。

12

道士同士で深くやりとり
死闘の果てに男を捕える

夜になると馬栄《マーロン》はまた変装し、洪《ホン》警部の裁量で公金から銀三十粒を支給してもらい、布切れにくるんで袖にしまうとまた神叡観へと出かけた。

申八《ションバ》はいつもの場所で壁によりかかってむきだしの腹をかきながら、賽の行方にすっかり気をとられているふうだった。

だが馬栄《マーロン》の姿を目にするや、ねんごろに挨拶して、まあかけなと言う。それで馬栄《マーロン》はすぐわきにしゃがんだ。

「兄弟、こないだの晩におれからせしめた銭でいい上衣を買うんじゃなかったんかい。冬になっても着るもんがなかったらどうするつもりだ？」

串八《ションパ》が非難がましい目を向ける。

「兄貴」と言う。「いまのは聞き捨てならねえぜ。言っただろ、おらあこれでも乞食同業組合の顔役なんだぜ？　金銭《かね》ずくなんざ思うだけで虫酸が走る、たとえ端切れのやりとりだってまっぴらだ。いやまあ、それよりか目下の話にかかろうぜ」

顔を近寄せ、しゃがれ声でこそっと馬栄《マーロン》に耳打ちする。

「なんもかんもお膳立てしといたぜ！　晩のうちにずらかれるよ。流れもんの道士くずれが銀三十粒と金簪一本を換えたいそうだ。今晩、鼓楼裏の王六《ワンルー》茶館で待つとさ。一人きりですみっこの席にいるってさ、すぐわかるぜ。卓に出した茶瓶の注ぎ口んとこに空茶碗がふたつ並んでる、その茶碗をねたに何か言うのが合図がわりさ。あとの首尾はあんた次第だね」

馬栄《マーロン》はくれぐれも礼を言い、蒲陽《プーヤン》に戻ったら絶対に顔出すぜと約束し、あわただしく引き上げた。

足どり軽く関帝廟へ向かう。鼓楼の影が夜空にひときわ黒い。道ばたで浮浪児をつかまえて案内させ、狭いなりににぎわう鼓楼裏の通りへ出た。人波の頭越しに一瞥、なんなく王六《ワンルー》茶館の看板を見つけた。

垢じみた簾《れん》をはねて奥へ通ると、がたのきた卓を思い思いに囲んで十人ちょっと入っている。客のおおかたはひどいなりで、鼻が曲がりそうな臭いを店内にふりまいている。見れば、いちばん奥まった隅の席を道士が一人占めしていた。

そちらへ行きながらも、内心で疑いがむくむくと頭をもたげる。待ち合わせの男はなるほど、道士が着る頭巾外套のぼろを着こみ、垢じみた黒い道士帽をかぶって帯に木魚をさげている。だが、鍛えた大男どころか寸足らず、おまけにでぶだ。不潔でしまりのない顔だけでも堅気でないのは丸わかりだが、さきに狄判事《ディー》から聞いたような腕っぷしのやつからはほど遠い。とはいえ、こいつを押さえておけばまず間違いなさそうだ。

目立たないように卓に寄って行って、さりげなく声をかける。

「兄弟よう、空の茶椀がふたつあるんなら、ここへ相席さしてもらって渇いた喉に湿りをくれてもいいかい？」

「むむ」でぶがひと声うなる。「同門のおでましか！　まあ、腰をおろして茶でもやりな。で、例のお経は持ってきたかい？」

馬栄《マーロン》は腰をおろすとみせて左腕を出し、相手が袖の中を探るにまかせた。初対面なのに、慣れた手つきですばやく包みの上から銀粒の手触りをあらため、うなずいて馬栄《マーロン》にお茶を注いでやる。

さしむかいで茶をすすると、でぶがさっそく切り出す。

「さて、それじゃ無為の奥義をいちばんわかりやすく書いた章のくだりを見せようか」

そう言いながら汚れた本を懐から出した。すりきれた厚い本を受け取って題字を読めば、『玉皇経』、よく知られた道教の経典だ。

ざっとめくってはみたが、どこといって普通と違う点は見当たらない。

「読んでほしいところは」ずるそうに道士が笑う。「十章だよ」

言われるままにその章を開き、本を掲げて目を近づける。と、しおり代わりに長い金簪が一本仕込んであった。頭の部分は飛燕の形、狄《ディー》判事に見せてもらった略図と同じだ。馬栄《マーロン》でも思わず見とれるような細工だった。

急いで本を閉じて袖にしまう。

「この本」と言う。「すげえためになるぜ、確かに！　そいじゃお返しに、こないだわざわざ貸してくれた全書を返しとこうか」

そう言って銀包みを出すと、でぶがあたふた外套のふところにねじこんだ。

「さて、おれのほうはもう行かんと」と馬栄《マーロン》。「だが、あしたの晩またここで落ち合って、いまの続きをやろうぜ」

でぶが何やら挨拶がましい言葉をつぶやいたのをしおに、馬栄《マーロン》は席を立った。

おもてを見渡すと、易者のまわりに人垣ができていた。馬栄《マーロン》はその人垣にまぎれこんで、王六《ワンルー》茶館の入口から目を離さずにすむ位置につけた。じきにさっきの小柄なでぶ道士が出てきて、狭い路上をせかせか歩いていく。露天の灯がつくる光の輪をよけながら、馬栄《マーロン》は距離をおいてそのあとをつけた。でぶは短い脚をせいいっぱい動かして、北門めざして大またに歩いて行き、ひょいと狭い横丁に折れた。曲がり角で馬栄《マーロン》があたりをうかがうと、付近に人の姿はなく、でぶ道士がとある小さな家の玄関先で戸を叩こうとしている。馬栄《マーロン》は気配を消して背後に駆け寄った。

でぶの肩を叩いて身体ごと無理やりこっちを向かせ、胸ぐらをとってすごんだ。

「ちょっとでも声あげてみろ、おしまいだぞ!」

そう脅しておいて路上に引き戻し、暗い片隅に引ったてて壁に押しつけた。でぶがたがた震えながら哀願する。

「銀はみんな返す! 後生だ、命だけは助けてくれ!」

馬栄《マーロン》は包みを取り上げ、自分の袖に戻した。そのうえで、素姓不明のこいつを手荒くゆさぶってやった。

「この簪をどこで手に入れた、吐け!」と詰め寄る。

相手がへどもど言いはじめた。

「み、みみ溝の中で、み、見つけた。おおかた、ど、どこぞのうちのおく——」

その胸ぐらをまたつかむと、頭を石壁にどんと打ちつける。語気鋭く、

「ちゃんと吐け、この犬畜生め、そしたらてめえのけちな命だけは助けてやる!」

「わ、わかった、しゃべらせてくれ!」苦しい息の下から、でぶがそう頼む。

手をゆるめた馬栄《マーロン》がのしかかるように仁王立ちする。

「お、おれ」でぶが半べそをかく。「道士くずれに化けた六人組に入ってんだ。まちの東城壁の根もとで空き家になってる番小屋がねぐらだ。おかしらは黄三《ホワンサン》って荒くれだよ。先週の昼間にみんなでごろごろしてた時分に、たまたまひょいと目を開けたら、黄三《ホワンサン》が上衣の縫い目から対の金簪を出して調べてた。おれはそのまま寝てるふりした。かなり前から仲間を脱けたかったんだ、あいつら乱暴すぎてついてけねえよ。だから、しめしめ、渡りに船で先立つもんが手に入るぞって。で、おとつい黄三《ホワンサン》がぐでんぐでんになって帰ってきたんで、いびきが出るまで待って上衣の縫い

目を探り、やっと一本見つけた。そこであいつが身動きしたんで、もう一本はやめにしてとっとと逃げ出したのさ」

　これを聞いた馬栄《マーロン》は内心小躍りした。だが、あいかわらずこわもての表情を崩さない。

「そいつんとこへ案内しろ！」とどなった。

　またもやおこりのように震えだしたでぶが泣きそうになる。

「頼むよう、あいつに引き渡さないでくれよう！　叩き殺されちまう！」

「てめえが怖がるのはおれだけでいいんだよ！」馬栄《マーロン》はにべもない。「ちょっとでも裏をかこうとしてみろ、そこらの物陰へ引きずりこんでその小汚い素っ首かっ切るぜ。さ、行きやがれ！」

　でぶの案内で通りを引き返して少し歩き、ややこしい横丁にきて、やがて暗くてひとけのない城壁下に出た。壁にもたれてかろうじて立つあばらやの輪郭がどうやらわかる。

「ここだよ」でぶが半泣きで逃げようとしたが、その外套の衿がみを馬栄《マーロン》がとらえて小屋の前に引っ立てていった。戸を蹴とばして大声で呼ばわる。

「黄三《ホワンサン》、金簪の片割れを持って来てやったぞ！」

　中であちこちぶつかる音がして明かりがつき、まもなくがっしりした大男が現われた。背丈は馬栄《マーロン》と互角だが、目方が足りない。

　灯火をかかげて陰険そうな奥目でこちらを探り見ると盛大に悪態をつき、馬栄《マーロン》にかみついた。

「じゃあ、おれの簪をくすねやがったのはそこのどぶ鼠かよ。で、それがてめえに何のかかわりがあるってんだ？」

「おれは対で買いたいんだ。この屑野郎が片方だけ出しやがったんで、さては一杯食わす気かと感づいたのさ。それで、もう一本のありかを穏やかに聞き出したってわけだ」

　相手は不揃いな黄色い歯並びをさらして爆笑した。

「取引しようぜ、兄弟。だが、まずはごめんをこうむって、このこそ泥でぶのあばらを蹴り上げるのが先だ。目上への行儀ってやつをちょいと仕込んでやるまでさ！」

　手に持った灯火を下に置く。と、でぶが柄にもないすばやさでいきなり灯火を蹴とばした。そこへ馬栄《マーロン》が衿がみの手をはなすと、おびえきった悪党は弓を離れた矢のように飛んで逃げていった。

黄三《ホワンサン》が毒づいて追いすがろうとしたが、その腕をすかさず馬栄《マーロン》がとらえた。

「雑魚《ざこ》はほっとけって！　あいつのけじめは後でいいだろ。こっちは急いでんだ」

「おうよ」と黄三《ホワンサン》がうなる。「いまここに金を持ってんなら、乗ってやったっていいぜ。おらあ生まれてこの方《かた》つきがなくてよ。あの縁起でもねえ簪も、とっとと手離さねえとなんぞ面倒にまきこまれそうな気がしてんだ。片方は見たんだろ、もう一本もそっくり同じさ。で、そっちはひきかえに何を出す？」

馬栄《マーロン》はぬかりなく諸方に目配りした。もう月が出ていて、あたりに人の気配はないらしいのは見てとれる。

「他の仲間はどうした？」と訊く。「証人の前で取引したくねえぞ！」

「心配するな」黄三《ホワンサン》が請け合う。「あいつらなら、残らず盛り場に出てる」

「そんなら」馬栄《マーロン》が冷たく言った。「簪はとっとけ、この人殺しめ！」

黄三《ホワンサン》が機敏に飛びのく。

「くそっ、てめえ何もんだ？」怒ってどなる。

「おれは狄《ディー》判事閣下の副官だ。清玉《せいぎょく》殺しの下手人として政庁に連行する！　さあ、おとなしく一緒にくるか、それとも小手調べに叩きのめしてやろうか？」

「そんなやつ知らねえぞ」黄三《ホワンサン》がわめいた。「だが、てめえらけがらわしいお上の犬や、飼い主の腐れ判事ならようく知ってるぜ！　しょっぴいたが最後、調べのつかねえ事件はどれもこれもおれに罪をなすりつけ、白状するまで責め立てるのさ。おらおら、こうなったら乗るかそるかでいっちょうやってやる！」

最後の言葉を口にしながら、馬栄《マーロン》の胴めがけて痛烈な一撃を繰り出す。

それを受け流しておいて、馬栄《マーロン》は黄三《ホワンサン》の頭めがけて腕を振った。だが、相手はがっちり食い止めたばかりか、返す刀で馬栄《マーロン》の心臓めがけて突きの連打をかましてきた。強打につぐ強打の応酬だが、双方なかなか決まらない。

こいつは互角の使い手だと馬栄《マーロン》は痛感した。黄三《ホワンサン》は肉づきこそないが骨が異様に太いから、目方の上でもほぼ互角だろう。馬栄《マーロン》がみるところ、黄三《ホワンサン》の拳法はあと一歩で奥義にまで登りつめるほどの腕前だ。馬栄《マーロン》自身はすでに奥義に達している。とはいえ場所の利は黄三《ホワンサン》にあり、再三にわたり、でこぼこや滑る足場に馬栄《マーロン》を誘い込んで一歩もひかなかった。

激闘の末、大きく振った馬栄《マーロン》のひじが左目に決まった。目つぶしをくらった黄三《ホワンサン》は、お返しに腿に蹴りを入れて足さばきを封じた。

お次に黄三《ホワンサン》はいきなり股間をねらって蹴ってきた。飛びのいた馬栄《マーロン》が右手でやつの脚をつかみ、左手で相手の膝をおさえて近寄れないようにしながら軸脚を蹴り払おうとした。だが、足場がすべって決まらなかった。すかさず膝を曲げて間合いに入った黄三《ホワンサン》が、馬栄《マーロン》の横首の血脈めがけて痛打を加えた。

この一撃は九大必殺技のひとつだ。馬栄《マーロン》がぐいと頭をそらしてあごで半分受けたからいいものの、さもなければ即死していたところだし、思わず黄三《ホワンサン》の脚を放して後ろへたたらを踏むほどの威力が現にあった。血の巡りがとぎれたせいで目がくらみ、その刹那、馬栄《マーロン》を生かすも殺すも相手の思うままだった。

だが、いにしえの達人がいみじくも説いたように、腕力・目方・技すべて互角の二者が渡り合った場合、勝敗を決するのは心のありようだ。黄三《ホワンサン》は武技ひととおり極めていたものの、心根は低劣で凶悪だった。その時の馬栄《マーロン》は手も足も出ないのだから、九大必殺技のどれでも使おうと思えば使えたのだが、ここにきて卑劣な心根があらわれ、とっさに馬栄《マーロン》の股間をねらって下劣きわまる蹴りをかけてしまった。

同じ手を二度くり返すのは、拳法では初歩的なへまだ。血の巡りがとどこおった馬栄《マーロン》には高度な技をかけるゆとりがなく、その状況下で精一杯のことをした。まず両手で黄《ホワン》三《サン》のすねをつかんで力いっぱいひねりあげ、膝関節を外して耳ざわりな悲鳴をあげさせ、と同時にやつを道連れに身

城壁下の死闘

体ごと倒れ、敵の腰に膝でのしかかった。そこで馬栄《マーロン》の力が尽き、黄三《ホワンサン》が振った腕を避けてごろりと転がって間合いをあけ、奥義を使って仰向けで呼吸を整え、血の巡りの回復にこれつとめた。

頭がはっきりして五感が戻ってくると、馬栄《マーロン》は飛び起きてかかっていった。敵は半狂乱になって立ち上がろうとあがいている。そのあごへ正確な蹴りを入れ、後ろ頭を地面にぶつけてしとめた。捕縄がわりの長い細鎖を腰からほどき、黄三《ホワンサン》の両手を背にまわして固く縛る。その鎖をぴんと張らせ、両端を引き解け結びの輪っかにして、黄三《ホワンサン》の首にかけた。少しでも手を動かそうとすると、細鎖がたちまち喉に食いこむしかけだ。

馬栄《マーロン》は相手のわきにしゃがんだ。

「危ないところだったぜ、悪党め！　閣下やおれにこの上の面倒かけずに、すっぱり吐いちまえ！」

「またぞろ縁起でもねえ悪運に憑かれさえしなきゃ」黄三《ホワンサン》があえぎあえぎ言う。「今ごろてめえなんざ地獄送りだったぜ、このお上の犬め！　おれが吐くか吐かねえかは、てめえらの腐れ飼い主の出方ひとつさ」

「勝手にしろ！」馬栄《マーロン》はつっぱなした。

手近な横丁に入って一軒の戸口をしつこく叩くと、寝ぼけまなこの男が出てきた。その男に政庁の者だと名乗り、人足四人と竹ざお二本をすぐ都合しろとそこの坊正に伝えさせた。

引き返し、悪態の限りを吐き散らす囚われ人の張り番をする。

そこへ坊正たちが来て、さおで黄三《ホワンサン》を運ぶ担架を仕立てた。ねぐらのあばらやから馬栄《マーロン》が古上衣をとってきてかけてやり、みなで政庁に引き上げる。

馬栄《マーロン》は黄三《ホワンサン》を牢番に引き渡し、膝関節の手当てに整骨師を呼んでやれと指示した。

洪《ホン》警部と陶侃《タオガン》はまだ起きて公文書室で待っていた。首尾よく下手人を捕まえたと聞いて、ふたりとも大喜びする。

警部がとびきりのえびす顔になった。

「こいつは、ひとつお祝いしなくちゃおさまらんね！」

三人で出かけ、夜通しやっている店に入った。

13

判事は殺しを解き明かし
書生は巡り合わせに泣く

狄《ディー》判事は、翌日の午後遅くになって蒲陽《プーヤン》に戻ってきた。その後の進展のさわりを洪《ホン》警部に聞きながら執務室であわただしい食事をすませ、食後に馬栄《マーロン》と陶侃《タオガン》を呼んでめいめい報告させた。

「ふむ、お手柄だったな」開口一番、馬栄《マーロン》にこう声をかける。「やつを見つけてくれたそうではないか。その次第をすっかり話して聞かせてくれ！」

前日と前々日の二夜にわたる大活躍を話し終えた馬栄《マーロン》が、最後にこう洩らした。

「あの黄三《ホワンサン》てやつ、どこをとっても閣下のお話にどんぴしゃりでしたよ。それにこの簪も、こっちの書類にあった略図に二本ともうりふたつです」

狄《ディー》判事が満足げにうなずく。

「よほどの勘違いでないかぎり、明日には事件解決に持ち込める。警部、明朝の公判に半月街強姦殺人事件の関係者をひとり残らず召喚しておいてくれ。

さて、陶侃《タオガン》。梁《リャン》夫人と林範《リンファン》氏の件でわかったことを聞かせてもらおうか」

今度は陶侃《タオガン》が、危機一髪で馬栄《マーロン》に助けられた件も含めて事細かに述べる。

林《リン》邸の調べについてはお戻りまでいったん先送りしましたと事後報告し、狄《ディー》判事の了承を得た。

「明日」と判事が言い渡す。「みなでここに集まって梁《リャン》対林《リン》事件を検討する。そのときに、事件記録を精読して達した見解を述べ、あわせて今後の方策を説明する」

そこで副官たちをさがらせ、不在中にたまった公文書を上級書記に持って来させた。

下手人逮捕の報はまたたくまに城中を駆け巡り、夜が明けると、民が群れをなして早くから政庁の門前につめかけた。

着座した狄《ディー》判事が朱筆をとって牢番長あての書式に記入する。巡査二名が黄三《ホワンサン》を引っ立て、御前の床にひきすえた。膝を曲げるさいの痛みでうなった黄三《ホワンサン》を巡査長がどなりつける。

「黙ってお下知に従え！」

「おまえの名はなんという」狄《ディー》判事がただした。「して、この政庁に連れて来られた罪状は？」

「おれの名かい――」黄三《ホワンサン》が言いかけると、巡査長が棍棒をがつんと頭に食らわして、大声で叱りつける。

「この犬畜生め、御前だぞ、物言いに気をつけろ！」

「いやしき手前は」黄三《ホワンサン》が苦り切る。「姓を黄《ホワン》、名を三《サン》と申します。俗世を捨てた清貧の道士でございます。ここの政庁の下っぱに昨夜いきなり襲われ、無二無三にひっぱられて牢獄にぶちこまれました」

「この犬畜生めが！」狄《ディー》判事がどなった。「清玉《せいぎょく》を殺害したのか、どうなのだ！」

「清玉《せいぎょく》やら濁り玉やらって女《たま》は知らんが」露骨にふてくされた調子で、「言わしてもらいますがね、やりての包《パオ》んちのなじみ娼《おんな》が死んだからおれに押っかぶせようったって、そうはいかねえ！　そもそもてめえで勝手に首吊ったんだし、おらあその場にいなかった。証人だったらいくらでも見つかるぜ」

「下司の勘繰りは無用にせよ」狄《ディー》判事の語調もきつくなる。「いまは、十六日夜に肉屋肖富漢《シャオフーハン》の一粒種清玉《せいぎょく》を悪辣無残な手口で殺した話をしておる！」

「閣下、あいにく暦なんざ持ち合わせがありませんでね。その日にやったのやらねえのと言ったところで、まるきり覚えちゃいませんや。それに、引き合いに出されたその名前も、いったいなんのことやら」と、黄三《ホワンサン》は口答えした。

椅子にもたれた狄《ディー》判事が思案のおももちであごひげをしごく。どの点からも黄三《ホワンサン》は想定した下手人像に合致しているし、現に簪を所持していた。だが、黄三《ホワンサン》の口ぶりには嘘がない。そこでふと思いつき、身を乗り出してこう声をかけた。

「ならば思い出させてやるから、この知事の顔を見てよく聞くのだ。このまちの川を渡った南西角に小さな店の集まる通りがあるな、それが半月街だ。その通りと狭い袋小路の角に肉屋がある。肉屋の娘は奥の物置上の屋根裏で寝起きしていた。それでだ、おまえはその窓に垂れていた布をたぐって娘の部屋にあがりこんだのではないか？　そして、娘を犯して絞め殺したあと、金簪をくすねて逃げはしなかったか？」

黄三《ホワンサン》の開いている方の目が落ち着きなく動く。そのいろで、やはり、と見抜いた。

「罪を認めよ！」と大喝する。「さもなくば、拷問にかけても吐かせるぞ！」

黄三《ホワンサン》が何やらぶつくさ言うと、ことさら声を張り上げて聞こえよがしに述べる。

「犬役人め、思うさまでっちあげて痛めつけるがいいさ。だがな、ありもしない罪をこのおれさまから引き出そうったって、ちっとやそっとじゃ埒は明かねえぜ！」

「見下げ果てたやつ、重叩《じゅうたたき》五十を科せ！」狄《ディー》判事が命じた。

巡査が黄三《ホワンサン》の長衣をはぎとり、たくましい胴体をさらす。その背中めがけて重い革鞭が空を切った。やがて黄三《ホワンサン》の背中はずたずたの肉塊と化し、床の甃《いしだたみ》は血まみれになった。それでも低くうなるばかりで音を上げない。五十打すむと気を失って頭を甃《いしだたみ》に打ちつけた。そこへ巡査長が鼻の下で酢を熱して息を吹き返させ、気つけに濃い茶を渡そうとしたが、黄三《ホワンサン》は憎々しげに断わった。

狄《ディー》判事が言う。「今のはほんの小手調べだ。あくまで白《しら》を切るなら本式の拷問にかけるぞ。おまえは頑丈にできているし、時間はたっぷり一日ある」

「吐いたところで」黄三《ホワンサン》が息も絶え絶えに述べる。「首を打たれて一巻の終わりよ。吐かなきゃ拷問で死ぬ。どうせならその方がいいぜ！　てめえらお上の犬どもを道連れにできるんなら、少々の痛みぐらいどうってこたねえや！」

その言いぐさに巡査長が鞭の柄で黄三《ホワンサン》の口をなぐりつけた。さらにぶちのめそうとするのを狄《ディー》判事が手を上げて制する。折れた歯をぺっと床に吐いた黄三《ホワンサン》がすごい剣幕でののしる。

「その厚い面の皮をもっとよく見せろ」狄《ディー》判事が命じた。

巡査たちが黄三《ホワンサン》の襟首をつかんで立つというより吊るすようにする。つくづく見入れば、まともな方の目には冷酷な光が浮かんでいた。残る片目は馬栄《マーロン》に手向かったさいに一撃くらい、腫れふさがって使いものにならない。

こやつはまさしく執念深い常習犯、自白より拷問死がいいというのもまんざら言葉のあやでもあるまい、と判事は思案し、頭の中で馬栄《マーロン》の報告をめまぐるしくさらって、昨夜の出会いがしらにもらしたという言葉を思い返した。

「罪人を元のようにひきすえよ！」そして机上の金簪を手にして机ごしに投げ、相手のすぐ鼻先にかちゃりと落とした。そのきらびやかな金細工を黄三《ホワンサン》が睨みつける。

さらに巡査長に命じ、肖《シャオ》肉屋を前に出させた。

黄三《ホワンサン》の横に肉屋がひざまずくと、狄《ディー》判事が声をかけた。

「この髪飾りには凶運がつきものだそうだな。だが、詳しい話がまだだ」

「てまえどもの家がまだ羽振りのよかったころ、この簪を祖母が質屋で買いました。そんなあいにくなことをしたばっかりに恐ろしい呪いを家に招き入れたのでございます。もしかすると、その昔にこの簪をめぐっておぞましい事件でも起きたのがもとで、悪因縁が憑いたのかもしれません。買った数日後に二人組の賊が押し入り、祖母を殺して簪を盗みました。そいつらは売ろうとして足がつき、どちらも刑場の露と消えました。この災いの源を、父がそこできれいさっぱり処分してくれていたら！　ですが、父は――どうか冥福を！――人柄がよく、分別よりも孝心がまさっておりました。

あくる年には母が病気になり、謎の頭痛を訴え続けて長患いの果てに亡くなりました。そのせいで財布の底まではたいた父も、後を追うように世を去りました。そこで簪を処分してしまいたかったのに、ばかな家内がまさかの時に備えてとっとけと言ってききません。あげくに、ろくでもないいわくつきの品をちゃんとしまいもせずに一人娘にやったりして。そのせいで、かわいそうに娘がどんな目に遭わされたことか！」

聞きなれた庶民らしい飾りけのない語り口に、黄三《ホワンサン》は耳をそばだてていた。

「地獄も極楽もくそくらえ！」と、いきなり堰を切ったように言いだす。「その簪を盗んだのが、よりにもよっておれだったとはな！」

傍聴席がざわつく。

「静粛に！」狄《ディー》判事がどなった。

肉屋をさがらせ、黄三《ホワンサン》に語りかける。

「天網恢恢《てんもうかいかい》ということだ。白状するしないを問うまでもない、黄三《ホワンサン》。天の手に拒まれたおまえに逃れる道などない――この世でも、あの世でも！」

「こうなったらもうどうなとしてくれ、さっさとけりにしようぜ」そう答えた黄三《ホワンサン》が、今度は巡査長に向かってこうどなった。「そこの屑、さっきの腐れ茶を出せ！」

巡査長はかんかんになったが、狄《ディー》判事が有無を言わさず合図し、黄三《ホワンサン》に茶を渡させた。

ごくごく飲みほした黄三《ホワンサン》が、床に唾を吐いておもむろに語りだす。

「信じようと信じまいと、悪運に憑かれて一生過ごした男がいるとすりゃ、そいつはおれさ。おれほどの腕っぷしと度胸がありゃ、せめてひとかどの賊のかしらぐらいにゃなれそうなもんだ。それがどうだ？　拳法のほうじゃ、技という技に通じた中華指折りの達人に鍛えられた。だが、そこにも落とし穴があったんだろうよ。師匠にゃきれいな娘がいて、こっちは気があったが、あっちにゃなかった。女のくせにあんまり生意気言いやがるんで、とうとうぶち切れちまって、ばか女を手ごめにしたあげく命からがら逃げ出すはめになった。

その道中である商人に出くわした。どっから見ても福の神そのものってやつだ。おとなしくさせるつもりで一発くらわしただけなのに、あっけなくくたばっちまった。で、そいつの胴巻の中身は何だったと思う？　くそしょうもない受取の束さ。以来、ずっとその調子よ」

口のはたの血をぬぐい、話を続ける。

「一週間ほど前のこと、夜ふけて通りかかるやつをおどしてお布施をまきあげてやろうと、まちの西南の裏通りづたいに歩きまわってた。そしたら、いきなり道を横切って、狭い横丁の袋小路に消えるやつを見かけた。盗っ人ならあとをつけて分け前せしめようと思ってな。ところがいざその横丁に入っても影も形もねえ、しんとした暗がりだけだ。二、三日して——てめえらが十六日ってんなら十六日なんだろうよ——またその界隈に来てみた。袋小路の中をもっぺん洗い直した方がよさそうだと思ってな。人影はこれっぽっちもなかったが、ふと見れば高みの窓から上等の布がだらんと下がってる。夜になって洗濯物をとりこむのを忘れたんだと思い、まあ行きがけの駄賃ぐらいにゃなる、もらっていこうと近寄った。

壁ぎわに立ち、引き下ろそうと静かに力を入れて引いた。そしたら急に上の窓が開き、女がそっと声をかけてゆっくり布をたぐりこんでくじゃねえか。すぐぴんと来たぜ、間男が夜這いする手はずになってんだ。そこで思ったね、こいつは何なりと盗み放題のまたとない機会だぜ、そんな女が騒いで人を呼ぶはずねえしな。そこで、布につかまって窓枠まで登り、まだ女がせっせとたぐりこんでるすきにあがりこんだのさ」

ふふん、と斜《はす》に構えて続ける。

「むちむちぴちぴちのいい女だったぜ、見りゃわかるわな、着るもん着てねえんだから。据え膳食わねえ法はなし、すかさず口をふさいで言ってやった。静かにしろい、目をつぶってお待ちかねの情人《おとこ》の顔でも思い浮かべてろ。ところが女め、雌虎顔負けに暴れやがり、おさえこむのにしばらくかかった。ものにしても大人しくならねえどころか戸口に駆け寄ってぎゃあぎゃあ騒ぐ。その場で絞め殺したよ。情人《おとこ》が上がってこねえ用心に布をぜんぶたぐりこんどいて、さて金はないかと部屋ん中を洗いざらいかき回した。われながら、つきのなさをつくづくわきまえてりゃあな。びた銭も何もねえ、ろくでもねえあの簪だけときやがる。

そら、そっちの筆振り野郎がうだうだ書いてる紙くずにさっさと爪印させな。またぞろ読み上げてんじゃねえよ、おれの口から出た話なんざ耳に入れたくもねえや！ 女の名前は何とでも好きなようにしな。牢に戻してくれ、背中が痛い」

郵 便 は が き

料金受取人払郵便

神田局承認

5751

101-8791

5 2 5

差出有効期間
平成22年9月3
日まで

東京都千代田区神田多町 2−2

早 川 書 房

ミステリ編集部行

■ご芳名（フリガナ）

年齢

性別　男・女

■ご住所〈郵便番号　　　－　　　　〉

都 道
府 県

■メールアドレス

■ご職業

①会社員　②公務員　③自営　④学生（大・高・中・その他　　　　）
⑤主婦　⑥自由業　⑦無職　⑧その他（　　　　　　　　　　　　）

2008年ミステリ・ベストテン
読者アンケート

No.

早川書房では、一般読者の皆様から広くアンケートを募り、年間ベスト・ミステリを決定します。

対象期間は2007年10月～2008年9月末(奥付有効)。海外、日本部門ともそれぞれ3本を挙げて下さい。どちらか片方の部門だけでも、1本だけでもかまいません。セレクトの目安として、小社ホームページに作品候補リストを掲載してあります。

結果は、11月発売の『ミステリが読みたい!』で発表いたします。締切は2008年9月末日(消印有効)です。

海外部門

作品名	著者名
作品名	著者名
作品名	著者名

日本部門

作品名	著者名
作品名	著者名
作品名	著者名

上記作品を選んだ理由、コメントをお願いいたします。

ご協力ありがとうございました。お送りいただいた情報は、編集・営業の企画に利用させていただき、それ以外の用途には一切使用いたしません。

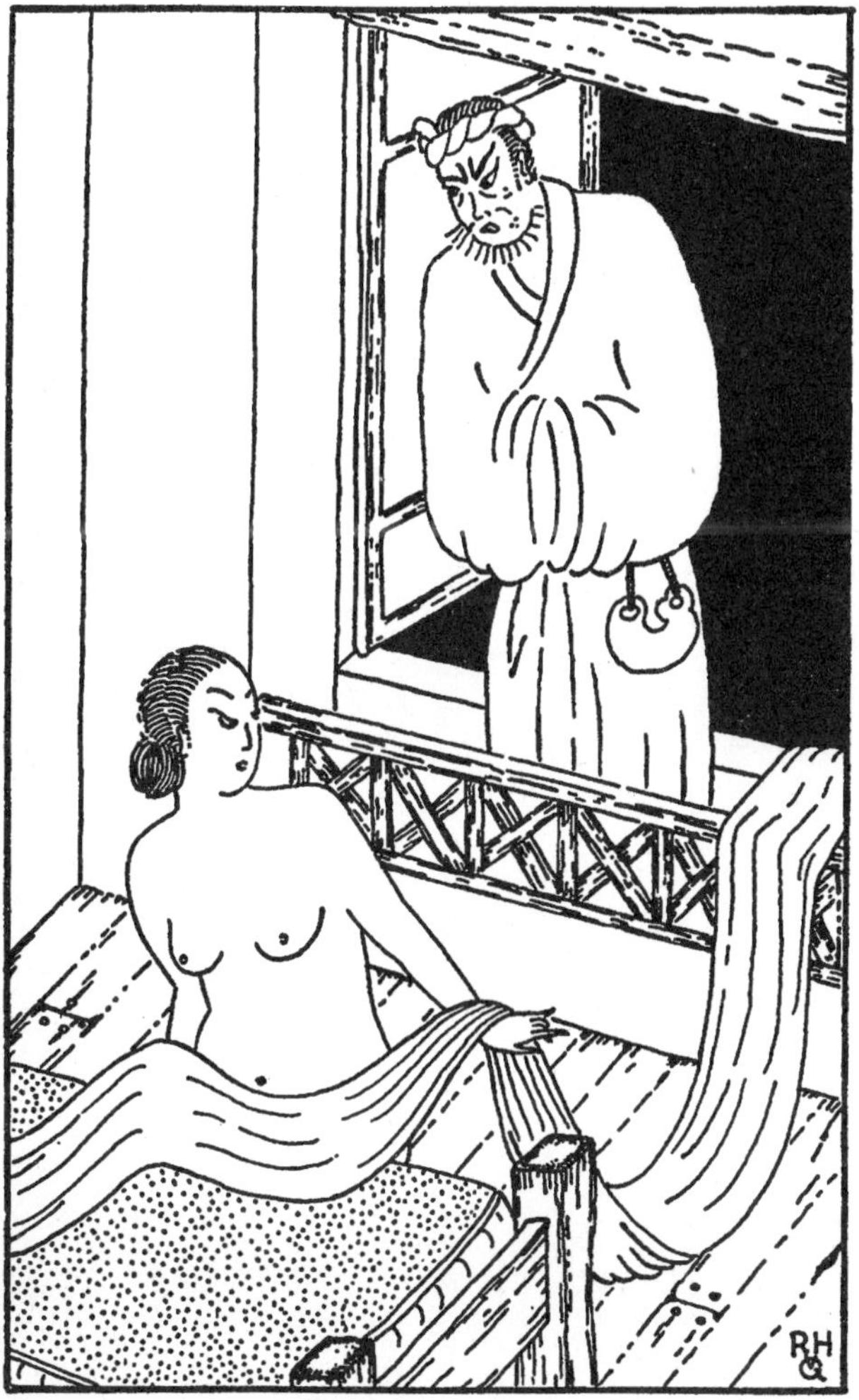

清玉《せいぎょく》と招かれざる客

「そうはいかん。下手人は必ず口書を聞いた上で爪印をとると律令で決まっておる」狄《ディー》判事が冷ややかにつっぱねた。上級書記に命じ、黄三《ホワンサン》の自白記録を大声で読み上げさせる。

仏頂面の黄三《ホワンサン》が内容を了承すると、その前に置いて爪印をとった。

判事が厳然と言い渡す。

「黄三《ホワンサン》、強姦ならびに殺人という二重の罪状で有罪を宣する。情状酌量の余地ない残忍きわまる手口である。よって知事の職務としてあらかじめ申しておく、お上からは死罪のうちでも重い刑が科されるはずだ」

身ぶりで巡査をうながし、黄三《ホワンサン》を独房へ連れて行かせた。

そこで肉屋の肖《シャオ》をあらためて御前に召し出す。

「数日前に」と述べる。「娘殺しの仇はいずれ討ってやると約束した。さて、やつの自白を聞いたな。上天がその金簪に負わせた呪いはかくも恐ろしいものだった。愛娘は哀れにも、自分の名さえ知らんような行きずりの下劣なごろつきに犯され殺された。

その簪はここに置いていけ。金工に目方を量らせた上で、値段相当の銀を政庁が支払ってやろう。

あの見下げ果てたやつは無一文で、慰謝料を出させようにも無い袖は振れん。だが、これから話してきかせる計らいで、しかるべく補償の道を講じるとしよう」

さかんに礼をまくしたてる肉屋の肖《シャオ》をさえぎり、こころもちさがってそのまま待てと指示を与えた。それから王《ワン》秀才を引き出せと巡査長に命じた。

そこで王《ワン》秀才をつくづくと見る。こうして強姦殺人という二重の嫌疑が晴れても、若者の気はいっこうに晴れない。それどころか黄三《ホワンサン》の自白にいたく打ちのめされ、さめざめと泣きぬれていた。

「王《ワン》秀才」狄《ディー》判事の口ぶりは沈痛だった。「肉屋肖《シャオ》の娘を誘惑したかどで、厳罰を科すこともできた。だが、それについてはすでに三十打の刑を受けており、また殺された娘を心から想っていたという言葉を信じるがゆえに、このたびはその胸中を忖度《そんたく》するとしよう。悲しい顚末を思い返すたび痛恨の念にさいなまれ、そなたにとってはこの政庁が科すよりはるかに厳しい罰になろうと。

それにしても遺族への補償を行ない、この殺人による損害回復をはからねばならん。そこで、おまえには清玉《せいぎょく》を第一夫人にすえて死後婚礼を挙げるよう命じる。政庁からしかるべき額の婚資をおまえに貸与し、花嫁の席に清玉《せいぎょく》の位牌をすえて正式な婚儀を執り行なう。科挙合格後に月賦で政庁に返済すればよい。なお、それとは別に、官人としての報酬にもとづき当方の定める月額を、しめて銀五十粒に達するまで肉屋の肖《シャオ》に払い続けるように。

いずれこの二件を完済して初めて第二夫人をめとる許しを与える。ただし、妻妾を以後どれだけ入れようが、誰であれ清玉《せいぎょく》をしのぐことは決して許されず、終生おまえの第一夫人とする。肉屋の肖《シャオ》は誠実だ、肖《シャオ》夫婦の義理の子となって陰日向なく仕えるように。さすれば夫婦のほうでもおまえを許し、かりに実の両親が今も在世とすれば当然したように援助の手をさしのべてくれよう。さあ、ただちに勉学に励め！」

王《ワン》秀才はむせび泣きを隠そうともせず、叩頭を繰り返した。肖《シャオ》肉屋も並んでひざまずき、賢明なお裁きで家の面子をふたたび立ててくれた狄《ディー》判事に感謝した。

両名が立つと、洪《ホン》警部が判事のほうへ小腰をかがめて何か耳打ちした。狄《ディー》判事がふっと笑ってこう述べる。

「王《ワン》秀才、放免に先立って些細な点だがひとつ明らかにしておきたい。十六日の晩から十七日早朝にかけてどう過ごしたか、さきに供述したが、ひとつだけ誤った思い込みがあったほかはすべてまぎれもない事実だ。

供述記録を読んだ当初から感じていたことだが、いばらの茂みでそんな深い傷ができるわけがない。夜明け前の薄暗がりでれんがの山と植え込みのやぶが見えたせいで、てっきり古い屋敷の跡地だと思い込んでしまった。だが実を言うと、そこは家の新築現場だったのだ。

石工がれんがを積み上げた壁の内側に、通常の手順で左官屋が内壁を塗るための小舞竹《こまいたけ》、すなわち細い竹割り材を並べた漆喰下地を組み上げていた。きっと、転んで倒れたところに竹材のとがった先端があったのだ、それならまちがいなくそんな傷痕になる。自分でもそういう気がするなら、五味酒家の近辺で条件にかなう宅地を捜してみるといい。痛恨の一夜を過ごした場所がきっと見つかるだろう。さて、もうさがってよし」

狄《ディー》判事もそこで腰を上げ、副官たちをしたがえて壇を下りる。

戸口をくぐって執務室へ去る背中に、すっかり感心した傍聴席から賞賛のざわめきがあがった。

14

判事が旧来の因縁を披瀝
鼠取り罠の要旨を述べる

あとは昼まで管轄庁への報告書作成にかかりきった。その中で半月街殺人事件に関する詳細を述べ、死罪を一段厳しくするよう上申する。死罪はことごとく勅許を要するきまりなので、黄三《ホワンサン》がいよいよ刑に処せられるまであと数週間はかかる。

正午の回の公判では通常政務数件を扱うにとどめ、昼飯《ひる》は官邸で食べた。

執務室に帰って洪《ホン》警部、陶侃《タオガン》、馬栄《マーロン》、喬泰《チャオタイ》を呼ぶ。ねんごろに頭をさげる四人に、こう声をかけた。

「今日は梁《リャン》対林《リン》の件について、みなにひととおり話してきかせよう。茶を新しくいれさせ、腰をおろして楽にしてくれ！　長くなるからな」

四人とも、執務机をはさんで正面から狄《ディー》判事に向き合う位置にめいめい座を占めた。判事のほうは、みなが茶を飲む間に梁《リャン》夫人の書類包みをひろげ、いくつかに仕分けてそれぞれ文鎮をのせる。そうしておいて椅子にくつろいだ。

「これからの話は」と、切り出す。「卑怯な殺人と血も涙もない暴力の長い長い物語だ。聞いているうちに、こんなむごい非道を上天はなにゆえ座視したもうたかと少なからずいぶかしむだろう。かくいう私も、ここまで耳目をそばだてる記録はそうそう目にしたことがない」

そこでふっつり黙りこみ、おもむろにあごひげをなでた。副官たちが次の言葉やいかにと待ち受ける。

やがて、判事が背筋をしゃきっと立てた。

「話の都合上」口調がてきぱきする。「錯綜する事実関係をふたつに大別しよう。第一段階は広州における宿怨の発端と展開。第二段階はこの蒲陽《プーヤン》を舞台に、林範《リンファン》と梁《リャン》夫人が当地に来てからのできごとだ。

第一段階を語る任に私がふさわしいかというと、厳密には違う。広州政庁と広州都督府が既に却下した件だから、今となってはその裁定に是非はつけかねる。だが、じかに手がけた事件でないとはいえ、そもそもこの蒲陽《プーヤン》での事件も第一段階の確執に根のあることだ、それを抜きにしては語れん。

そこで、第一段階の本題にさして影響のない裁判用語や名称などの枝葉を省き、かいつまんで説き起こすとしよう。

五十年ほど前、広州に梁《リャン》という豪商がいた。同じ通りにもうひとり豪商がいて、そちらは林《リン》といった。ふたりはいちばんの親友でな、どちらも商才に恵まれたまじめな働き者だった。したがって両家とも栄え、持ち船が遠く波斯《ペルシア》湾に達するほど手広く商いをしていた。梁《リャン》には息子があって梁洪《リャンホン》といい、娘のほうは林《リン》の一粒種の林範《リンファン》に嫁がせ、その婚儀後にほどなくして林《リン》老人が逝った。いまわのきわに息子の林範《リンファン》を呼び、おごそかに遺言した。これまで同様、林《リン》と梁《リャン》の両家がこれからも末永く助け合っていくように、とな。

ところが時がたつうちに、梁洪《リャンホン》は父親ゆずりの人柄だったが、林範《リンファン》のほうは欲深でねじけた人でなしの本性を発揮しだした。そのうちに梁《リャン》の老父が隠居すると、あとをついだ梁洪《リャンホン》はまっとうに商売を続けたが、林範《リンファン》は濡れ手に粟のぼろもうけを狙って危ない橋も辞さず、後ろ暗い取引ばかりに手を出した。おかげで梁家《リャン》は身代を保ったが、林範《リンファン》は莫大な遺産の大半をなくした。それでも梁洪《リャンホン》は惜しみなく助言し、契約を反故にされた商人仲間への弁解にこれつとめたりしてせいいっぱい林範《リンファン》を助け、相当額のもとでを融通したことも一再ならずあった。ところがこんなふうに度量を示されてさえ、林範《リンファン》は逆恨みと侮蔑の念を相手につのらせるばかりだった。

梁洪《リャンホン》の嫁は二男一女を産んだが、林範《リンファン》にはまだ子がなかった。そのねたみがこうじて、林範《リンファン》のうちで侮蔑の念は憎悪に変わっていった。自分の不運はなにもかも梁《リャン》の連中のせいだと思いこみ、梁洪《リャンホン》が援助すればするほど憎しみをつのらせた。

林範《リンファン》がある時たまたま梁洪《リャンホン》の嫁を見かけ、にわかに食指を動かしたせいで、事態はゆゆしい展開を迎えた。その同じころ林範《リンファン》は危ない橋を渡りそこねて多額の借財をこしらえた。梁《リャン》の嫁は貞淑で夫を裏切るなどあり得ないと承知していた林範《リンファン》は、嫁もろとも梁洪《リャンホン》の富を根こそぎ力ずくで奪いとるなどという卑劣なことをたくらんだ。

それまでに林範《リンファン》は後ろ暗い取引を重ね、広州の裏の世界につてがあった。梁洪《リャンホン》が広州きっての豪商御三家の代理ついでに梁家《リャン》の商用もあわせて巨額の金を受け取りに、近隣のまちへ出向く予定と聞きつけた林範《リンファン》は賊を雇い、広州城外で帰途に待ち伏せをかけさせた。そして、梁洪《リャンホン》を殺して金を奪った」

そこで厳しい表情で副官たちの顔を見渡し、すぐ続けた。

「その奸計が実行に移された日に林範《リンファン》は梁家《リャン》を訪れ、梁《リャン》の若奥様に火急の件で内々にぜひともお目にかかりたいと言った。そしていざ面会すると、ご主人が旅の途上で賊に遭って金を盗まれたと切り出し、こう述べた。梁洪《リャンホン》さんは負傷したが命は無事だ。お供の者がとるものもとりあえず北城外にある無住の寺に身柄を運びこみ、そこからてまえに使いがきて、内々に相談をかけられた。嫁と父に頼んで家産をいくらか処分し、それで三家の欠損分を埋め合わせる金の用意ができるまで、この災難は誰にも伏せておきたいというご意向だ。損害が明るみに出れば自分ばかりか家の信用にかかわるとおっしゃる。それで、どの資産がすぐ処分できるか協議したいから、若奥様をすぐ寺までお連れせよとのことだった。梁《リャン》の嫁はいかにも慎重な主人の言いそうな作り話を真に受け、裏口からこっそり林範《リンファン》と出かけた。

空き寺に着いたとたん、林範《リンファン》は梁《リャン》の嫁に向かって、さっきの話は一部だけ本当で、あとはつくりごとだったと明かした。ご亭主は賊に殺されてしまったが、かねてより奥さんのことは憎からず思っていた、決して悪いようにはしないからと。梁《リャン》の嫁は怒りに言葉を失い、その場を逃げ出してお上に林範《リンファン》を訴え出ようとした。ところが寺に引きずり戻され、その晩のうちに無理ずくで手ごめにされてしまった。夜が明けるが早いか嫁は指に針をさし、手巾《ハンカチ》に血で舅にあてて詫び状を書いたのち、帯を天井の梁にかけてくびれ死んだ。

林範《リンファン》は遺体を捜して遺書の手巾《ハンカチ》を見つけ、罪をごまかす工夫を思いついた。遺書にはこうあった。

〝林範《リンファン》にこの淋しい場所におびき出されて犯されました。かく家名に泥を塗り、ご足下の婢《はしため》にしていまや婦道を踏み外しました寡婦は、その一死をもって償うべしと心得ます〟

林範《リンファン》は手巾《ハンカチ》の右端にあった遺書の一行めを破りとって燃やしてしまった上で、〝かく家名に〟からあとの文言はそのままにして、元のように死体の袖に入れておいた。

そうしておいて梁《リャン》邸に立ち戻り、梁《リャン》家の老夫妻が息子の命もろとも大金がなくなったのを嘆き悲しんでいる場面に出くわした。梁洪《リャンホン》の死体を発見した通行人が知らせたのだ。林範《リンファン》は表向き、さもさも凶報をともに悲しむ芝居をしながら、ところで若奥さんは、と梁洪《リャンホン》の老親にたずねた。それが見当たらないのだと知らされると、さんざん迷うふりをしたあげく、実はひそかに情人《おとこ》をこしらえてよく空き寺で密会していた、いちおうお知らせしなければと思って、と述べ、おそらくその密会場所におられるのではないかな、

梁洪《リヤンホン》の横死

と匂わせた。そこで梁《リャン》老人がその寺に駆けつけ、梁にぶらさがった嫁の遺体を見つけた。そして遺書を読み、主人が殺されたと聞いて良心の呵責に耐えかねての自裁だろうと考えた。重なる悲嘆に堪えかねた梁《リャン》老人は、その夜、毒を仰いだ」

そこでひと息入れ、洪《ホン》警部に手ぶりで茶のおかわりをうながす。ちょっと飲んでこう洩らした。「ここから先は、蒲陽《プーヤン》に現在住んでいる梁《リャン》老夫人が主役となる」また話を続けた。

「梁《リャン》老人の妻は女ながらいたって行動力と頭脳に恵まれ、それまでも婚家の問題には積極的にかかわってきた。亡き嫁の貞節を信じて疑わず、不貞とやらの話に疑念を抱いた。三家への弁済にあたっては老夫人が万事とりしきって家産処分にあたると同時に、腹心の執事を空き寺へやって調べさせた。それでだな、梁《リャン》夫人は手巾《ハンカチ》を枕の上に広げて遺書を書いたから、枕おおいに血がところどころついていた。このかすれた筆跡をもとに一行めが読み取れたんだ。執事の報告を受けた梁《リャン》老夫人は、嫁を犯したばかりか、せがれを殺したのも林範《リンファン》のさしがねだとさとった。梁洪《リャンホン》の死を嫁に知らせたのは、遺体が発見される前だったからだ。そこで、梁《リャン》老夫人は二重の人殺しのかどで林範《リンファン》を広州政庁に訴え出た。だが、なにぶん林範《リンファン》には、ほかならぬその卑劣な殺しで得たばかりの巨額の金があった。それで金に物を言わせて地元の要路に鼻薬をきかせ、証人たちには偽証させ、不良少年を雇って梁《リャン》の嫁の情人として自首させた。おかげで訴えは却下されてしまった」

口を開いてなにか尋ねかけた馬栄《マーロン》を手で制し、そのまま続けた。

「ほぼ時を同じくして林範《リンファン》に嫁いだ梁洪《リャンホン》の妹が行方をくらました。林範《リンファン》は悲嘆にくれるふりをしたが、やつが殺してどこかへ死体を隠したらしいとおおよその察しはつく。子を生まなかった妻はじめ梁《リャン》家一族にことごとく憎悪を向けていたのだ。

梁《リャン》老夫人が出した文書のうち、いちばん古いものの内容はいま述べた通りだ。日付は二十年前になっている。

それでは、確執のその後に移る。梁《リャン》家は老夫人と二男一女の孫だけになった。三家への弁済をすませると家産は十分の一に縮小したが、梁《リャン》の家名はゆるがず、いくつもある支店は相変わらず繁昌した。また梁《リャン》老夫人の才覚で本店はみるみる盛り返し、また身代は上向いた。

一方、林範《リンファン》はというと相変わらず不正な商いを続けて大きな密売組織を作り上げ、ついには地方政庁に目をつけられるにいたった。密売は県の管轄ではないが、自分の力も及ばぬ都督府の上聞に達する危険を察知した林範《リンファン》は、またもやお上の目をそらしかたがた、一石二鳥で梁《リャン》家の破滅をもくろんだ。

港湾監督を買収し、禁制品の箱いくつかをこっそり梁《リャン》家の船二隻の積荷に紛れこませておき、人を使って梁《リャン》老夫人を告発させた。当然ながら動かぬ証拠が見つかり、梁《リャン》家の支店ぐるみ全財産はお上に没収。梁《リャン》老夫人は再び林範《リンファン》を訴え出たが、県政庁につづいて都督府でも却下されてしまった。

自分たち一家が根絶やしになるまで林範《リンファン》は手をゆるめまいとさとった梁《リャン》夫人は、いとこの所有する城外の農場に難を避けた。この農場はすたれた要塞跡に建っていて、古い石造のとりでがまだ残っており、小作が穀倉にしていた。林範《リンファン》が賊を雇って襲撃をかけさせでもしたら、このとりでが格好の避難場所になると考えた梁《リャン》夫人は、万が一の備えをここにしつらえた。

実際に数カ月後、林範《リンファン》は賊の一団をさし向けて農場を破壊し住人を殺害した。梁《リャン》老夫人と三人の孫、老執事や忠実な召使六名が食糧と水を貯えておいたとりでにたてこもった。賊どもは戸口を叩き破ろうとしたが、堅固な鉄扉は猛攻によく耐えた。そこで、一味は乾いた木を集め、火をつけた柴束を窓桟ごしに投げこんだ」

ここで狄《ディー》判事はしばし黙った。馬栄《マーロン》は膝の上でこぶしを握りしめている。洪《ホン》警部が腹立ちまかせに薄いあごひげも握りしめている。

「中にいた一家は煙にまかれていぶり出され、梁《リャン》夫人の下の孫息子と孫娘、老執事と召使六名は賊どもにめった切りにされた。だが、どさくさにまぎれて梁《リャン》夫人と上の孫の梁《リャン》寇発《コウファ》はともに逃げおおせた。

賊のかしらは皆殺しにしたと林範《リンファン》に報告し、林範《リンファン》は林範《リンファン》で梁《リャン》一族を根絶やしにしたと思いこんだ。この九人殺しは広州にあまねく深い憤りの渦を呼び、両家の確執に気づいていた商人の一部は、この極悪非道の黒幕をまたしても林《リン》範《ファン》と喝破した。

だが、その時点で林範《リンファン》は広州でも指折りの身代を築き上げており、たてつく者はなかった。そのうえ本人はいたく事件に心を痛めていると公言してはばからず、賊の所在を知らせた者にはかなりの賞金を申し出た。そのかたわら、陰で賊のかしらと話をつけ、手下四名を身代わりに差し出させた。四名は逮捕されたのち死罪のお沙汰がくだり、鳴り物入りで首をはねられた。

梁《リャン》夫人は孫の寇発《コウファ》を連れて広州城内の遠縁に身を寄せ、名を偽ってしばらく身をひそめ、林範《リンファン》に不利な証拠を首尾よくそろえた。そして五年前のある日に隠れ家から出てくると、林範《リンファン》の九人殺しをお上に訴えた。

いかんせん、この事件はあまりに知れ渡っていたから、県知事も林範《リンファン》をかばうのに二の足を踏んだ。世論が許さなかったのだ。ようよう却下に持ちこむまでに林範《リンファン》は大枚をはたき、ほとぼりがさめるまで数年ほど隠れたほうが利口だと考えた。おりしも、剛直と評判をとる人物が都督に任じられた矢先のことだ。そこで腹心の執事に家業を任せ、自分はごく少数の妾どもと召使を大船三隻に乗せてひそかに広州を離れた。

梁《リャン》夫人は三年かけて林範《リンファン》の行方を探しあて、この蒲陽《プーヤン》に腰を落ち着けたと知るや、復讐の手だてを講じようとただちにあとを追った。孫の梁寇発《リャンコウファ》も一緒だ。父殺しは不倶戴天の敵と書物にも言うではないか。二年前、祖母と孫は当地にやってきた」

ここで狄《ディー》判事はひと息つき、茶をお代わりしてまた続けた。

「これより第二の文書に入る。二年前、梁《リャン》夫人が当政庁に訴え出たものだ。この文書で」そう言って目の前の書類をこつこつ叩いてみせた。「梁《リャン》夫人は、林範《リンファン》が孫の梁寇発《リャンコウファ》をさらったと訴えている。梁寇発《リャンコウファ》は到着早々にここ蒲陽《プーヤン》で林《リン》範《ファン》の動向を探りにかかり、訴えるに足る確証をつかんだと祖母に話した。

あいにくその時は、具体的に話してくれなかった。そして林邸《リン》周辺を探るさなかに捕えられたと梁《リャン》夫人は主張している。だがこの訴えを正当化するために、積もり積もった旧怨を昔にさかのぼって話さないわけにいかない。梁寇発《リャンコウファ》の失踪に林範《リンファン》が何かしら関わっているという物証は提示できる状況になかった。そんないきさつだから、前任の馮《フォン》判事どのがこの件を却下したからといってとがめるわけにはいかない。

それでは今後の方針について、大筋を話してきかせよう。輿の中で武義《ウーイー》と金華《チンファ》への長旅を過ごすあいだ、この問題についていろいろ考えた。当地での林範《リンファン》の悪事については、ある仮説にたどりつき、陶侃《タオガン》の報告にあった事実に基づいて裏が取れた。

まず、林範《リンファン》がなぜこの蒲陽《プーヤン》という小さな県をわざわざ隠れ蓑にしたか自問してみた。人目をひかずにのんびり快適に過ごそうと思ったら、あれほどの富と力があれば大都市か、いっそ都へでも行くのが普通だろう。

林範《リンファン》と密売業者との結びつきを考え、あくなき欲の皮という人柄を念頭に置けば、本県を選んだのは塩の密売に至便だからという結論に達したぞ！」

陶侃《タオガン》の顔に納得のいろがひらめき、判事の話が進むにつれて深くうなずきながら聞き入った。

「塩は栄えある漢朝以来の国家専売品だ。蒲陽《プーヤン》は運河沿いにあり、海辺の塩田からも遠くない。だから林範《リンファン》が当地に住みついた目的は、塩の密売でさらに肥え太ることだろう。都での贅沢三昧よりもうかる僻地というのも、いかにもがつがつした金の亡者らしい選択だ。

陶侃《タオガン》の報告でその疑惑の裏がとれた。水門にすぐ行けるさびれた界隈の古屋敷を林範《リンファン》が選んだのは、塩をこっそり運ぶのに好都合だからだ。城外に買った農場も計画のうちだろう。徒歩だと、林《リン》邸からそこまではわざわざ大回りして北の城門をくぐるしかない。だが、まちの地図によると水路を使えばすぐ近いとわかる。頑丈な水門格子に船の出入りを阻まれるのは事実だが、小荷物なら格子の柵ごしに船から船へ簡単に移すことができる。運河のおかげで、林《リン》範《ファン》には船でどこへでも意のままに塩を輸送する手だてがあった。

まったく都合の悪いことに、林範《リンファン》はどうやら密売をいったん中断し、生まれ故郷に帰る準備にかかっているらしい。不はたして、不利な証拠がいまだに入手できるかどうか。不法取引の痕跡はすっかり処分させてしまうだろうしな」

洪《ホン》警部がここで口をはさんだ。

「閣下、梁寇発《リャンコウファ》が密売の証拠をつかんで林範《リンファン》を締め上げる気だったのは明らかでございます。梁寇発《リャンコウファ》の行方をあらためて徹底的に探してもよろしいのでは？　ひょっとすると、林範《リンファン》の手で、今もどこぞに閉じ込められているやもしれません！」

狄《ディー》判事がかぶりを振る。

「おそらく、梁寇発《リャンコウファ》はもう生きてはおるまいよ」沈痛に述べた。「林範《リンファン》は血も涙もないやつだ、陶侃《タオガン》がよく知る通りだよ。先日の件は、梁《リャン》夫人の手先だと思われたからだ。馬栄《ロン》が運よく通りかかったおかげで危うく闇から闇へと葬られずにすんだが。いやいや、梁寇発《リャンコウファ》はもうとうに林範《リンファン》に殺されてしまったのではないかな」

「では、林範《リンファン》を捕える見込みはまずございませんな」警部が述べる。「二年も経っていたのでは、殺しの証拠を集めようとしてもとうてい無理な相談です」

「残念ながら」と、狄《ディー》判事が答えた。「その通りだ。だから、これから述べるような方針で行くつもりだ。

敵は梁《リャン》夫人だけだと思っている限りは、どんな手で迎え撃てばよいか林範《リンファン》はつぼを知りつくしており、決してぼろを出さない。が、今後は私を相手にするのだとわからせてやろう。やつが浮き足立って追いこまれ、破れかぶれの挙に出れば、揚げ足をとるきっかけができるだろう。それがねらいだ。

では、これから指示することをよく聞くのだ。

その一、警部は今日の午後に私の名刺を林《リン》にとどけ、明日おしのびで訪ねていくと伝える。その訪問のさい、さる嫌疑があると匂わせたうえ、まちを離れるのはまかりならんとはっきり伝える。

その二、陶侃《タオガン》は林《リン》邸に隣り合う屋敷の持ち主を探し出せ。

そして、屋敷跡が浮浪者のねぐらになっているから撤去させよと政庁の命令を届ける。撤去費用は県当局が折半で出してやろう。陶侃《タオガン》、人夫を採用して巡査二名に手伝わせて監督し、明朝からさっそく作業にかかってくれ。

第三、洪《ホン》警部、おまえは林《リン》邸に使いに行ったらその足で軍の屯所へ行き、そこの大尉にまちの四方にある城門の守衛にあてた私の命令書を届け、まちに出入りする広州人を全員取り調べる必要がある、何なりと口実を設けて足止めしろと伝えてくれ。それと、水門警備の任に、昼夜兼行で数名の兵をあてよう」

狄《ディー》判事は満足のおももちで手をこすり合わせた。

「林範《リンファン》め、頭を悩ます材料には事欠くまい。ほかにもないか？」

喬泰《チャオタイ》が破顔する。

「やつの農場にもなんか打つ手がありそうですね！　林範《リンファン》の農場向かいの城外官有地におれがあした出向いちゃだめですか？　野営用の天幕を張って、運河で釣りでもしながら一日二日がんばってみましょう。あそこなら水門と農場といちどきに見張れますし、わざと目立つようにふるまえば農場の連中もきっと気づいてくれますよ。連中の口からおれの密偵活動がまちがいなく林範《リンファン》旦那のお耳に入るでしょうから、心配のねたが上積みされますよ！」

「名案だ！」判事が声をあげ、陶侃《タオガン》に声をかけた。頰の長い毛を引っぱりながら、すっかり考えこんでいる。

「何か案はあるか、陶侃《タオガン》？」

「林範《リンファン》は剣呑なやつです」陶侃《タオガン》が言った。「自分への圧力だと察知したら最後、梁《リャン》夫人を消そうとしかねません。訴人さえいなくなれば、訴えは成り立ちません。夫人に護衛をつけてはいかがでしょう。あの家に行ったさいに、筋向かいに空き家になった絹物屋を見かけました。あの婆さんに何か不都合が起きないためにも、馬栄《マーロン》に巡査を一、二名つけてあそこに配置するようご検討になってみては」

狄《ディー》判事はちょっと考えて答えた。

「そうだな、これまでのところ林範《リンファン》はこの蒲陽《プーヤン》で梁《リャン》夫人に危害を加えようとはしていない。だが、どんな可能性も見落とすべきではない。馬栄《マーロン》、さっそく今日から行ってくれ。

さて、最後の一手だが、運河沿いにこのまちの南北にそれぞれ設けた軍の舗《こうばん》に回状を出し、林《リン》家のしるしをつけた船はすべて足止めし、禁制品の検査をするように依頼しよう」

洪《ホン》警部がにっこりする。

「さてさて、数日もたてば林範《リンファン》はことわざに言う『熱した鍋に入れた蟻』の心境でございましょうな」

狄《ディー》判事はうなずいた。

「林範《リンファン》が」と述べる。「この策すべてに気づいたら、はめられたとほぞを嚙むだろう。本拠の広州からは遠いし、手下はかなりの人数をもう帰してしまった。しかも、まだなんの証拠もないなどと向こうは知るよしもない。うっかり見落とした事実を梁《リャン》夫人が教えたか、密売の証拠を押さえたか、さもなくば広州の同僚から不利な情報をいろいろ入手したのかと、ひとりであれこれ気をもむだろう。

そんな疑心暗鬼のあげく焦りにかられ、まんまとぼろを出してくれれば上々だが。見込み薄は承知の上、とはいえ当面はそれぐらいが関の山だからな！」

15

判事が訪うは広州の名士
官邸に届くは若い二美人

あくる日に正午の回をすませると、狄《ディー》判事は普段着の青衣に着替えて黒い小帽をかぶった。それから輿に乗り、巡査二人だけを供にしたがえて林《リン》邸へと向かった。

林《リン》邸の大きな門前にさしかかると輿の窓幕を上げ、左隣の屋敷跡を十人ばかりの人夫が片づけるさまを見た。大門ののぞき穴からよく見える場所で、陶侃《タオガン》がれんがの山にさも小気味よさそうに腰をおろして、人夫どもの仕事ぶりに目を配っている。

林《リン》邸の双扉を巡査が叩くとすぐさまいっぱいに開き、輿は奥の正院子《にわ》までまっすぐ通った。輿を降りると、威厳のある長身の男が応接室入口の階《きざはし》の下で出迎えていた。

執事とおぼしいずんぐりした肩幅の広い男以外に、召使は見当たらない。

長身の男が最敬礼し、低い声の一本調子でしゃべった。

「てまえは商人の林《リン》、名を範《ファン》と申します。閣下にはこの陋屋にご来駕を賜りまして、まことに痛み入ります」

つれだって階《きざはし》を登り、あっさりと上品にしつらえた大広間に入った。彫り飾りの黒檀椅子にめいめい腰をおろすと、執事が茶に広州風の菓子を添えて出す。

ひとしきり、型通りの挨拶をかわす。林範《リンファン》の北ことばは流暢だが、広州なまりが強い。狄《ディー》判事は話しながらそれとなく人となりを探った。

林範《リンファン》は見たところ五十歳ぐらい。細長い顔に薄い口ひげとしらがの山羊ひげ。目つきがことに異様だった。妙なふうに目を据え、顔ごと動かすような感じだ。この目さえなければ、慇懃で押し出しのいい目の前の人物が少なくとも十二人を横死させた元凶とは、にわかに信じがたいだろう。

林範《リンファン》は地味な暗めの長衣に広州好みの黒緞子上衣を合わせ、黒い紗帽をかぶっていた。

「今日は」狄《ディー》判事が切り出す。「あくまで私的な訪問ですよ。ある問題について、ごく内々に話をしたかったのでね」

林範《リンファン》が深く頭を下げ、さっきのように低い一本調子で述べた。「たかが無知蒙昧な小商人ふぜいではございますが、及ばずながら閣下のご意向に沿うよう極力あいつとめます」

「何日か前のこと」判事は続けた。「梁《リヤン》とかいう広州人老婆が政庁にやってきて、あなたに非道の限りをされたと称し、支離滅裂な話を長々として帰りました。どういうことかさっぱりわからずにいると、頭がどうかした女なのだと副官のひとりにあとで聞かされました。そのさいに女がひそろい書き物を置いて行ったのですが、わざわざ目を通しておりません。どうせ気の毒な頭の産物で、一から十までたわごとでしょうからな。

あいにくとお上の法で、そんなのでも吟味の手続きを最低一度は踏まないと却下できません。それで気軽にお訪ねして、内々で相談することにした次第です。あの老婆になんらかの満足感を与え、かたがたお互い無用の手間暇を省くためには対応策をどうするか、とね。

　私の立場でこんなやりかたをしては職務にもとると思われそうだが、あの老婆は明らかに変だし、あなたは誰が見てもまっとうな方だ。ならば、このさい臨機応変に処理したほうが、かえって適切な対応かと思う」

　席を立った林範《リンファン》があらためて判事に最敬礼して感謝の意をあらわした。また腰をおろすと、おもむろにかぶりを振り振り、こう述べた。

「どうも実にやりきれない限りで、寂しい話でございます。梁《リャン》夫人の夫には亡父が一の友でございました。かく申すてまえも末長い誼《よしみ》のためによかれと思って、多年にわたり辛抱して参りました。時として、まことに重荷ではございましたが。

　閣下のお耳に入れるのもなんでございますが、てまえどもが繁盛する陰で、梁《リャン》家の身代はだんだんと先細って参りました。ある程度はやむをえない不運や災難続きのせいでしたが、亡父の友の忘れ形見梁洪《リャンホン》にまっとうな商才がなかったせいというのも若干はございます。折あるごとに援助の手をさしのべましたが、梁《リャン》家が天に見放されたのは誰の目にも明らかでした。梁洪《リャンホン》は賊に殺され、家業の采配は老夫人が引き継ぎました。ですが、あいにく夫人はここぞという判断を誤って多大な損失をこうむり、債権者から責めたてられるうちに密売一味の仲間になったのです。それが明るみに出て、家産召し上げになりました。

　そのうちに老夫人は田舎の農園住まいをはじめましたが、賊の一味に襲われて火をかけられたうえ、孫二人と召使数人が殺されました。密売事件のあとはつながりを断たざるを得なかったのですが、かつては昵懇にしていた家に対するこの仕打ちにはがまんならず、賞金をはずんで下手人どもをお上に引き渡し、それでようやく気がすみました。

　ところが多事多難のうちに梁《リャン》夫人は積もり積もった不幸に心を蝕まれ、これまでの災難はなにもかもてまえのさしがねだと思うようになったのです」

「そんなばかな!」狄《ディー》判事が口をはさんだ。「それどころか、莫逆の友ではないか！」

無言でうなずいた林範《リンファン》がため息をつく。

「はい、まことに！　この件でどれだけ悩み苦しんだか、閣下ならご理解いただけましょう。老夫人は執念深くてまえを苦しめ、中傷し、世間の爪弾きになるよう仕向けるためなら手段を選びませんでした。

このさいはっきり申し上げますと、数年ほど広州を離れようと決心した理由は、おもに梁《リャン》夫人の暗躍でございました。てまえの置かれた立場はお察しいただけるかと。現に姻戚関係にある家の家長たるあの夫人が、あることないこと口から出まかせを言いたてて告発してきても、お上の法を盾にとってわが身を守ることはできません。ですが、その告発に対して何も反論しなければ、広州での信用に響いてしまいます。ならばこの蒲陽《プーヤン》で安らぎを求めようといたしましたが、夫人は追ってきて、てまえが孫を誘拐したとお上に訴えました。馮《フォン》閣下はただちにその訴訟を却下してくださいましたが、同じ訴えをまたもや閣下に持ちこんだのでしょうか？」

狄《ディー》判事はこの問いに即答せずに、執事がさっき出した菓子をつまんで茶をすすった。それから、おもむろにこう口を開く。

「実に遺憾ながら、こんな腹の立つ訴えでも、あっさり却下するわけにいかん。お手間をとらせて不本意だが、いずれ政庁に出頭願って釈明を聞かせてもらわねばな。むろん、あくまで形式だけだが。その後になら確実に本件を却下できるはずだ」

林範《リンファン》がうなずく。

「その釈明の期日ですが、いつごろになりましょう？」

妙に座った目を狄《ディー》判事から離さない。

狄《ディー》判事はしばらく頬ひげをなで、やがて答えた。

「今はちょっとわからんな。懸案事項が山ほどあるし、前任知事が手をつけられなかった県政問題が若干残っている。しかも、手続き上それらしい体裁を整えようと思ったら、上級書記に梁《リャン》夫人の書類を検討させ、知事用の抄本を作成させないと。いやいや、今この場でいついつと具体的な日にちは言いたくないな。だが、安心してほしい。なるべく早期に設定する」

「ご配慮には深謝いたしますが」林範《リンファン》が言う。「実を申しますと、いくつか大事な用がもちあがりまして、どうしても広州に行かないわけにいかず、執事をここに残して屋敷の管理を任せ、てまえはあす出発するつもりでおりました。この陋屋がまったくの無人で、恐縮至極ながらろくにおかまいもできませんのは、出立が目前だからでございます。召使どもは一週間前にあらかた帰しました」

「重ねて言うが、近々に解決をみるよう、こちらとしても鋭意努める所存だ」狄《ディー》判事は言う。「だが、言わせていただくと、よんどころなく当地を離れられるとは遺憾至極。名だたる南方の商業の要衝から来られた名士は当県の誉れなのになあ。広州の都会では当たり前の豪華で洗練された趣味も、当地ではなかなかままならん。なのに、これほどの方が、かりそめの隠れ家とはいえ蒲陽《プーヤン》を選ばれたのはどうしたわけかと、むしろいぶかしく思っていたところでな」

「そちらの説明でしたら」と林範《リンファン》は答えた。「たやすいことです。亡父はいたって精力的な人でございまして。持ち船で自ら運河を上下し、各地の支店を見て回っておりました。

蒲陽《プーヤン》を通りましたさいに風光明媚なお土地柄をこよなく愛し、隠居したらここに別荘を建てて住むと決めておりました。ああ、それなのに、計画を実行に移す前の働き盛りに世を去ってしまったのです。それで、蒲陽《プーヤン》に屋敷をかまえれば、せめてもの供養になると存じまして」

「実に見上げた孝心だ!」狄《ディー》判事が述べた。

「この屋敷はいずれ、亡父に捧げる祖堂に直すつもりでおります」と林範《リンファン》は続けた。「古い建物ですが、もとがしっかりしておりますし、限りある財力の及ぶ範囲で手も入れました。いかがでしょう、この陋屋をひとわたりご案内する栄を賜るわけには参りませんでしょうか?」

狄《ディー》判事が了承すると、あるじは案内に立って第二院子を横切り、先ほどの応接間よりもさらに広い大広間に入った。

床には厚い絨緞がしきつめられていた。この広間専用の特注品に違いない。柱と梁は精巧な彫刻ですきまなくおおわれ、螺鈿がちりばめられている。家具はいい香りの白檀製、櫺子窓《れんじまど》もただの紙や絹張りなどではなく、薄く削り出した貝がらを貼り合わせたもので、ほんのりと柔らかな光が広い室内に満ちあふれている。

他の部屋も同じように趣味よく贅を凝らしたしつらえだった。

奥院子まで来ると、林範《リンファン》はふっと笑いをもらした。

「女どもはもう広州に帰してしまいましたので、奥までお見せしてもかまいません」

鄭重に辞退しても林範《リンファン》はくまなくお見せすると言ってきかず、ひととおり回った。屋敷にはなにもない、したがって隠す必要もないということを林範《リンファン》が誇示しているのだ、と狄《ディー》判事は了解した。

さっきの応接間に戻ると狄《ディー》判事はお茶をおかわりし、あとはもっぱら雑談に興じた。

林範《リンファン》が都で貴顕向けの銀行業を開いており、林《リン》家の支店は国中の主要なまちを網羅していると判明した。

やがて辞去する狄《ディー》判事を、林範《リンファン》はうやうやしく輿まで見送りに出た。


輿に乗ろうとしかけた判事が振り返り、梁《リャン》夫人の件が早急に片づくよう尽力する、安心してくれと再度言い置いた。

政庁に帰るとまっすぐ執務室に向かう。執務机の脇に立ったまま、留守中に上級書記が置いていった書類にざっと目を通した。だが、今しがたの林範《リンファン》邸訪問がなかなか頭を離れない。莫大な資力を意のままに操る危険きわまる敵を向こうにまわしたと感じる。自分のしかけた罠に林範《リンファン》がかかるかどうか、いまひとつ確信がない。

あれこれと考えていたとき、執事が入ってきた。狄《ディー》判事が顔を上げる。

「政庁に来るとは、いったいどうした?」とただした。

「官邸の方は問題なく回っているはずだが」

執事はどうやら言いだしあぐねるふうで、もじもじしていた。

「そら、なんだね」判事がしびれを切らす。「話してみなさい!」

執事がようやく切り出した。

「閣下、つい先ほど戸を閉めた輿二丁が第三院子に到着いたしました。先輿には年配の女が乗っており、閣下のご命令でお若い娘さんをふたりお連れしました、との口上でしたが、そのほかはまるで説明がございません。第一奥様はただいまお寝《やす》みで、お起こしするのはいかがなものかと思いまして、第二と第三奥様にご相談いたしましたが、やはり何も聞いておられないとかで。そこで、思い切ってこちらに参上して申し上げた次第でございます」

狄《ディー》判事はこれを聞いて喜んだ。

「若い婦人がたは第四院子へ案内しなさい。めいめいに女中を一人ずつつけるように。連れてきてくれたご婦人には、私からだといってくれぐれも礼を述べて引きとってもらいなさい。二人にはあとで午後中に会う」

執事はそれで肩の荷をおろしたらしく、ていねいに頭を下げて出て行った。

その午後は上級書記、公文書係と同席し、ある遺産分割がらみの面倒な民事訴訟の解決にあてた。それで、官邸にひきあげたのはだいぶ後刻になった。

まっすぐ第一夫人の部屋に行くと、執事とともに家計簿を点検していた。

入ってくる判事を見て、さっと席を立って迎える。判事は執事をさがらせて方卓につくと、物柔らかにうながして相手をまた席につかせた。

家塾の手ほどきを受けている子どもらの勉強ぶりをたずね、妻の方でも礼儀正しく受け答えはする。だが頑として目を上げないので、心にしこりがあるとわかった。

しばらくして狄《ディー》判事が言った。

「今日の昼すぎに、二人の娘が来た件を聞いていると思うが」

「わたくしのつとめと存じまして」つとめて感情をまじえずに述べる。「あの方たちにお入り用な品が揃っているかどうか、第四院子に出向いてじかに確かめて参りました。紫苑と菊花をあのお二人づきにいたしました。菊花のほうはかなり料理ができますの。それは、だんなさまもご存じですわね？」

狄《ディー》判事がうなずいて了承する。すると一拍おいてさらに、

「第四院子に参りましたあとで、ちょっと思いましたの。

だんなさまに家族を増やすご意向がおありでしたら、それならそうとあらかじめ承ったうえで、万事おまえの目利きに任せる、とひとことおっしゃってくだされば、もう少しなんとか申し上げようもありましたのに」

狄《ディー》判事は眉をぐいと上げ、

「それは困ったな」と言った。「私の趣味に不賛成とは」

「断じてそんな」第一夫人が冷ややかに言う。「ご趣味に異を唱えるなどとは滅相な。わたくしはただ、家族の和というものが気がかりなだけですわ。新参の方たちが、古参の奥様方とどこかしら違うのは見落としようがございません。これまで、こちらのお宅にはすみずみまで和やかな空気がいきわたっておりましたのに、たしなみやご趣味にこうもへだたりができますと、せっかくの円満なご家庭に影がさすのではと気づかわれますの」

立った判事がそっけなく言う。「ならば、第一夫人たるおまえのなすべきことは明白だ。そういうへだたりがあるのは私も認める、だからなるべく早急に正さねば。手ずからあの若い婦人ふたりの躾《しつけ》にあたってくれ。刺繡にはじまって深窓にふさわしい技芸全般、読み書きの初歩も手ほどきするように。再度言うが、言いたいことはわかる。だから、しばらくはあの二人と接するのはおまえだけにしよう。ふたりの進捗ぶりは常時じかに報告するように！」

出て行こうとする判事のあとを追って第一夫人も立ち、すかさず言った。

「今の家計では、あなたさまのお宅の現状維持が精一杯ですのよ。その点に注意を向けていただくのも、やはりわたくしのつとめでございましょう」

判事は袖から銀錠を一本出し、卓にのせた。

「あの娘らの衣服にあてる反物類を整えたりするほか、家族が増えたせいで要する出費に、この銀をあててくれ」

妻が深く頭を下げたのをしおに狄《ディー》判事は部屋を出た。この先がつくづく思いやられ、深い深いため息が出た。

曲がりくねった回廊をたどって第四院子に行くと、杏児《きょうじ》と藍玉《らんぎょく》があてがわれた住まいにうっとりしていた。

二人とも、判事の前に膝をついてご厚意に礼を述べる。狄《ディー》判事が二人を立たせた。

そこで杏児《きょうじ》が封をした書状をうやうやしく両手で捧げた。狄《ディー》判事が開けてみると、もとの抱え主だった妓楼の身請け証文ふたりぶんに、羅《ルオ》知事の執事からの鄭重な添え状があった。

判事は手紙を袖に入れて証文のほうは杏児《きょうじ》に返し、もとの抱え主が何か難癖でもつけてきた時にそなえて大事にしまっておきなさいと命じた。それからさらに、

「ふたりとも、つつがなく暮らせるようにうちの第一夫人がじきじきに気を配り、この家で必ず知っておくべきしきたりなども教えてくれるだろう。服の反物なども新調してもらえる。そうした支度が整うまでの十日ほどは、くれぐれもこの院子から出ないように」

いくつか優しいことばをかけてから執務室に戻り、召使に命じて長椅子に床をとらせた。

なかなか寝つけない。

どちらを向いても不安要因だらけ、われながらいささか度が過ぎたかと心配になる。林範《リンファン》は莫大な財と力をふたつながらに併せ持ち、敵に回せば危険な冷血漢だ。さらに、第一夫人との夫婦仲にすきま風が吹いてしまった。公務の重責や難事件に悪戦苦闘するこれまでの日々で、円満な家庭はつねに心のよすがとなる憩いの場だったのに。

そんなこんなの不安にさいなまれ、二更（十一時過ぎ）まで眠れなかった。

16

豪商の客間で茶を出され判事は易者に身をやつす

その後の二日というもの、梁《リャン》対林《リン》事件になんら進展はなかった。

副官たちは定時報告に来るが、林範《リンファン》はなんの動きも見せず、もっぱら書斎にこもっているらしい。

崩れ屋敷を撤去するさい、陶侃《タオガン》は人夫たちに命じて第二院子の古壁をそのままにしておき、簡単な足場を刻んで、上を平らにならさせた。そこへ安楽に寝そべって林《リン》邸を監視がてら日なたぼっこし、例の執事が庭に出るたび、わざといやな顔をしてやった。

喬泰《チャオタイ》の報告では、林《リン》農場に男三人が常駐して野菜を手入れしたり、まだ波止場に泊まっている大型船で作業しているという。喬泰《チャオタイ》は運河で大鯉を二尾釣ってきて、狄《ディー》判事の食卓をにぎわした。

馬栄《マーロン》はといえば梁《リャン》夫人の向かいにある絹物店に広い屋根裏を発見し、そこで筋のいい若い巡査を相手に嬉々として拳法や相撲を教えていた。報告によると、梁《リャン》夫人は一度も外出せず、婆さん女中が野菜を買いに出かけるだけだという。胡乱な人物が周辺をうろつく気配はなかった。

三日めのこと、南門外の押込み強盗に連座した疑いで、まちに入ろうとした広州人を南門の守衛が収監した。そいつは林範《リンファン》あての厚い手紙を持っていた。

狄《ディー》判事がくまなく目を通したが、疑わしい点はどこにも見当たらない。他のまちに置いた支店のさる取引完了にともなう収支詳細だった。ただ、桁違いの金額には目をみはらされた。どうやら取引ひとつで銀何千粒ものもうけが出るらしい。

手紙の写しをとった上で放免してやると、午後には林《リン》邸にあらわれたと陶侃《タオガン》が知らせてきた。

四日めの夕刻、林範《リンファン》の執事を運河の堤で喬泰《チャオタイ》がつかまえた。河を泳いで水門の格子をくぐり、守備兵の目をかいくぐったに決まっている。

喬泰《チャオタイ》は賊に見せかけて執事を殴り倒し、所持していた手紙を奪った。宛先は都のさる大官で、早急に蒲陽《プーヤン》知事を更迭なさるべしと匂わせ、言わず語らずで金錠五百の裏書き手形が同封してあった。

あくる朝、執事が賊に襲われて被害に遭った届け出書面を林範《リンファン》がよこしてきた。それを受けた狄《ディー》判事が、この非道に関する情報提供者に銀五十粒を褒賞に出すと布告。盗んだ手紙のほうはこの先にそなえて大事にしまいこんだ。

これが最初の耳寄りな材料だったが、どうやら後が続かなかったようだ。新たな展開もなく一週間が過ぎた。

判事の懊悩ぶりが洪《ホン》警部の目にとまった。平常心があとかたもなく消えうせ、折にふれていらだちをのぞかせるようになったのだ。

いつになく軍事に関心を寄せた判事が、州内の県知事に通達される回状を何時間も読みふける。州の南西端で邪教を奉じる狂信者どもが賊と結託して武装蜂起を起こした件については、つぶさに手控えをしたためていた。蒲陽《プーヤン》にまで余波が及ぶとは到底考えられず、そのどこがここまで狄《ディー》判事の注意をひくのか洪《ホン》警部には解せなかった。

軍事面以外はからきしでくのぼうな蒲陽《プーヤン》守備司令官とわざわざ近づきになってまで、当地の兵力配分について飽くことなく語り合った。

説明はなにひとつなく、内心を打ち明けてもらえないのが警部には寂しい限りだった。狄《ディー》判事の家庭内に生じた不協和音も、わびしさにいっそうの拍車をかけた。

狄《ディー》判事が第二、第三の夫人の院子に泊まることもあったが、たいていは執務室の長椅子で寝た。

第四院子へは午前中に一度か二度ほど寄り、杏児《きょうじ》や藍玉《らんぎょく》とお茶を飲んでひとしきり雑談して政庁へ戻った。

林範《リンファン》を屋敷に訪ねて二週間めに、主人の名代で林範《リンファン》の執事が政庁にやってきて、あるじが午後から参上してもよろしいでしょうかとうかがいを立てた。応対に出た洪《ホン》警部が、よろこんでおいでをお待ちすると執事に伝えた。

林範《リンファン》はその午後、戸を閉めきった輿で訪ねてきた。狄《ディー》判事が大歓迎し、賓客扱いで大広間に通してすぐ横にかけさせ、果物や菓子を出してせっせと勧めた。

林範《リンファン》が例の棒読み口調で判事のご機嫌をうかがう。あいかわらず、何を考えているかさっぱり読めない顔だ。

そのあとで、うちの者を襲った賊の手がかりはございましたでしょうかと尋ねてきた。

「執事は」と続ける。「てまえの農場まで伝言に参る途中でございました。まちの北門を出て、水門外の河辺を歩いていたところを賊に殴られ、所持品を奪われたうえ河に投げこまれまして。九死に一生を得て岸に上がれたからいいようなものの、さもなくば溺れ死んでおりましたでしょう」

「なんとけしからん！」狄《ディー》判事が大いに憤慨する。「殴ったあとで溺れさせようとは！　褒賞金をさらに上乗せし、銀百粒としよう」

鄭重に礼を述べながらも、林範《リンファン》の目は一瞬も判事を離れない。

「閣下には、てまえの案件で審理の下調べをなさる暇がおできになったので？」

狄《ディー》判事が悄然とかぶりを振る。

「上級書記を例の書類に連日かからせている。梁《リャン》夫人に要確認の点がいくつもあるのに、ご存じの通り、夫人の頭の霧が晴れるのはごく限られた時間だけだ。それでも、まもなく整理が完全に終わるはず。絶えず心にかけてはいるのだが」

林範《リンファン》が最敬礼した。「二件とも、ほんの些事でございますので」と彼は続けた。「目下のてまえが難題を抱え、また二件とも閣下におすがりするほかなしというのでなければ、貴重なお時間に割りこむなどという非礼は思いもよりませんでしたが」

「このさいだ、遠慮は抜きに」狄《ディー》判事が言う。「いつなりとお役に立つ所存だと思ってくださってよろしい！」

いつもの薄笑いをふっと洩らした林範《リンファン》が、ひとしきりあごをなでてこう話しだした。

「閣下は上つ方に普段からつながりをお持ちですから、当

茶菓供応と懇談

然ながら内外の事情に通じておられましょう。てまえどもも商人がそうした問題にどんなに無知か、お考えになったこともございますまい。ですが、そうした知識さえあれば、銀何千粒もの損をせずにすむ場合もたびたびございます。

このたび、広州に置いております番頭が報告をよこして参りました。それによると、さるお役人さまの知遇を得て、内々にご助言いただく確約を商売敵がとりつけたとのこと。不肖てまえどももその例にならうべきかと。ですが、あいにくとしがない小商人の分際では、上つ方に何のつてもございません。そこで、かたじけなくも閣下よりいずれかのご尊名を頂戴できましたら、どれほど感謝申し上げても足りません」

狄《ディー》判事は頭を下げて大まじめに述べた。

「私ごときの意見をそこまで買ってくださるとは名誉の至り。ただ、遺憾ながら小県のしがない知事にすぎぬ身の上では、林《リン》家のごとき豪商のご相談に耐えるだけの経験と学識を兼ね備えた友人知己はあいにくと心当たりがない」

林範《リンファン》が茶を飲む。

「商売敵はそのお役人さまへの謝礼に年間利益の一割をさしあげるとか」平然と述べる。「その方のご助言が生む利益のほどを思えば、微々たる額でございます。むろん、ご大官がたにはさしたる利率でもございませんが、その程度でも月当たり銀五千粒は見込めますので、ご家計の一助にはしていただけましょう」

狄《ディー》判事があごひげをしごく。

「この件でお役に立てず、どれだけ残念かをお伝えできればなあ。かほどの人物と思わない相手になら、まだしも気軽に同輩の誰かれを向けてもあげられようが。だが、友人知己でいちばんの人物でも林《リン》家の御用にはとてもとても」

林範《リンファン》が腰を上げた。

「やぶからぼうにこんなお話を切りだしまして、こちらこそ失礼いたしました。ですが、これだけはぜひ申し上げておきませんと。ただいま申し上げました額はあくまで思いつきの大まかなものにすぎません。おそらく実際にはその倍にはなるかと。その点を閣下にご再考いただけましたら、いずれかお名前をご想起くださるやもしれません」

狄《ディー》判事も立った。

「残念至極ながらなにぶん交際範囲が狭く、お尋ねのような逸材は絶対に見つかるまい」

林範《リンファン》があらためて最敬礼ののち辞去し、狄《ディー》判事みずから輿まで送って出た。

このあとの狄《ディー》判事は、洪《ホン》警部がそれと気づくほど機嫌がよかった。林範《リンファン》とのやりとりを話してきかせたのちにこう評する。

「鼠め、袋の中だと悟って口紐をかじりだしたぞ！」

だが、次の日にはまたもや憂鬱に逆戻りした。さんざん林《リン》家の執事をからかった次第を陶侃《タオガン》が腕によりをかけて語っても、狄《ディー》判事はにこりともしなかった。

さらに一週間がたった。

午《ひる》の回が閉廷すると狄《ディー》判事はひとりで執務室にこもり、上の空で公文書に目を通していた。

そこへ、廊下のかすかなささやきが洩れてきた。書記ふたりが雑談にかまけている。狄《ディー》判事の耳に、〝乱〟という言葉が聞くともなく聞こえてきた。

席を蹴って、櫺子窓《れんじまど》へと足音を忍ばせる。

片方がこう話していた。

「――だから、この乱がこれ以上広がる気遣いはないんだがね。聞いた話じゃ、州長官は念のために十分なだけの兵力を金華《チンファ》近辺に集めたいそうだ。民への示威が目的だね」

櫺子窓《れんじまど》に耳を押し当てると、もうひとりがこう述べた。

「それでだったのか！　伍長をしてる友達の話じゃ緊急出動があって、近県の守備軍は今夜すべて金華《チンファ》へ向けて出発すべしと命令が出たそうだ。ふうん、それが本当ならここの政庁にもおっつけ公文書が届くはずだよな、それで――

――」

そこまで聞きさして、狄《ディー》判事はあたふたと機密保管金庫の錠前を開け、大きな包みと書類数枚を出した。

やがて入室した洪《ホン》警部が判事の変わりように肝をつぶした。これまでの無気力はどこへやら、てきぱきした物腰でこう話す。

「これより、すこぶる重要な隠密調査に即刻出かけざるをえんのだ、警部！　これから話す指示をよく聞いてくれ、繰り返しや説明のひまはない。指示された通りを寸分違わず実行に移すのだ。どういうことかは明日になればわかる」

警部に四通の封書を渡した。

「この県のおもだった名士四人あてだ、私の名刺が入れてある。みな折紙つきの人格者で、土地の民から大いに重んじられている。各自の邸宅の位置関係まで考えに入れ、熟考を重ねた末にこの四名を選んだ。

包《バオ》どのは退役した左近衛の元将軍、萬《ワン》どのはやはり現職を退いた州の元長官、林《リン》さんは金工同業組合親方、聞《ウエン》さんは大工同業組合親方だ。今夜、私の名代で回ってくれ。そして私からの口上として、あすの日の出一時間前に、極めてゆゆしい事件の証人をぜひともお引き受け願いたいと伝えるのだ。また、どんなことがあってもその件は他言無用、ご自宅の院子に輿とふさわしい供回りをそろえて、各自待機しておいていただきたいとも伝えてくれ。

それがすんだら、馬栄《マーロン》、喬泰《チャオタイ》、陶侃《タオガン》を出先からこっそり呼びもどし、巡査たちと交替させよ。副官たちはあす日の出の二時間前、この政庁の正院子で待機するように。馬栄《マーロン》と喬泰《チャオタイ》は弓と剣を帯び、騎馬で完全武装しておくのだぞ！

おまえたち四人がかりで政庁を回って書記から巡査、走り使いにいたるまで全員を静かに起こしておけ。私の公用輿を正院子に支度させ、全職員でとりまくように供回りの位置につき、巡査にはめいめい棍棒と鎖と鞭を持たせよ。万事極力静かに進め、ちょうちんに火を入れてはいかん。私の官服と官帽は輿に入れておいてくれ。政庁の警備は牢番たちにまかせる。

さあ、もう出かけなくては。あす、日の出二時間前に会おう！」

警部に口をきくひまもあたえず、包みをさげてさっさと執務室を出た。

官邸に急ぎ、第四院子に直行する。杏児《きょうじ》と藍玉《らんぎょく》は長衣に刺繍していた。

ふたりを相手に半時間ほどまじめに話し、持ってきた包みを開ける。なかから、高い黒帽から宣伝用の貼札まで易者道具一式が出てきた。貼札にはこんな口上が大書してある。

大家　彭《ポン》先生
四方《よも》にかくれもなき占断
よろず易占外れなし
秘中の秘法
黄帝奥伝

杏児《きょうじ》と藍玉《らんぎょく》に手伝わせて変装がすみ、貼札を巻いて袖におさめると、判事は娘たちをつくづく見守り、ゆっくりと杏児《きょうじ》にこう言った。

「心から頼りにしているぞ、おまえも妹も！」

二人そろって深く頭を下げた。

狄《ディー》判事は小さな裏口を出た。そもそもこの第四院子を杏《きょう》児《じ》と藍玉《らんぎょく》に特にあてがったのは、官邸のほかからやや離れているのと、政庁裏の園林に出る小さな戸口がついていて、こっそり出入りするにはなにかと好都合だったからだ。

大通りに出てすぐ貼札を広げ、人ごみにまぎれこむ。

午後いっぱいは裏通りをぶらついて時間をつぶし、小さな酒場や道端の屋台で何杯も茶を飲んだ。ちょっと観てくれと頼まれると、上得意の先約で出向く途中だといって逃げた。

暗くなると、北門からちょっと行ったあたりにそこそこの料亭があったので、簡単な食事を頼む。まだたっぷりひと晩あるので思案を巡らし、勘定をすませるさなかにひょいと思いついて神叡観をのぞいてみることにした。馬栄《マーロン》の真に迫った語り口で描かれた申八《ションバ》のありさまや怪談のことを思い出し、ちょっと気をそそられたのだ。給仕によれば、ここから遠くないという。

何度も道をたずね、ようやく道観に出る横丁を探しあてた。はるか先の灯を目当てに、用心して一歩ずつ暗い道を進んでいく。

道観の院子に入ったとたん、馬栄《マーロン》に聞いてすっかりおなじみの光景が見えた。

申八《ションバ》は塀を背にした定位置におみこしをすえ、とりまきの子分どもの目がさいころの動きを追っている。

みな、うろんな目をこちらに向け、貼札を見た。

申八《ションバ》が愛想づかしに唾を吐き捨て、さも不愉快そうに言った。

「やいやいやい、とっとと消えろや、ぐずぐずすんな！　昔のことなんざ思うのも憂鬱だってのに、このうえ将来《さき》のことまで見てなにが楽しいんでえ。麒麟みてえに壁抜けするなり、龍みてえに天に舞い上がるなり、好きにうせな。はばかりながら、てめえがいるだけでそこらじゅうが辛気臭えわ！」

「あのう、もしかして」狄判事《ディー》が下手《したて》に出てたずねる。「ここらに申八《ションバ》さんて方がおられますかな？」

申八《ションバ》は目をみはるようなすばやさで立った。手下二人がぶっそうな顔で狄判事《ディー》に近づく。申八《ションバ》がぶすっと述べた。「そんな名は聞いたこともねえや！　訊いてどうする気だ、この外道！」

「いえね」判事は逆らわない。「まあまあ、お平らかに！　たまたま同業の者に会いましてね、こっち方面に行くんだというと銅銭二さしをよこしました。なんでも乞食同業組合の知り人からの預かりもんだそうで、この道観の院子にいる申八《ションバ》って人んとこへ届けてくれと頼まれたんだそうです。ですが、いないとおっしゃるんなら、まるきりなかったことにしたほうがよさそうですな」

そう言って、きびすを返そうとした。

「おい、このろくでなしの犬畜生め！」申八《ションバ》は怒ってわめいた。「申八《ションバ》ってのはおれのことだ！　てめえ、乞食の顔役へのみかじめ料をねこばばする気じゃあんめえな？」

さっそく狄判事《ディー》が出した銭二さしを申八《ションバ》がひったくり、すぐさま数えだした。

一枚も欠けていないのを確かめたあとで、こう言った。

「兄弟、きつく当たっちまってすまねえな！　届けてくれてありがとよ。だがなあ、ここんとこ妙なよそ者がどうにも多くてな。中にゃ、気っぷも腕っぷしも男惚れするような好漢もいて、こちとら及ばずながら一肌脱いで急場を救ってやったつもりだったぜ。そしたらどうだ、好漢どころかお上の犬だともっぱらの評判じゃねえか。義侠がまかり通らねえ世の中とすりゃ、この国はお先まっくらじゃねえかい？　しかも、いっしょに賽を囲んでも、すかっときれいに張るようなやつだったのになあ！

ま、あんたにゃ世話をかけた。腰をおろしてしばらく休んでってくんな。将来《さき》読みのお人の向こうを張って賽を読むなんてえ度胸もついでに懐も、おれらにゃねえけどな」

腰をすえた狄判事《ディー》が四方山話に加わる。裏世界のしきたりにかなり通じていたので、仲間うちの符丁を駆使していくつかの話題でみなの受けをとった。

そのあとで、趣向を変えてぶきみな怪談を語り出す。

中八《ションパ》が手を上げてさえぎり、きっぱり言い切った。

「兄弟、黙んなよ！　つい隣にゃ、その縁起でもねえ連中が棲みついてんだぜ。おれの目の黒いうちは、ここで滅多なことを言わねえでくんな！」

この意見に狄判事《ディー》が驚いてみせると、中八《ションパ》はすぐ裏の空き道観について先刻承知の話を判で押したように語った。

狄判事《ディー》が言う。

「ま、私としても連中のことは悪く言いたかないね。幽霊や小鬼は商売仲間ってとこがあるからねえ。あれらにうかがいを立てて卦を見ることもしょっちゅうでね、なんだかんだと儲けさせてもらってるよ。だから、こっちも多少の見返りは欠かさんようにしてる。連中がよく出る淋しい場所に油餅《ユウピン》を置くとかしてね。あいつらの大好物だから」

中八《ションパ》が膝を打って、すっとんきょうな声をあげる。

「ははあ、ゆうべ、おれの油餅《ユウピン》が消えたのはそれでかい！　なるほどなあ。いくつになっても賢くなるねたは拾えるもんだぜ！」

中八《ションパ》の取巻きの誰かがくすりと笑ったが、狄判事《ディー》は知らん顔で続けた。

「あの道観にもっと近づいても構わんかい？」

「あんたは幽霊や小鬼のおなじみさんだ」中八《ションパ》が言った。「行ってきなよ。そいで、よかったらやつらに言ってきかせといてくれや。怪異なんざおこしやがって、まじめなおれら渡世人がようやっとありついた寝入りばなを叩き起こすんじゃねえぞってな！」

狄判事《ディー》はたいまつを借り、道観の正門へとまっすぐのびた階段を昇った。

頑丈な板戸に鉄のかんぬきがかかっている。たいまつをかかげ、錠前に貼った紙片を認めた。「蒲陽政庁《プーヤン》」と記され、印は馮前任知事《フォン》のものだ。日付は二年前になっている。塀沿いに回りこんで小さな脇門に出たが、やはりかんぬきと錠前がかかっていた。ただし格子戸だ。

たいまつを壁でこすり消し、爪先立ちして道観内部の暗がりをのぞきこんだ。

その場にじっと立って音をたてず、ひたすら耳をすます。道観のはるか奥で、足をひきずって歩く音がかすかに聞こえたようだ。が、こうもりの羽音かもしれない。しばらくは、またひっそりしていた。今のが空耳かどうか、まるで自信がない。

じっと辛抱強く待った。

そこへかすかに戸をたたく音が聞こえ、はたと止んだ。立ったまま長いこと耳をすましたが、どこもかしこも墓場のように静かだ。

かぶりを振りながら、この道観は絶対に調査しなくてはと思う。足をひきずるような音はもっともな説明がつくとしても、あの戸をたたく音だけは筋の通った説明がつかない。

また石段をおりて院子に出ると、申八《ションパ》がたずねた。

「おいおい、やけに長かったじゃねえか。何かいたかね？」

「わざわざ言うほどのもんじゃないが」狄《ディー》判事が答えた。「ただ、青鬼がさしむかいで人の生首をころがしてさいころ遊びをしてたよ」

「うへえっ、くわばらくわばら！」申八《ションパ》が叫んだ。「なんてえやつらだ！　だがあいにく、こちとら隣近所を選んで住むなんて贅沢はできねえんだよ！」

狄《ディー》判事はそこで引き上げることにし、のんびり歩いて目抜きの盛り場に戻ってきた。

横丁を入ったところに、それなりにこざっぱりした八仙館なる小さな旅館があった。その晩はそこに泊まる。茶びんで熱い茶をくんできた給仕に、明朝はまちの門が開いて早々に街道に出るつもりだからと言い置いた。

もらった茶を二杯飲み、長衣の前をかき合わせてがたのきた寝台にあがると、数時間ほどぐっすり眠った。

17

払暁の寺に賓客《まれびと》がつどい
本堂を背にして吟味する

四更の鼓が鳴ると起きだし、冷水で口をゆすいだ。長衣の寝じわを伸ばして衣紋をつくろい、八仙館を出た。

人通りの絶えた路上を急ぎ足で政庁の正門に出ると、門番が狄《ディー》判事の妙な姿に寝ぼけまなこをみはって中に通した。

判事のほうはおし黙ってまっすぐ正院子《にわ》に行った。公用輿を囲んでひっそり並ぶ、おおぜいの黒い人影が闇の中でも認められる。

洪《ホン》警部が紙ちょうちんをひとつだけともし、輿に乗る判事に手を貸した。輿の中で易者の扮装を官服に替える。

黒い判事帽をかぶり、窓幕をあげて馬栄《マーロン》と喬泰《チャオタイ》を手招きした。

副官ふたりとも、軍装がひときわりりしい。騎兵大尉用のずっしりした鎖かたびら、頭は剣尖飾りの鉄かぶとで防護し、長剣と強弓をたずさえ、矢筒にはたっぷり矢をさしてある。

狄《ディー》判事が小声で命じた。

「元将軍、元長官、親方たちの順で屋敷に立ち寄る。おまえたちは馬で先導せよ」

馬栄《マーロン》が頭を下げる。

「ひづめはすっかり藁でくるみました。音は絶対にしませんぞ！」

満足そうにうなずいた狄《ディー》判事の合図で一行は出立し、政庁を出ていった。ひっそりと西に向かい、政庁の外壁沿いに角を折れて北をさし、将軍の屋敷に出た。

洪《ホン》警部が戸を叩くと、待ちかねたように双扉が大きく開いた。

そこからでもはっきり見えた。将軍用の軍輿が出すばかりに支度して前院子《まえにわ》にすえてあり、三十名ほどの供回りが前後につきしたがっている。

狄《ディー》判事の輿がかつぎこまれ、降りてくるところを将軍が待ち受けて応接室に案内した。

凱旋用の軍礼装で威儀を正した将軍は、七十を越えてなお威風があたりを払う。紫地金襴の軍袍に金のよろいを重ね、剣帯には宝石をちりばめた大きな剣を佩《お》び、金色の兜のいただきに色とりどりの三角旗が扇のように開いている。かつて、西域で大勝利をおさめた戦いに率いた五つの軍団の旗印だ。

双方とも礼をかわしたのちに、狄《ディー》判事が述べた。

「こんな時間にお騒がせいたしまして、恐縮至極に存じます。ですが、さる悪質犯罪の摘発にあたって、閣下にはなにとぞまげてご臨席いただきたく。後日の法廷にて証言を賜るべく、ただいまより御同道願い上げます」

夜の散策という趣向がお気に召したらしく、将軍は軍人口調で歯切れよく答えた。

「ここの知事は貴殿だ、ご命令承りました。さ、出かけましょうぞ！」

狄《ディー》判事は萬《ワン》元長官、さらに二人の同業組合親方にも立ち寄り、同じ口上を述べた。

これで輿五丁に百からの供回りとなった行列がまちの北門にさしかかると、判事は輿近くに馬栄《マーロン》を呼び寄せ、てきぱきと命じた。

「門を出たらすぐ、行列を離れるな、従わねば誰であれ斬ると全員に触れを出せ。おまえと喬泰《チャオタイ》で隊伍の両脇を固め、弓矢をつがえて前後を見回れ。列を離れるそぶりがあれば構わん、即座に射殺《いころ》せ。さあ、先行して守衛に門を開けさせてこい！」

じきに一行は、堅牢な鉄鋲打ちの北門を守衛二名に開けさせて通過した。

方角を東にとり、普慈寺を目指す。

寺の山門に出ると、洪《ホン》警部が門を叩いた。のぞき窓の向こうに眠そうな坊主頭が出てくる。

洪《ホン》警部がどなった。

「政庁の者だ、境内に入った賊を召し捕る。門を開けよ！」

かんぬきをはずす音とともに扉が細めに開く。馬栄《マーロン》と喬《チャオ》泰《タイ》は門前に馬をつないで、徒歩になっていた。ふたりですかさず強引に門を押し開け、不意をつかれた番僧二名を門番小屋に押しこめて、声を出したら首が飛ぶぞと言いきかせた。あとから一行が陸続と境内の第一院子《なかにわ》に入る。まっさきに狄《ディー》判事が、続いて証人四名がめいめいの輿から降りてきた。

狄《ディー》判事が声を落として正院子までの同道を証人たちに要請、あとはとどめ置かれた。陶侃《タオガン》を先に立てて馬栄《マーロン》と喬泰《チャオタイ》が最後尾を固め、粛々と歩いて本堂に向かう。

本堂の手前にひらけた院子《なかにわ》は、本尊に捧げた青銅の常夜燈のせいでほんのり明るい。

判事が片手を上げる。一同が足を止めた。まもなく尼僧用の頭巾外套をまとったしなやかな人影が暗がりから姿をあらわし、判事に深く頭を下げると何か耳打ちした。

狄《ディー》判事が陶侃《タオガン》に命じる。「管長の居室に連れて行け！」

陶侃《タオガン》が階《きざはし》から露台に出て本堂右の回廊に折れ、行き止まりの閉じた扉を指さした。

狄《ディー》判事が馬栄《マーロン》にうなずく。馬栄《マーロン》が肩をぶつけて力ずくで押し開け、脇にさがって一同を通した。

大ろうそく一対が照らしだす室内は贅沢なものだった。香煙や香水がくどいほどだ。彫り飾りの黒檀むくの寝台があり、豪奢な刺繍を施した絹の夜具に高いびきの管長がおさまっていた。

「そやつを縛り上げよ！」判事が命じた。「両腕は背後でかたく縛っておけ」

馬栄《マーロン》と喬泰《チャオタイ》が管長を引きずり出して床に転がし、目を覚ましきらないうちにとりおさえて、細鎖で後ろ手に縛った。

馬栄《マーロン》が管長を引き起こして立たせ、どなりつけた。

「知事閣下の御前だぞ、頭が高い！」

管長がとたんに青ざめた。いきなり地獄に放り込まれた、くさりかたびらの武人二人組は閻魔大王の羅卒だとでも言いたげな顔をしている。

狄《ディー》判事が証人たちに述べた。

「こやつをよくよくごらんいただきたい。とくに、坊主頭のいただきを！」

それから洪《ホン》警部に命じた。

「第一院子《なかにわ》に待たせてある巡査らを大急ぎで呼んでこい」と命じる。「僧どもをひとり残らずひきすえて、後ろ手に縛らせるのだ。もう、ちょうちんをつけていいぞ。僧坊の場所は陶侃《タオガン》に案内させろ」

またたくまに、「蒲陽《プーヤン》政庁」と大書したちょうちんが院子にあふれた。

大声の命令とともに僧坊の戸が蹴り開けられ、鎖が鳴る。巡査たちが棍棒をふるい、手向かう者を重い鞭の柄頭で打ちすえるたび、悲鳴があがった。最後には、生きた心地もしない六十人ばかりの僧が正院子《にわ》の中央に集められた。

階《きざはし》の上からこのありさまを見渡した狄《ディー》判事が、そこで声を張った。

「その者らを、こちら向きの縦六列にひきすえよ！」

その通りになると、次にこう命じた。

「ここまで帯同した供の全員で、院子《なかにわ》の三方を固めよ」

そうしておいて陶侃《タオガン》を呼び、あの立ち入り禁止の庭園まで案内を命じた。そして、本堂前で落ち合った尼僧外套の娘に声をかけた。

「杏児《きょうじ》の泊まった離れを教えてくれ、藍玉《らんぎょく》！」

陶侃《タオガン》が庭門を開け、みなを連れて曲がりくねった小道をたどる。陶侃《タオガン》と娘がちょうちんをかかげ、ゆらめくあかりで西方浄土もかくやの庭園が照らし出された。

しなやかな竹林の中ほどにたたずむ小さな亭《あずまや》の前で、藍玉《らんぎょく》が足を止めた。

狄《ディー》判事が証人たちを手招きし、扉の錠に貼った封印が手つかずだというのを確認させた。

ひとつうなずいたのを合図に、藍玉《らんぎょく》が封印を破って持参の鍵で戸を開けた。

狄《ディー》判事が大声で呼ばわりながら戸を叩く。

「開けてくれ、知事だ！」

そう言うと、一歩さがって待った。

朱塗りの扉が開いて、しどけない薄絹のねまきに燭台を手にした杏児《きょうじ》が顔をのぞかせた。

将軍と萬《ワン》前長官をはじめとするお歴々を見るやあわてて引っこみ、頭巾外套を着てくる。まもなく、みなで小さな亭《あずまや》のなかに入り、壁いっぱいに観音を描いた立派な仏画や、錦の覆いをかけた大寝台など、贅を凝らした室内を注意深く見て回った。

判事がうやうやしく杏児《きょうじ》に頭を下げ、他の面々もおのずとそれにならった。将軍の兜の軍旗がはためく。

そこで狄《ディー》判事が言った。

「では、隠し戸口を見せてくれ！」

杏児《きょうじ》が戸口の扉に寄っていって、漆のおもてに点々と散る銅鋲のひとつを回した。すると、扉の中ほどで細い鏡板がぱっくり割れた。

とたんに陶侃《タオガン》が自分の額をぴしゃりとやる。

「おれとしたことが、こんなしかけにまんまとしてやられたなんて！」わが目を疑うように大声をあげた。「くまなく調べたつもりが、すぐ目につく箇所だけ見落としていたとはな！」

狄《ディー》判事が杏児《きょうじ》に向いてただす。

「あとの亭《あずまや》も、五つとも満室か？」

うなずく杏児《きょうじ》に続けて言いつけた。

亭前につどう面々

「ご苦労だが藍玉《らんぎょく》を連れて第一院子の客殿に行き、付き添いの夫らに伝えて回ってくれないか。亭《あずまや》まで迎えに行って鍵を開けてくれ。それがすんだら夫だけ正院子《にわ》に出て来て、この件の予備審問に臨席するようにとな」

杏児《きょうじ》と藍玉《らんぎょく》が出かけてしまうと、狄《ディー》判事は念入りに亭《あずまや》のなかを調べた。そして寝台脇の小卓を示しながら証人一同に述べた。

「どなたもその卓上をよくごらんください。化粧紅を入れた象牙の小盒子《ふたもの》があります。ことに、置き場所や配置を銘記願います！　さて、将軍、この箱に封印していただけますか。いずれは法廷に提示する証拠品ですので」

杏児《きょうじ》の帰りを待つ間に、陶侃《タオガン》は扉のからくり板をなめるように調べた。銅鋲のひとつを回せば、内外どちらからでも音もなく開閉できるしかけだ。

やがて戻ってきた杏児《きょうじ》が報告した。ほかの亭《あずまや》の女客はみな第一院子に連れられて行き、夫たちは本堂前で待機中だという。

狄《ディー》判事は証人たちを連れ、ほかの亭《あずまや》をすべて回った。どの亭《あずまや》でも、陶侃《タオガン》は隠し戸を苦もなくつきとめた。

そこで狄《ディー》判事が証人たちに向き直る。

「ご一同」と静かに言った。「温情的措置として、さる事実を潤色したく、ご了解願います。こちらの亭《あずまや》のうち、具体的な指定は避けますが、二軒だけは隠し戸がなかったと審理の場で申し述べたく存じます。ご了承いただけますか？」

「まったく当を得たご措置です、知事どの」元長官が評した。「民心を安んじることに腐心しておられる証左です。賛成いたします、ただし条件付きで。判事以上の司直当局に閲覧を限るとして添付書類をたて、そちらにありのままを記録なさるのでしたら」

この意見に狄《ディー》判事はじめ一同がくちぐちに賛成したあとで、ふたたび狄《ディー》判事が言った。

「ご一同、では本堂前の露台に出ましょう。本件の予備審問はそちらで行ないます」

一同が上に立つと空が白みだし、眼下の院子《なかにわ》にひきすえた僧六十名の坊主頭をあかつきに染めた。

巡査長に命じて、寺の食堂《じきどう》から大卓や椅子数脚を運ばせる。こうして仮法廷のしつらえがすむと、馬栄《マーロン》が管長を御前に引き出した。

管長は明け方の肌寒さにがたがた震えながらも、判事を見て舌打ちした。

「この犬役人め、私から袖の下を受けとっておきながら！」

「そうではない」判事が冷然とつっぱなす。「一時の方便に借りただけだ。よこした金は銅銭一枚まで使い切って、当のおまえを破滅させる手だてを講じた」

長椅子を判事席に見立て、判事をまんなかにはさんで右の上座に将軍と長官、左の下座に親方両名が居並ぶ。洪《ホン》警部がその脇に腰掛を並べて杏児《きょうじ》と藍玉《らんぎょく》をかけさせ、自分は二人の背後に立った。

上級書記以下の書記たちは小さな脇机の席についた。露台の左右に馬栄《マーロン》と喬泰《チャオタイ》が立ちはだかってにらみをきかせる。

全員が所定の位置におさまると、狄《ディー》判事は世にも異様な院子《なかにわ》のありさまをしばらく眺めていた。その場は寂《せき》として声もない。

やがて、厳然たる声が響いた。

「これより予備審問を開廷する。普慈寺管長ならびに人数不明の僧侶に対し、既婚婦人との和姦ないし強姦、広く世に認知された霊場の冒瀆、強請《ゆすり》の四嫌疑で取り調べる」

巡査長を目でうながして命じる。

「訴人を出せ！」

杏児《きょうじ》が御前に案内され、ひざまずいた。

そこへ狄《ディー》判事が声をかける。

「これは臨時公判だ、訴人はひざまずかなくてよろしい」

立った杏児《きょうじ》が頭巾を脱ぐ。なよやかな細身に長外套をまとい、目を伏せて立つ姿を見守るうちに、厳しかった狄《ディー》判事の顔つきがふっと和み、口調もおだやかになった。

「姓名および訴えの筋を申してみなさい」

杏児《きょうじ》が答えながらも、ともすれば言いよどむ。

「いやしきてまえは姓を楊《ヤン》、名を杏児《きょうじ》と申します。湖南《フーナン》の生まれでございます」

上級書記がその発言を写し取る。

判事が椅子に背をあずけた。

「先を続けよ！」

18

窈窕《びじん》は驚倒の秘事を証し
判事は副官に真意を語る

はじめはややまごついた感のある杏児《きょうじ》だったが、しだいに慣れるにつれて澄んだ声がりんりんと通り、院子《にわ》をとりまいて無言で立つ者らの耳にもれなく届いた。

「昨日の午後のことです」と話しだす。「妹の藍玉《らんぎょく》に付き添われ、このお寺に参りました。管長さまにご面会し、霊験あらたかな観音さまに願かけをしたいとお願いしました。すると、このお寺に泊まって御本尊の広大無辺なお慈悲に夜通し思いを致して願をかけないと、お蔭はありませんよとおっしゃいます。参籠ぶんは前払いでと言われ、金錠を一本さしあげました。

昨夜、妹ともども管長さまに連れられて奥まった庭の小さな亭《あずまや》に入りました。その晩はそこに泊まり、妹の方は境内の客殿に宿をとっていただけるとか。口さがない連中がいかにも広めそうな中傷を防ぐためだとかで、部屋の戸締りを妹にしてもらいました。妹は印を押した紙を錠に貼りつけて戸を封印し、肌身離さず鍵を保管してくれておりました。それもこれも、管長さまがそうしなさいとおっしゃったからです。

外から締め切った亭《あずまや》に一人きりになると」娘は続けた。「まず、壁の観音さまに長々とお祈りしました。それで疲れてしまって、火のついたろうそくを化粧台に置きっぱなしにして、ひとまず寝台に横になりました。

二更過ぎに違いありません。ふと目をさましますと、寝台脇に管長さまが立っていました。お望みがまちがいなく叶うように手ずから保証をあげようと言われ、ろうそくを吹き消し、むりやり私を抱きました。たまたま化粧紅の盒子《ふたもの》を開けて枕辺の卓に置いていたので、丸めた頭のてっぺんにこっそり紅で目印をつけました。ことが終わると管長さまは、『さてと、そのうちに願いが叶ったら、弊寺にも応分の礼物をお忘れなく！　万が一にも貰いそびれがあったりしたら、後生大事の旦那さまに面白からぬご注進が行くからね！』次にはっと気づくと、いつのまにか部屋からいなくなっていました」

杏児《きょうじ》の話が進むにつれ、聴衆にかなりの動揺とざわめきが走った。

「暗がりに寝て泣きじゃくっておりましたら、べつのお坊さんがぬっとあらわれました。『泣くなよ、せっかく情人《いいひと》のお出ましだってのに』と言うや、泣いて頼んでも嫌がっても知らん顔で、やはり力ずくで私をものにしました。胸が張り裂けそうでしたが、それでもぐぐっとこらえて、管長と同じところに紅をつけてやりました。

折をみてこの極悪非道のかたきをいつか討ってやる、その証拠集めをするんだとかたく心に思い決め、今度の坊さんはかなり血のめぐりの悪そうなやつでしたが、好きになったというふりをしました。茶炉の残り火でろうそくをつけ、さんざんなだめすかして、ようやく扉の隠し羽目板のからくりを聞き出しました。

いれかわりに三人めの坊さんが来ましたが、私は具合が悪いと嘘を言いました。ですが、そいつを押しのけながら、やはり紅のしるしをつけてやりました。

一時間前に妹が戸を叩き、この県の知事さまがお調べにみえたと教えてくれましたので、訴え出たい、すぐ申し上げてと頼みました」

狄《ディー》判事が厳しい声で述べた。

「証人ご一同、第一の罪人の頭に紅のしるしをご確認願いたい！」

将軍はじめ一同が席を立つ。

管長の坊主頭のいただきで、赤いしみが朝日にくっきり映えていた。

ここで狄《ディー》判事は巡査長に命じ、院子《なかにわ》にひきすえた僧侶の間を歩いて、頭に同様のしみをつけた者どもを引きださせた。

じきに巡査たちの手で僧二名が露台に引っぱられ、管長の隣にひきすえられた。どちらの頭にも、見落としようのない紅のあとがべったりついている。

狄《ディー》判事が宣した。

「この三人の罪は動かぬものと決まった。訴人はさがってよろしい！

後刻、まちに戻って政庁の午後公判で本件をあらためて吟味する。そのさい、集めた証拠についてもまとめて申し述べる。また、この寺の僧全員を拷問にかけ、残りの罪人をあぶりだすことにする」

そう述べたとたんに最前列の老僧が顔を上げ、わななく声で呼びかけた。

「なにとぞ、閣下、お聞きくださいませ！」

判事が巡査長に合図し、老僧を御前に連れてこさせた。

「閣下」とつとつと述べる。「貧道《わたくしめ》は全啓と申します。卒爾ながら、この普慈寺の正当な管長でございます。そこのそやつは管長と自称しておりますが、受戒さえ済ませておらぬ僧もどきが図々しく居座ったに過ぎません。数年前に弊寺に押しかけ、貧道《わたくしめ》を脅してやりたい放題を始めました。のちにはご参詣の婦人方に悪辣なことをしかけますので、

時ならぬ出現

異を唱えましたら裏院子の牢に押し込められました。そして、つい一時間ほど前に、閣下のご配下方が牢を破って出してくださるまで、ずっと囚人《めしうど》のままでございました」

そこで判事は片手をあげて老僧を止め、巡査長に命じた。

「その次第を報告せよ！」

「この年寄り坊主は本当に」巡査長が声高に述べた。「外側からかんぬきと錠をおろした小部屋に押し込められておりました。扉に小さなのぞき穴があり、かすかに呼び声がいたします。本官が戸を破って中に入りますと、手向かいなどしませぬ、どうぞ御前に連れていってくだされと申しておりました」

狄《ディー》判事は深くうなずき、老僧に言った。

「その先を申せ！」

「弊寺にもとからおりました貧道《わたくしめ》の弟子二名のうち、ひとりは宗門の上長に次第を訴えるぞと迫って毒を盛られました。もうひとりはこの場に引き出されております。おもてむきは裏切ったふうを装って自称管長一派の動静を探ってくれておりましたが、あいにく、しっぽまではつかめませんでした。霊徳は気に入りの取巻きにしか自らの悪行を洩らしませんでしたので。それで、訴え出るには時期尚早とよくよく言い含めておきました。さもないとまとめてあえなく口封じされ、あたら霊場を汚す罰当たりどもも露見せずじまいです。とは申せ、その弟子ならば、管長の淫行に加担した破戒坊主どもを名指しできるかと存じます。

それ以外は仏道ひとすじの世間知らずか、さもなくば贅沢三昧を目当てに居ついたなまくらに過ぎません。なにとぞ、なにとぞ、あの者どもになりかわりまして、閣下のお袖におすがり申し上げます」

判事の合図で巡査たちに鎖を外してもらうと、老管長は年配の僧のもとへ巡査長を連れていった。その僧と巡査長で僧の列をずっと見て回り、若い僧を十七人選び出しては、つぎつぎと御前に引き出した。

どの僧もひきすえられて半狂乱のていたらく、あまつさえ霊徳に無理強いされたからだとわめきののしる者もいた。すがりついてお慈悲を乞うたり、自白するからと騒ぐのもいる。

「静粛に！」狄《ディー》判事がどなった。

巡査らの鞭や棍棒がてんでに坊主頭や肩にふりおろされ、わめき声は低いうめき声と化した。

法廷の規律が回復すると、狄《ディー》判事がこう述べた。

「その他の僧は解き放つ。全啓どのの指導のもと、ただちに日々の勤行を再開せよ」

それまでに、北門外から境内の騒ぎは何事ならんと集まった人数がしだいにふくれあがっていた。院子中央の僧たちがいなくなってしまうと、群衆が露台の下にわっと押し寄せ、声を限りに破戒坊主どもをののしった。

「しりぞいて控え、知事の言葉を聞け！」狄《ディー》判事がどなった。

「ここにいる見下げ果てた下手人どもは、世の安寧を鼠のごとく根幹から食い散らした大逆の極悪人だ。わが至上の聖賢たる孔子の言にいみじくもある通り、『家は国の基《もとい》』ではないか。参拝して観音娘娘《さま》に赤心を捧げた深窓の子女を、この者どもは無理無体に汚した。まっとうな家名存続という重圧に自責の念を覚えるゆえに、手も足も出ぬかよわい女を。

だが不幸中の幸い、こやつら悪漢どもも亭《あずまや》の六軒すべてに隠し戸をしかけたわけではない。二軒では見つからなかったのだ。私とて神仏を敬う心はあり、み仏の大慈大悲を深く信じている。それゆえに、この寺で夜を明かした婦人にできた子が、必ずしも正嫡ではないと断言しかねるむね、ここに周知徹底しておきたい。

この下手人どもについては、政庁での午後公判において尋問する。そのさい、こやつらにも釈明ないし自白の機会が与えられよう」

巡査長に向いてこう述べた。

「政庁の牢ではいかんせんこの人数を収容しきれん。急場しのぎに、この悪人どもは政庁の東塀外にある柵囲いに入れるがいい。早急に護送せよ！」

連れていかれながら、霊徳が判事にわめいた。

「このけちな馬鹿者めが、いずれは鎖につながれてわが足もとにひざまずき、わが手で引導を渡されるのだ、思い知れ！」

狄《ディー》判事は冷笑した。

巡査たちが二十人を太い鎖で二列の数珠つなぎにし、棍棒で小突きながら追い立てていく。

その間に狄《ディー》判事は洪《ホン》警部に言いつけて、杏児《きょうじ》と藍玉《らんぎょく》を第一院子《なかにわ》で公用輿に乗せ、一足先に政庁へ戻すようはからった。

それから喬泰《チャオタイ》を呼んだ。

「この事件の報がまちに広まると」と述べる。「憤慨した暴徒がこの坊主どもを襲うのではと心配だ。一刻も早く軍の屯所に駆けつけ、槍騎兵と弓騎兵を一隊ずつ柵囲いに即時派遣するよう司令官に伝えよ。あの屯所なら政庁からさほど遠くない、兵のほうが先に到着するはずだ」

喬泰《チャオタイ》が急いで出ていくと、将軍が述べた。

「じつに行き届いたご手配だ、知事どの!」

狄《ディー》判事のほうも将軍と証人三名にこう述べた。

「ご一同には恐縮ながら、いましばらく貴重なお時間を余儀なく頂戴いたします。なにぶんこの寺は金銀の宝庫ですので、ご一同お立合いのもとに総目録を作成し封印するまで、誰もここを離れられません。この寺の全財産は官の没収処分が予想されますし、本件を上申する政庁の公文書には全財産の一覧表を仕上げて添付しないことには始まりません。

この寺の納所《なっしょ》（寺の金銭出納を司る役職）に在庫目録があるはずですが、全品目検認の必要があり、何時間もかかるでしょう。ですから、その前に食堂《じきどう》で朝食にしてはいかがでしょうか」

巡査を庫裡《くり》へやってしかるべき指示を出させ、みなで露台をおりて第二院子の広い食堂《じきどう》へと歩いていく。群衆はとうに第一院子《なかにわ》へ去り、そちらで坊主どもに怒声を浴びせていた。

狄《ディー》判事は招いた側でありながら相席できない非礼を将軍ほか三名に詫び、別卓に移った。そちらで食べながら副官たちに今後の指示を出し、時間節約をはかろうという心づもりだ。

礼儀にのっとって卓の主人座を譲り合う将軍や元長官や親方たちからやや離れたあたりにひと回り小ぶりな卓を選

破戒坊主をひったてる

び、洪《ホン》警部や馬栄《マーロン》や陶侃《タオガン》と席についた。

小坊主ふたりが給仕役をつとめ、白粥の椀に漬物類を添えて出す。小卓の一行は給仕に声の届くうちはその耳をはばかり、黙って食事に専念した。

狄《ディー》判事が粥をきれいに平らげて匙を置くと、おもむろに話しだす。

「警部、管長のあんなさもしい賄賂を受けとったのでさぞ心外だったろう。黄金三錠に銀三錠とはな！　本当を言うとあの時はまだ方針が立ってなかったんだが、早晩、金が足りなくなるのは目に見えていた。知っての通り私の収入のあては官俸だけだし、かといって政庁経費から出すのはまずい、管長の手の者にかぎつけられる恐れがある。

ふたを開けてみれば、罠の費用はこの賄賂でちょうど間に合ったな。娘二人の身請け金と蒲陽《プーヤン》までの旅費が黄金二錠、残り一錠は杏児《きょうじ》に渡し、寺に泊めてくれと管長を口説く折の布施にさせた。銀のうち一錠は、やり手のご同役である羅金華《ルオチンファ》知事どのの執事にやり、身請け手配賃にあてた。もう一錠はうちの家内に渡して娘らの身なりを調えさせた。あとの一錠で尼僧外套二着を買い、昨日の午後にふたりが寺まで乗ってきた上等の輿二丁を借りた。そんなわけだから、警部もそろそろ胸のつかえをおろしてもよかろう」

副官たちのほっとした顔を見てにっこりし、話を続けた。

「金華《チンファ》であのふたりの娘に出会い、これならと白羽の矢を立てた。華やかな表舞台の陰で、縁の下の力持ちとして黙々と国を支える農民ならではの土性骨から芽吹いた、あの純朴で善良な気だてが随所に見てとれたからだ。そこで確信が持てた。いざとなれば、あの娘たちならきっとしっかりやってくれると。

妾にするつもりで身請けしたのだと、当の娘らもうちの家族も思いこんでいた。真意はひた隠しにしていたからな。誰ひとり、一の家内にさえも打ち明けなかった。以前にも話したことだが、管長が官邸に手先をもぐりこませていてもおかしくなかったから、いささかでも情報が洩れるようなまねはできなかった。腹案を実行に移すにしても、ふたりが新しい暮らしに慣れ、良家の奥方と小間使いの役どころが板につくまで辛抱強く待つほかなかったしな。

一の家内の薫陶よろしきを得て、杏児《きょうじ》は見違えるようになった。そこで、昨日になって決行を決めたわけだ」

箸で漬物をつまむ。

「昨日おまえと別れたあとにな、警部」と続けた。「私はまっすぐあのふたりの院子に行き、普慈寺の胡散臭い点を娘たちに打ち明けた。そして、引き受ける意思のあるなしを杏児《きょうじ》に尋ねた。断わってもまったく構わん、だめならだめで、ふたりを巻き添えにしない別のやりかたもあるのだからと話したうえでな。それでも杏児《きょうじ》は即座に引き受けた。義憤に燃えて言い切っていたよ。そんななまぐさ坊主どもがほかの女を食い物にするなんてとんでもない、助けられるとわかっていて見過ごしにしたら、もう一生おてんとさまに顔向けできません、と。

それで、ふたりとも家内に作ってもらったうちでもとっておきの晴れ着で着飾り、目立たないように頭巾つきの尼僧外套を上にすっぽりはおれと言いつけた。そのなりで、裏口をこっそり抜けて市場に行き、最上等の輿を二丁拾う。寺に着いたら、杏児《きょうじ》が管長にこんな話をする手はずになっていた。わたくしは都のさるご大家《たいけ》の妾です。だんなさまのご身分がご身分ですからみだりにお名前を出すわけには参りませんが、第一奥様がひどいやきもち焼きのうえ、肝腎のご寵愛までだんだん薄れてきたようで、このままではお屋敷から出されてしまいます。最後の頼みの綱と思い、この普慈寺におすがりしに参りました。だんなさまには跡継ぎがなく、男児を産めばお屋敷での地位はこの先ずっと安泰です、と」

ここで狄《ディー》判事が間をおいた。副官たちのほうは話に気をとられて食事どころではない。

「これだけで、いかにも真に迫った話ではある」と判事は続けた。「だが、管長はえらく勘のいいやつだ。杏児《きょうじ》が名や境遇をくわしく明かそうとしないせいで、断わられるのではないかと心配だった。そこで、金と色に意地きたない点を巧みにつけと指示しておいた。黄金一錠をさしだして愛嬌をふりまき、女ならではの手練手管を用いて、脈があると匂わせるわけだ。

最後に、参籠してからのことを指示した。結局、なにもかも観音像の霊験だったという可能性もないわけじゃないからな。しかも、亭《あずまや》の隠し戸は陶侃《タオガン》さえ見つけられなかった。それが頭に強くあったものだから」

陶侃《タオガン》は粥椀から顔を上げられなくなった。そちらに、判事がこだわりのない笑顔を向ける。

「だから杏児《きょうじ》に言ったんだ。万が一、ほんものの観音菩薩が虚空にお出ましになったら、ひれ伏してありていに申し上げ、こんな大でたらめでお籠りしたのはなにもかも知事がいけないんですと言いなさい。だが、もしも生身の人間が入りこんできたら、その手口をつきとめられるかやってみなさい——その先は出たとこ勝負だが。ともあれ化粧紅の盒子《ふたもの》を渡し、自分を抱いた男の頭にはこれで目印をつけるようにと言っておいた。

四更ごろに藍玉《らんぎょく》が客殿をこっそり抜け出し、杏児《きょうじ》の亭《あずまや》の戸を二度叩く。返答に四度叩けば私の疑いは的《まと》はずれ、三度なら悪行があったという合図だ。

あとは、みなも知っての通りだ」

馬栄《マーロン》と陶侃《タオガン》は手を打って快哉を叫んだが、警部は気がかりに顔を曇らせている。

いくぶん躊躇したあとで、思い切ってこう言いだした。

「先日、普慈寺問題に触れるのはもうこれが最後ということでご見解を承りました。あの折におっしゃった件がいまだに気づかわれてなりません。坊主どもに不利な証拠や確実な自白がそろったところで、仏教一派から横槍が入って、ろくにお沙汰が下りもしないうちから放免になるだろうと仰せでしたが。その件はどうなさるおつもりですか?」

太い眉を寄せた狄《ディー》判事が思案のていであごひげをしごく。

まさにそのとき、おもての院子《なかにわ》で馬蹄がとどろき、喬泰《チャオタイ》が食堂に駆けこんできた。

さっと見渡すが早いか判事の卓に駆け寄る。額は汗だくだ。

「閣下」息せききっている。「屯所には歩兵四名しかおりません! ほかは都督閣下の緊急動員で金華《チンファ》へ向けて昨夜出たそうです。ここへの戻り道に柵囲いを通りかかったところ、激怒のあまり暴徒化した民数百が柵に体当たりしておりました。張り番の巡査どもは、政庁内に逃げこんでしまいました！」

「よりにもよって、こんな時に！」狄《ディー》判事が叫ぶ。「一刻を争う、まちに戻ろう！」

あわただしく将軍に状況説明し、金工同業組合親方を補佐につけて寺の目録事務をまかせ、萬《ワン》元長官と大工同業組合親方には同行を要請した。

狄《ディー》判事は将軍の軍輿を借り、洪《ホン》警部を同乗させた。老長官と親方はめいめいの輿に消え、馬栄《マーロン》と喬泰《チャオタイ》は馬に飛び乗った。輿丁《こしかつぎ》が必死で飛ばしてまちへと馳せ戻る。

まちの目抜きは人波でわきかえり、無蓋の軍輿に乗った狄《ディー》判事を見るや熱狂し、歓声をあげた。ほうぼうから大きな声があがる。「知事さまにご長寿を！」「狄《ディー》判事閣下、末長くおすこやかに！」

だが、政庁が近くなるにつれて人が減っていき、北東角の塀を曲がると路上に人影はなくなり、不気味な静けさがただよう。

柵はあちこち破られていた。そして、投石と蹂躙のはてに暴徒に惨殺され、ばらばらにちぎれた肉片で、柵の内は足の踏み場もないほどだった。

19

城内あげて厳しいお達し
自ら神叡観を探索に出る

手の打ちようがないのは一目瞭然で、わざわざ輿を降りるまでもない。引きちぎられた胴体や手足が血と泥にまみれてうずたかく積まれ、生き残りを探すだけ無駄だ。それで、そのまま素通りして、政庁の正院子《にわ》に向かった。

門の双扉が開け放たれ、狄《ディー》判事一行が正院子《にわ》に入る。おびえきった巡査八名が出てきて、輿脇の甃《いしだたみ》に膝をつくや何度となく頭を打ちつけた。ひとりがあれやこれや並べて平謝りしだしたが、途中で判事がさえぎった。

「詫びるには及ばん」と言う。「暴徒相手にたった八人では、食い止めよというほうが無理だ。そういう時こそ騎兵の出番なのに、呼んでも来なかったのだからな」

輿から降りた萬《ワン》元長官と聞《ウェン》親方が狄《ディー》判事や副官二名と連れだって執務室に行く。と、不在中に届いた書類が机上に積んであった。

狄《ディー》判事は江蘇《キアンス》都督印のある大きな封筒を手に取った。

「これは」と、萬《ワン》元長官に話しかけた。「当地守備軍の召集通達でしょう。どうかご確認願います」

萬《ワン》元長官は封を切って文面に目を走らせ、うなずくと狄《ディー》判事に返した。

「この書状は」と狄《ディー》判事は述べた。「ゆうべ、緊急の隠密調査で政庁を出たあとで届いたに相違ありません。昨晩は当地の北坊にある八仙館なる小さな旅館に泊まりました。

夜明け前に政庁に戻りましたが、すぐさま普慈寺に向かって出発を余儀なくされました。この部屋には足も踏み入れておりません。ために、着替えるひまもないほどで、

所定の手続きとしてあなたさまと聞《ウェン》同業組合親方で、官邸の召使ら、八仙館の主人、都督の通達を持参した兵に事情聴取してくださるとありがたいのですが。本件に関する

報告書にご証言を記載したいのです。さもないと、あの罪人どもの横死は私の職務怠慢のせいにされてしまうでしょう」

萬《ワン》元長官はうなずいて承諾した。

「ついこの間、都の古い友人が書き送ってきたのですが、仏教一派が官界を牛耳っておるそうですな。さしずめ今回の普慈寺事件報告書など、高僧どもが日々の勤行よろしくなめるように目を通すのはまず確実ですな。それで手落ちでも見つかろうものなら、必ずや鬼の首でも取ったようにあなたの弾劾にかかるでしょう」

「こうした破戒坊主の悪逆非道を暴いてくださり」聞《ウェン》親方も言う。「てまえども蒲陽《プーヤン》の民はことごとく喜び安堵しております。みな心より感謝申し上げていると断言できます。それだけに、民の憤りが昂じてあんなふうに暴発いたしました件は遺憾至極に存じます。同郷の者として、民の軽はずみを深くお詫び申し上げます!」

狄《ディー》判事がそれぞれに礼を述べたあと、証人両名はその意を体して事情確認に行った。

狄《ディー》判事のほうはすぐ筆をとり、蒲陽《プーヤン》住民あてに厳しい警告を起草した。その中で、罪人処罰は国家のみの権利かつ義務であると強調して僧侶惨殺を激しく非難し、依然として暴行に加担すれば誰であれ即時死刑を覚悟せよと述べた。

書記以下の吏員はまだ寺に残っているため、陶侃《タオガン》に大きな字で五部写しとらせ、自らも特徴ある強い筆跡で五部仕上げた。できあがった布告書に政庁の大きな朱印を押すと、洪《ホン》警部に命じて政庁の門はじめ城内の目ぼしい場所に掲示させる。僧二十名の遺体のほうは、あとでまとめて荼毘《だび》に付すことにして、とりあえず拾い集めて龍に入れておくようにと指示した。

警部がその手配に出ていくと、狄《ディー》判事は馬栄《マーロン》と喬泰《チャオタイ》にこう述べた。

「暴力がさらなる暴力を生むことがままある。すぐ手を打たなければ、さらなる騒擾が起きかねん。不逞の輩が商店を略奪するかもしれんし、守備軍不在の現況ではひとたび暴発すると抑えこむのはなかなか難しい。不慮の事態を防ぐため、私はまた将軍の輿に乗って大通りで姿を見せておこうと思う。おまえたち二人は騎乗して輿の両側につき、弓に矢をつがえて、騒ぎの扇動者がいたら、誰であれ即座に射倒すように構えていてくれ」

まっさきに、まちの土地神をまつる城隍廟《じょうこうびょう》に向かう。輿脇を騎馬で固める馬栄《マーロン》と喬泰《チャオタイ》のほかは、前後に巡査二名ずつだけの、いたってこぢんまりした行列だ。官服に威儀を正して無蓋の軍輿に乗る判事の姿はどこからでもよく見えた。その威に打たれた群衆が、うやうやしく道を開ける。このたびは歓呼の声はなかった。つい今しがたの暴挙に民も恥じ入っているもようだ。

狄《ディー》判事は香を焚いて心から神前に謝罪の祈りを捧げ、城内の流血沙汰を詫びた。守護する土地を血で汚すのは城隍神の忌み事なので、刑場は必ず門外に設けるほどだ。

そこから西の孔子廟に向かい、聖賢はじめ高弟らの神位に香を捧げた。それがすむと今度は北だ。政庁の北裏に隣接する園林を抜けて関帝廟に出ると、やはり香を手向けた。どの通りでもおとなしいものだった。すでに布告が民の目に触れ、不穏はおさまっている。罪を犯した坊主どもに怒りのたけをぶつけ、もう気はすんだのだ。

騒擾の懸念はないと見極めがついたので、狄《ディー》判事は政庁に戻った。

まもなく、将軍も政庁の全吏員を連れて普慈寺を引き上げてきた。

将軍が目録を渡し、金むくの祭器はじめ宝物や金銀のたぐいはすべて寺の宝物庫に納めて封印したと報告した。また、将軍ひとりの裁量で自らの武器庫に槍と剣をとりにやらせ、配下の従卒や巡査に支給し、手勢二十名と巡査十名を寺の警護に残してきた。老将軍はすこぶるご機嫌うるわしく、平穏無事で単調な隠居暮らしにいきなり降って湧いた事件を、満喫しているのがひしひしと伝わってきた。

萬《ワン》元長官と聞親方もやってきて、守備軍召集の通達が届いた時点で狄《ディー》判事に連絡のとりようがなかったむね、しっかり裏がとれたと報告した。

そこで一同そろって応接広間へ行き、そちらで茶菓の接待を受けた。

巡査たちに余分の机や椅子を運ばせてみなみな着座し、

仕事にかかった。狄《ディー》判事の陣頭指揮のもと、その日の一部始終をつぶさに記した報告書の草稿が作成される。

証人たちの特別供述を必要に応じて書記らが記録し、杏《きょう》児《じ》と藍玉《らんぎょく》も官邸からいったん呼ばれ、まとまった陳述のうえで爪印をとった。さらに狄《ディー》判事は特に一文を付記させ、実際に坊主どもをあやめた下手人を何百もの群衆の中から見つけ出すのは事実上不可能であり、その行為を誘発するだけの理由が理由でもあり、その場限りの騒擾で乱にまでは至らなかった点を考慮に入れれば、蒲陽《プーヤン》の民全体に懲罰を加えるべきではないと上奏した。

別封の添付書類を含めた草稿がようやく書き上がる時分にはもう日がとっぷり暮れていたので、狄《ディー》判事は老将軍と元長官と親方二名を夕食に招いた。

疲れ知らずの老将軍は誘いに乗るそぶりを見せたが、萬《ワン》元長官ほか二名は終日いろいろあって疲れているからと辞退した。それで、将軍もしぶしぶ遠慮してそろって辞去した。

輿まで狄《ディー》判事自ら見送りに出て、各人の貴重な協力に対し、深謝のむねをあらためて口にした。

そのあとで官服を脱ぎ、普段着になって官邸に引き上げる。第一夫人の肝煎りで、大広間に盛大な祝宴の用意が整っており、第二、第三夫人に加えて杏児《きょうじ》や藍玉《らんぎょく》まで顔をそろえていた。

席を立った一同にあたたかく迎えられて卓の上席につき、湯気のたつ料理を口に運びながら、この何週間も縁遠くなっていた家庭の団欒をしみじみと味わう。

料理の皿をさげて食後の茶が出てくると、狄《ディー》判事は杏児《きょうじ》と藍玉《らんぎょく》に言った。

「今日の午後に今回の上奏文をしたためたおり、普慈寺の寺庫から黄金四錠を出し、本件解明にあたっての協力に対するささやかな褒美として、おまえたち二人に与えるのが適当だとお上に提言しておいた。

認可がおりしだい生まれ故郷の県知事に急使をたて、家族の消息を問い合わせよう。上天の恵みにより両親とも健在かもしれん。かりに世を去ったあととしても、身内の誰かに連絡がつけばそちらに身を寄せるがいい。軍が湖南《フーナン》方面へ移動する便に同行してもらうよう手配しておく」

ふたりに温顔を向け、さらに続けた。

「あちらの県に紹介状を書き、おまえたちの面倒を見てくれるよう頼んでおこう。おっつけ下賜されるあの褒美金で土地なり店なり買って暮らしをたてなさい。いずれそのうちに、身内がしかるべき縁を見つけてくれるだろう」

杏児《きょうじ》と藍玉《らんぎょく》は感謝のしるしにひざまずき、いくたびも叩頭した。

そこで席を立った判事が広間を出る。

政庁へ引き返そうと院子をつっきって玄関に出る回廊にさしかかると、ぱたぱたと軽い足音が背後から追ってきた。ふりむくと、杏児《きょうじ》がひとりきりで目を伏せている。

深く頭を下げたものの、なにか言いだす気配はない。

「さあ、杏児《きょうじ》」狄《ディー》判事はうながした。「まだ力になれることがあるんなら、遠慮しないで言ってみなさい！」

「だんなさま」杏児《きょうじ》がそっと口にした。「故郷《くに》を慕う気持ちは心からございます。でも、妹ともども運よくだんなさまに拾い上げていただきまして以来、ふたりともすっかりなじんだこちらのお屋敷の方々とお別れするに忍びません。それに、第一奥様からもご親切なお言葉をいただきまして、喜んで、と……」

そこを狄《ディー》判事が片手でさえぎり、にこやかに述べた。

「会うは別れの始め、それが世のならいだ！　県知事の第四、第五夫人より、くにに帰って村のまじめな農夫に嫁いで第一女房でいるほうがはるかに幸せだと、いずれわかるよ。一件落着までは妹ともども大切な客として、心おきなくわが家に逗留してくれ」

こう言って会釈し、杏児《きょうじ》の頬につたうしずくと見えたのは、月光をはじいただけだと、しいて片づけた。

正院子にはいると、官邸はどこもまだ明かりがついていた。書記以下全員が、その午後に仕上げた草稿の清書に追われている。

副官四名は執務室だった。洪《ホン》警部の言いつけで、林範《リンファン》邸の周辺に設けた見張り所を巡回した巡査長が復命したところだった。だが、留守中の動きは特になかったようだ。

狄《ディー》判事は巡査長をさがらせて執務机につき、不在中に届いた他の公文書にも目を通した。そのうち三通を別にして、洪《ホン》警部に言った。

「これは軍が設置した運河沿いの舗《こうばん》三ヵ所の報告だ。林《リン》家の目印のある船を何隻か止めて調べたが、まともな積荷以外は発見されなかったそうだ。林範《リンファン》の密売の証拠を押さえるには遅きに失したようだな」

さらに残りの公文書を処理し、欄外に朱筆で書記への指示をいちいち書き入れた。

一段落すると茶をもらい、肘掛椅子にもたれた。

「ゆうべのことだが」馬栄《マーロン》に話しかける。「変装して、神叡観でおまえの友人の中八《ションバ》親分に会ってきた。無住の道観もよく見てきたぞ、なかはどうも不審な点があるようだ。何やら妙な物音がした」

馬栄《マーロン》がうろんな目で洪《ホン》警部をうかがい、喬泰《チャオタイ》は落ち着きをなくした。陶侃《タオガン》は左頰のほくろに生えた三本の毛をのろのろとひっぱっている。みんな黙りこくっていた。

誰ひとり話に乗ってこないが、判事は動じない。

「あの道観はどうもひっかかる」と彼は続けた。「けさがたは仏寺でいろんな経験をした。夜は道観の体験で華を添えるのも一興だろう！」

馬栄《マーロン》が力なく笑い、大きな手で膝がしらをさすって口にする。

「閣下、ただ闘えっておっしゃるんなら誰が来ようと相手にしますが、あの世の連中相手はちょっと勘弁し――」

「私は」狄《ディー》判事がさえぎる。「頑迷なたちではないから、冥界の怪異がこの世の日常にたまさか紛れこむのは否定せんよ。だが反面、明知をもってすれば幽鬼を恐れるにはあたらんと信じて疑わん。顕幽いずれの世にせよ根本の道理は正義だからな。

さらに言うと、忠実な友のおまえたちには本音を隠すわけにはいかんな。今日の一件までの下準備に追いまくられて、これまでなにかと気が休まらなかった。だから、気晴らしをかねてあの道観を探ってこようと思ってな」

洪《ホン》警部があごひげをたぐって考えこむ。

「みなで出向くとしますと、中八《ションバ》と子分たちはどうなさいます、閣下？　内々の探索にせねばなりますまい」

「そのことなら考えた」狄《ディー》判事が応じた。「陶侃《タオガン》、所轄の坊正のところへ行って、神叡観の申八《ションバ》に即時退去を通告させろ。あの手合いはお上が苦手だ、坊正が言い終わらないうちに消え失せるさ。だが、坊正に加勢が要るかもしれんから、念のために巡査長にも巡査十名率いて出張るよう伝えてくれ。

その間にみんな目立たない格好になって陶侃《タオガン》が戻り次第に出かけ、あの近くまで並の輿に乗っていこう。連れはおまえたち四人だけだ。ただし忘れないように、紙ちょうちん四つとろうそくの予備をたっぷり持って行くんだぞ！」

陶侃《タオガン》は門衛詰所に行き、巡査を十人集めるよう巡査長に命じた。

剣帯をしめて支度にかかりながら、巡査長が左右にこう洩らしてひとり悦に入る。

「おれほどの叩き上げが巡査長につくと、知事さんてのはめきめき腕を上げるもんだぜ、なあ？　ほれ、閣下が着任早々なんざ、よりによってあの半月街の下賤な殺しにさんざ骨折ったあげくが、くたびれもうけときた。それがどうだ、いくらもたたんうちに目をつけたのが寺だぜ、しかも福の神の巣みてえなとこだぞ！　上からのお沙汰が来りゃ、またあそこで仕事ができるぜ、いまから待ち遠しいこった」

「うまみと言や」巡査のひとりがあてこすりを言う。「今日の林範《リンファン》屋敷の見回りだって、まんざら空手《からて》じゃなかったんでしょ？」

「あんなのは」巡査長が頭ごなしに叱り飛ばす。「立場相応の礼儀正しいご挨拶ってだけじゃねえか！　おれが感じよくしたから、林範《リンファン》さんの執事もそれなりの態度で返したんだ」

「あの執事」べつの巡査が述べた。「声がいいですよねえ。銀の鈴を振るみたいだったなあ！」

巡査長がため息まじりに帯の間から銀を一粒出して放ってやる。巡査がすかさず受け止めた。

「おれはがめついほうじゃない」巡査長が言う。「おまえらで分けな。油断もすきもねえ連中だな、そうまで鵜の目鷹の目で見てやがるんなら話もちゃんと耳に入れとけや。

執事さんに銀何粒かもらったのは、あした知り人に手紙を届けちゃくれまいかって頼まれたんだよ。明日また来るようなことがありりゃ、確かに引き受けたと答えといた。行かねえから、その手紙も受け取れねえけどよ。これで閣下のお言いつけにも背かずにすみ、せっかくのもらいもんをつっぱねて立場のあるお人の面子をつぶしたりもせずに、日ごろの心がけ通りにまっ正直を貫けるって寸法よ」

そりゃうまいや、三方丸くおさまりましたねと巡査たちが口々に相槌を打ったのをしおに、一同ぞろぞろと門衛詰所を出て、外で待っていた陶侃《タオガン》に合流した。

20

無住はあまた人を悩ませ
荒れた院子に戦慄の秘事

二更ごろに陶侃《タオガン》がもどってきた。判事はお茶を飲んで着替え、じみな青い長衣に黒い縁なし帽をかぶり、副官四人を連れて政庁脇の通用門を抜けた。

道端で轎子《かご》を拾い、神叡観のすぐそばまで行かせる。そこで轎子《かご》を返してあとは歩いた。

道観の前院子《まえにわ》はひたすらしんと暗かった。坊正や巡査たちがちゃんと仕事したとみえ、申八《ションパ》一味の無宿どもは影も形もなかった。

狄《ディー》判事が声を落として陶侃《タオガン》に命じる。

「正門左手に脇門がある、なるべく音をたてずに錠を破ってこい」

陶侃《タオガン》がその場にうずくまり、首布でちょうちんをくるんで灯をつけた。それで大階段の足もとを照らしても、極細の光しか外に洩れない。

脇戸口の錠前を探し当て、ちょうちんの光をくまなく当てて調べる。普慈寺の隠し戸に一杯食わされていたく沽券《こけん》にかかわったので、今度こそしくじるものかと心に決めていた。袖から細い鉄鉤一対を出し、錠前にとりつく。あっさり開けてかんぬきをはずし、そっと戸を押すとわけなく開いた。内側からはつっかい棒をかっていない。急いで戻り、もう入れると狄《ディー》判事に知らせた。

みなで階段を登る。

戸の手前で狄《ディー》判事がしばし中の気配に耳をすませたが、墓場顔負けに静かだ。そこで先頭に立って入りこんだ。

小声で洪《ホン》警部に命じてちょうちんをつけて掲げると、大きな正殿内部に入り込んだのだとわかった。右手に三枚続きの扉になった正面入口が見え、内側から厳重にかんぬきがかかっている。その厚い扉をぶち破らない限り、侵入口はさっきの脇戸しかないのははっきりしている。左手は高さ一丈（三メートル）ほどの壇に、ひっくるめて三清と呼ばれる三柱の巨大な金めっき神像が並んでいる。印を結んだ手だけは見えるが、肩から上は天井近くの暗がりに没している。

狄《ディー》判事はかがんで板張りの床を調べた。いちめんにほこりがたまり、ねずみの小さな足跡が点々とついているが、それだけだ。

副官たちを手招きし、祭壇を迂回して暗い回廊に入る。洪《ホン》警部がちょうちんを掲げるや、馬栄《マーロン》が抑えた声で悪態をついた。鉤爪のような手に髪をつかまれてぶらさがり、血をしたたらせた女の生首がすごい形相で浮かんでいる。陶侃《タオガン》と喬泰《チャオタイ》はひっと息をのんで立ちすくんだ。だが、狄《ディー》判事は落ちつきはらっている。

「うろたえるな！　道観なら普通はこんな回廊を設け、地獄の十王図をこれでもかと恐ろしげに並べてあるものだろう！　こんなものより、生きた人間の方が恐ろしいのが当たり前だ！」

判事の励ましにもかかわらず、昔の工匠が回廊の両壁いっぱいに木彫りであらわした酸鼻な地獄図に、副官たちは震え上がった。道教の地獄で悪人の魂が受ける責苦の数々をどぎつい彩色の等身大であらわしたものだ。こなたは青鬼や赤鬼に鋸引きされ、剣で刺され、鉄のさすまたで臓腑をかき出され、かなたで哀れな亡者がおおぜい煮えたぎる油の大鍋に投げこまれたり、地獄の猛禽に目玉をつつかれたりしている。

この地獄回廊の果てに双扉があり、判事がそうっと押し開けると第一院子《なかにわ》がひらけた。おりからさしのぞいた月が廃園を照らす。中ほどの鐘楼に寄り添うように見慣れぬ形の蓮池がある。鐘楼は地上六尺に二丈四方の石壇を築き、つややかな緑瓦をすんなり反らせたとがり屋根を四本の朱柱が支える。梁にさげておくはずの青銅の大鐘は、空き寺のご多分にもれず、落ちて割れたりしないようにおろして壇に置いてあった。高さ一丈ばかりの鐘のおもてに、凝った浮彫りが一面についている。

狄《ディー》判事は無言で静寂なこの眺めをひとわたり見ると、副官たちを連れてその院子をとりまく回廊をぐるっと一巡りした。

回廊沿いに並ぶ小部屋はどれもこれも空《から》で、床はほこりだらけだ。この道観が無住になる前は宿坊や看経《かんぎん》にあてていたとおぼしい。

行き止まりの戸を開けると第二院子で、いまは無人の私坊（道士の住まい）が周囲をとりまいて並ぶ。いちばん奥に吹きさらしの広い厨房があった。

神叡観はこれですっかり見たようだ。

そこで、狄《ディー》判事が厨房横手の小さな戸にふと気づく。「どうやら」と言いだす。「ここが境内の裏口だろう。ためしに開けて、裏の通りはどこか、ひとつ確かめてみるとしようか」

身ぶりでうながされた陶侃《タオガン》がさっそくかかり、さびた錠前を開けて太い鉄のかんぬきをはずした。

意外や意外、その向こうはこれまでの倍はある、広い第三院子だった。甃《いしだたみ》が敷かれ、高い二階建てが四方をとりまく。どれも人っ子ひとりおらず、音もない。だが、甃《いしだたみ》のすきまに雑草がないし、建物はちゃんと手が入っている。この院子には最近まで人がいたようだ。

「変だなあ！」洪《ホン》警部が思わず声に出した。「この第三院子はなくもがなだ。道士どもはいったい何に使ってたんでしょうか？」

みなで頭をひねっていると、月に雲がかかってあたりが見えなくなった。洪《ホン》警部と陶侃《タオガン》があわててちょうちんをつけにかかる。と、時ならぬ物音がして、院子の向こうはずれで扉が閉まる音が聞こえた。

狄《ディー》判事が急いで警部のちょうちんを持って院子を駆け抜ける。堅牢な板戸があり、蝶番は油がさしてあって音もなく開く。ちょうちんを高く掲げると狭い通路が照らし出された。せわしない音がかすかにしたと思うと、ばたんと扉の閉まる音がする。

通路に駆け込んだものの、その先は高い鉄扉ががっちり阻んでいた。急いで調べる判事の肩越しに陶侃《タオガン》がじっとその扉を見つめる。立ち上がりながら判事が言った。

「この扉はまっさらだが、どうも錠が見当たらないし、こちらから開けようにも引き手やつまみのたぐいがまるでない。おまえによく見てもらうほうがいいな、陶侃《タオガン》」

つるつるに磨き上げたおもてを陶侃《タオガン》がなめるように調べ、側柱も見た。だが、仕掛けの片鱗も見つからない。

「閣下、力ずくでもいますぐこいつを開けませんと」馬栄《マーロン》がつめよる。「どんな悪党がこっちの様子を探っていたか、わからずじまいですよ！　すぐとっ捕まえなきゃ、逃げられちまいます！」

おもむろにかぶりを振った狄《ディー》判事が、なめらかな鉄板をこぶしでかるく叩いてこう言った。

「破城槌でもなくては、この難物には歯が立つまい。さ、そっちの建物を見るぞ！」

一行は通路を出て、院子《なかにわ》をとりまく火の気のない建物を見て回った。狄《ディー》判事が手あたり次第に戸を押してみる。どれも鍵はかかってない。床をむしろが覆うだけの、殺風景な大部屋にはいった。狄《ディー》判事がざっと見まわし、奥に立てかけたはしごに寄っていく。登って行って天井のはねぶたを押し上げ、出てみると広々とした屋根裏部屋だった。

四人の副官もあとに続き、もの珍らしげに見回した。屋根裏部屋というより奥行きのある広間という方が当たっていて、高い天井を太柱が支えている。

狄《ディー》判事があきれかえった。

「道観でも仏寺でもいい、こんなふうな作りを誰か見たことがあるか？」

洪《ホン》警部がまばらなあごひげをそっとたぐる。

「昔はたいそうな蔵書があったらしゅうございますね」と述べる。「そのころの書庫でございましょう」

「そんなら」陶侃《タオガン》が横合いから口をはさむ。「壁沿いに書棚のあとか何かありそうなもんだ。この屋根裏を見た感じではどっちかっていうと、商品をしまっとく倉庫みたいですよ」

馬栄《マーロン》がやれやれとかぶりを振って訊き返した。

「道観に商品用の倉庫なんかあってどうする？　床の厚いむしろを見ろよ。喬泰《チャオタイ》もおれと同じ意見だろうがこいつは武器庫さ、剣や槍の教練場だ」

壁を調べていた喬泰《チャオタイ》が、そこでうなずいて言った。

「ほら見ろよ、ここに対の鉄鉤がある。長い槍をかけとくのに使ったんだ。閣下、ここは秘密結社かなんかの根城だったんでしょう。一味は外から怪しまれずに思うぞんぶん鍛錬に精を出せたんです。腐れ道士どももぐるで、隠れみの役割をつとめてたんですよ！」

「うがった意見だ」狄《ディー》判事が考えこむ。「見たところ、道士どもが出て行ってからも一味はずっと居座り続け、ようやく出て行って数日にしかならん。そら、現にこの屋根裏はごく最近になって徹底的に掃除され、むしろの上にはごみひとつ落ちてない」頬ひげをぐいと引いて、腹立ちを声に出す。「あとに残して行ったやつがひとりふたりはいるに違いない、さっき、こちらの動静を探っていたやつがそれだ！　前もってまちの地図を調べてこなかったのが悔やまれるな。あの鍵のかかった鉄扉は、いったいどこへ続いているのやら！」

「なんなら、おれらで屋根に上がってみます」馬栄《マーロン》が申し出た。「ここの裏手を確かめてきますよ」

喬泰《チャオタイ》と二人して大窓のしっかりした鎧戸を開け、外を見た。首をいっぱいに伸ばすと、すぐ上の軒沿いに、長い鉄の忍び返しがずらりと下を向いている。裏手の隣家は境内奥の高塀にはばまれてまったく見えず、塀のいただきにまでおそろいの忍び返しが並んでいた。

首を引っ込めながら喬泰《チャオタイ》がしょげる。

「どうにもなりません！　攻城ばしごでもなきゃ、あそこへはとてもとても！」

肩をすくめた判事が中っ腹ぎみに言う。

「そういうことなら、打つ手はもうない。少なくとも、この道観の奥が何らかの秘事に使われていたとわかった。またぞろ白蓮教団が動いて、ここも漢源《ハンユアン》の二の舞になったらことだ！　とにかくだ、これは明日の昼間に必要な道具をそろえて出直し、徹底的に調べんではすまんようだな！」

副官たちを連れてはしごを降りた。

院子を出がけに、陶侃《タオガン》にこう耳打ちした。

「扉に鍵をかけたあとで紙を貼って封印しておけ！　そうすれば明日出直したさいに、だれかがあとから戸を開けたかどうかぐらいははっきりする」

陶侃《タオガン》がうなずいて袖から細い薄紙を二枚出して、ぺろりとなめて湿りをくれ、扉と柱の継ぎ目の高みと床近くにそれぞれ一枚ずつ貼りつけた。

みなで第一院子に引き返す。

地獄回廊の手前まできて狄《ディー》判事が足を止め、振り向いて廃園を見渡した。半円形の青銅大鐘を月光が照らし、ふしぎな装飾が鐘のおもていちめんにくっきり浮かぶ。ふと、危険をすぐ身近に感じた。一見するとのどかなこの眺めに、邪悪なものがひそんでいる。ゆっくりあごひげをしごきながら、この妙な虫の知らせの正体をつぶさに見極めようとした。

警部のけげんな顔に気づき、考え考え言う。

「たまに聞く話だが、ああいった重い鐘を使って非道の証拠隠滅をはかることもあるそうだな。このさいついでだ、あの鐘の下をちょっとのぞいて何もないのを確かめたところで、罰は当たるまい」

引き返して高い鐘楼へ向かいながら馬栄《マーロン》が言った。

「ああいう鐘は青銅を厚み何寸にも鋳てあります。てこがないと傾きませんよ」

「おまえと喬泰《チャオタイ》で正殿へ行けば」狄《ディー》判事が述べる。「お祓い儀式によく使う重い鉄槍だの方天戟《ほうてんげき》などがあるはずだ。それが使えるだろう」

馬栄《マーロン》と喬泰《チャオタイ》がそっちへまた駆けていき、いっぽう、狄《ディー》判事ほか二名はやぶをこいでいき、鐘楼の壇上に出る階段を探し出した。壇のふちと鐘の外べりがつくる狭いすきまに陶侃《タオガン》が立ち、屋根を指さす。

「鐘を上げる滑車は、退去する道士どもが持ってったんですな。ですが、閣下のおっしゃる通り、槍なんかをさしこめば、傾けるくらいはなんとかなるでしょう」

狄《ディー》判事は上の空でうなずいた。虫の知らせはさっきから強まる一方だ。

めいめい長い鉄槍を持って馬栄《マーロン》と喬泰《チャオタイ》が上がってきた。長衣を脱いで槍先を鐘の縁にこじ入れ、柄に肩を当てて押し上げると鐘がこころもち上がった。

「石ころを下にはさんでくれ!」馬栄《マーロン》がふうふう言いながら陶侃《タオガン》に声をかける。縁の下に小石をふたつはさみ、馬栄《マーロン》と喬泰《チャオタイ》のほうは槍をさらに鐘の下へと突き入れた。判事と陶侃《タオガン》も加勢に加わり、二人がまた力をふりしぼる。鐘が三寸ほど上がったところで、洪《ホン》警部がこう命じられた。

「あの腰掛をこの下に転がせ!」

警部が大急ぎで壇のすみにあった樽形の石の腰掛を倒し、鐘のほうへ転がしてきた。あともうほんの少し鐘を上げないとはまらない。狄《ディー》判事は槍からいったん手を放し、長衣を脱いでから肩をまた柄に差し入れた。

みなでありったけの力をふりしぼり、馬栄《マーロン》と喬泰《チャオタイ》の太い首に筋肉が盛り上がった。そこで、警部が石の腰掛を鐘と床のすきまにうまくはさんだ。

一斉に槍を放り出して汗だくの顔をぬぐう。おりしも月がまた隠れた。さっそく洪《ホン》警部が袖からろうそくを出して火をつける。鐘の下をのぞいてみて、ひっと息をのんだ。

狄《ディー》判事がすばやくのぞきこむ。と、鐘の下はほこりとごみだらけだった。その中ほどに骨だけになった人間がだらりと横たわっている。

すぐさま喬泰《チャオタイ》の手からちょうちんをとり、腹ばいで鐘の下にはいこんだ。馬栄《マーロン》、喬泰《チャオタイ》、警部が続く。やはりついて来ようとした陶侃《タオガン》を狄《ディー》判事がどなった。

「そこまでゆとりはない。外で見張っておれ！」

四人で骸骨を取り巻いてしゃがむ。白蟻や蛆虫に食いつくされて骨しか残っていない。手首足首にかかっていた重い鉄鎖は、今となっては赤錆のかたまりに変わり果てている。

判事はひととおり骸骨を調べ、頭蓋骨をとくに念入りにあらためた。だが、暴行の痕跡はない。ただし、左の二の腕にぶきっちょに接いだ骨折あとがある。

副官たちを見て、こう言いながら声に苦いものがまじる。

「不運なこの男は、明らかに閉じこめられたときはまだ生きていた。惨いありさまで飢え死にしたのだ」

首骨につもりつもったほこりを払っていた警部が、ふと丸い光る物を指さした。

「おや！」と声を上げる。「どうやら金の護符らしい！」

狄《ディー》判事がそっと拾い上げると、なるほど肌守りの円形護符だ。袖できれいに拭いをかけ、ちょうちんの灯に近づけた。

表は無地だが、裏に林《リン》と彫りつけてある。

「ということはだ、こいつをここに閉じ込めて死なせた人でなしはあの林範《リンファン》の野郎ってわけか！」馬栄《マーロン》が大声をあげた。「こいつを捕まえて鐘の下に押しこむはずみに、その護符をうっかり落としたんだな！」

「じゃあ、これは梁寇発《リャンコウファ》なんだ！」洪《ホン》警部の口ぶりは重い。こんな仰天の事実を立て続けに聞かされて、陶侃《タオガン》も思わずはいこんできた。五人で傾いた青銅の半円の下で立ったまま、足もとの骸骨を茫然と見つめる。

「ああ、そうだな」狄《ディー》判事の声も沈んでいた。「こんな罪作りな手口で人をあやめたのは林範《リンファン》のやつだ。この道観は、距離だけみれば林範《リンファン》邸からそう遠くない。きっと、奥の塀ひとつ隔ててあの重い鉄扉でつながっているんだ」

「あの第三院子は」陶侃《タオガン》がすかさず言葉をはさむ。「林範《リンファン》が密売の塩をしまう倉庫ですよ。秘密結社はそれよりだいぶまえ、道士どもと一緒に出てったに決まってます」

狄《ディー》判事はうなずいた。

鐘の下

「これで貴重な物証が手に入った」と言う。「明日を待って、林範《リンファン》への訴訟に着手しよう」

その時、いきなり石の腰掛がはずれた。鈍い地響きをたてて銅鐘が五人の頭上に落ちかかり、そのままどっかり居座った。

21

判事と四人は死地に陥り
剣呑な罪人を自邸に襲う

全員いっせいに怒声をあげ、馬栄《マーロン》と喬泰《チャオタイ》は派手に悪態をつきながら、すべすべした鐘の内側くまなく半狂乱で手探りした。陶侃《タオガン》は大声で自分ののどじかげんを悔やみ呪いだした。

「黙れ！」狄《ディー》判事が吠える。「時間がない、よく聞け！罰当たりなこの鐘は、内からでは絶対に持ち上がらん。となると脱出する道は一つだけだ。この鐘を押して、二、三尺ずらす。一カ所でも壇の縁を越えれば、そのすきまから降りて下に出られる」

「柱にひっかかっちまったら？」馬栄《マーロン》がかすれ声を出す。

「わからん」判事がつっぱなす。「だが、ほんの細いすきまがあれば窒息だけは免れる。灯を消せ、煙はなけなしの空気をだめにする。黙って服を脱いでかかれ！」

狄《ディー》判事は帽子を投げ捨て、裸になった。右足で床をこすって石の継ぎ目に足がかりを得ると、背を曲げてうんと鐘を押した。

他の者たちもならう。

じきに空気が乏しくなり、ますます息苦しくなった。だが、とうとう鐘がじりりと動いた。わずか一寸にも満たないとはいえ、それまでの苦労が無駄ではないと知って、おのずと数倍の力がこもった。

青銅の牢獄でどれほど死闘を続けていたのか、五人の誰にもわからない。男たちの裸身を滝の汗が流れる。呼吸は浅いあえぎとなり、よどんだ空気が肺を灼《や》いた。

洪《ホン》警部がまっさきに力尽き、死力を尽くして鐘を壇の端から数寸ほど外に押し出した瞬間、ずるずるとくずおれた。

三日月形の小さな穴が足もとにのぞき、牢獄に新しい空気がどっと流れこむ。

狄《ディー》判事がその穴に警部を寄せ、新しい空気を吸わせた。それからみなで渾身の力を振り絞り、もうひとふんばりする。

鐘がさらに動いて外へ出た。すきまがひろがり、子供なら十分くぐりぬけられる穴がすでにできている。それ以上はいくら必死で押してもびくともしなかった。まちがいなく、鐘が柱のどれかにひっかかってしまったらしい。やおら陶侃《タオガン》がうずくまって両脚をその穴におろし、強引に通り抜けようとした。ごつごつの石角で背中をざっくり裂かれたが、それでもくじけない。とうとうなんとか肩を抜き出し、下のやぶに落ちた。

すぐに槍が穴からさし入れられ、馬栄《マーロン》と喬泰《チャオタイ》がそれをてこに鐘をほんの少しずらした。じきに洪《ホン》警部をおろせるだけの穴が広がり、それから狄《ディー》判事に続いてあとのふたりが次々に出てきた。

全員が精根尽き果て、草むらにばったり倒れこんだ。

それでも狄《ディー》判事はすぐに起きて、寝かせた警部のもとへ寄って行った。心臓に触れてみて、馬栄《マーロン》と喬泰《チャオタイ》に指示した。

「警部を蓮池ばたへ連れていき、顔と胸を濡らしてやろう。完全に回復するまで正気づかせるなよ！」

そこで振り向くと、背後に陶侃《タオガン》がひざまずいて叩頭しながら詫びている。

「もういい、立ちなさい！」と声をかけた。「これで身にしみたろう！　まのあたりにしただろう、言いつけを守らないとどうなるか——命じるには命じるだけの理由があるのだ。さ、来て手を貸してくれ。われわれを殺そうとはかったやつが、どんな手口であの腰掛を鐘の下からひねり取ったかをつきとめるぞ」

そういうと借りてきた猫のように従順な陶侃《タオガン》を従え、下帯ひとつで壇に登っていく。

その場へ行けば手口はひと目でわかった。鐘を傾けるさいに使った槍の一本を拾い、石の腰掛の裏側にあて、槍の穂先が手近な柱に当たるまで外側に押す。柱に当てた槍身をてこがわりに使えば、腰掛をずらせるというわけだ。

この点を確かめると、判事と陶侃《タオガン》はちょうちんを拾いあげて第三院子へ戻った。

裏の鉄扉を調べると、さっき陶侃《タオガン》が貼っておいた紙がちぎれている。

「これで、下手人は林範《リンファン》だと決まった」と狄《ディー》判事。「やつは向こう側からこの扉を開け、ひそかにあとをつけて第一院子に出た。そして鐘を傾ける最中もずっと様子をうかがい、全員が中にもぐりこんだのを見すまして、追及の手を永遠に免れる千載一遇の好機はこのときと思ったのだな」

すばやくあたりに目を配る。

「さあ、戻ろう。洪《ホン》警部の容態を見ないと」

警部はもう意識が戻り、判事を見て起き上がろうとした。だが、そのままでいるようにと判事に強くたしなめられた。警部の脈を見てから優しく声をかける。

「さしあたっては別にないんだ、警部。巡査らが来るまで、ここにこうしていなさい！」

そこで陶侃《タオガン》に向く。

「所轄の坊正へひとっ走りして、こう伝えてくれ。部下を連れてここへ来い、それと、馬を政庁に走らせて、巡査二十名に轎子《かご》二丁をかついで大至急来いと伝えるように。伝言がすんだらすぐその足でな、陶侃《タオガン》、最寄りの薬局へ駆けつけて手当てしてもらえ。血だらけじゃないか」

陶侃《タオガン》がすっとんで行く。馬栄《マーロン》のほうは鐘の下から判事の帽子や長衣を拾い集めてくると、ごみやほこりを払ってから、持ち上げて判事に着せかけようとした。

狄《ディー》判事がかぶりを振る。

驚く馬栄《マーロン》の前で下着だけ着ると袖まくりし、鍛え上げた腕をひじまでさらした。裾はからげて帯にたばさみ、長いあごひげをふたつに分けて編むとそれぞれ肩越しに背中へ回し、うなじで二本をひとつに束ねた。

その姿を本職の眼でとっくり眺めた末に、馬栄《マーロン》はこんな結論を出した。多少は余分な肉があるとはいえ、一対一ならこりゃ手ごわいぞ。

手巾《ハンカチ》で頭をしっかりまとめて支度がすむと、判事はこう言った。

「私は復讐を好むたちではないつもりだ。が、この林範《リンファン》というやつは、みんなまとめて実に血も涙もない手口で葬り去ろうとしおった。あれで万が一にも鐘を壇からずらせなければ、世を騒がす失踪が蒲陽《プーヤン》の公文書にもうひとつ加わったところだ。手ずから林範《リンファン》をひっとらえる楽しみは断じて譲らんぞ。ぜひとも手向かいしてほしいもんだ!」

さらに喬泰《チャオタイ》に向いて、

「おまえは警部とここにいてくれ。巡査たちが到着したら青銅の鐘を元通り吊らせ、骨は拾い集めて箱におさめろ。そのあとで鐘の下にあったごみを気をつけてよくよく調べ、ほかにも手がかりがないか探しておいてくれ」

そう言い置いて、馬栄《マーロン》と連れだって道観の脇戸を出る。いくつも細道を抜けたあとで、馬栄《マーロン》が林範《リンファン》邸の正門を探し当てた。巡査が四人、眠そうな顔で番をしている。

そこで判事は物陰にひそみ、馬栄《マーロン》ひとりが姿をあらわして年長の巡査になにやら耳打ちした。

うなずいた巡査が門を叩く。のぞき穴が開くと門番をどなりつけた。

「おらおら、門を開けろ! もたもたすんな! 賊がそっちの敷地に逃げ込んだぞ。おれら巡査に日がな一日見張っててもらわなかったらここんちはどうなるんだよ、この怠け者の犬野郎めが？　盗っ人になけなしの有り金かっさらわれねえうちにさっさと開けろ！」

門番が双扉を開けるが早いか、とびこんだ馬栄《マーロン》が喉首を締め上げ、巡査が縛り上げて油布でさるぐつわをかますまで、相手の口にふたをしていた。

それから、狄《ディー》判事とふたりして屋敷内へ駆け込む。院子《なかにわ》は無人らしく、行く手をはばむ者はない。

第三院子で、林範《リンファン》の執事が暗がりからぬっと出てきた。狄《ディー》判事がどなりつける。

「政庁だ、神妙にせよ！」

執事の手が電光石火の早業でさっと帯にかかり、長い刀身がぎらりと月光をはじいた。

馬栄《マーロン》がとびかかろうと身構えたが、それより早く判事が執事の心臓めがけて痛打を入れて肺から空気を叩き出し、あおむけに倒した。さらに、あごをねらって駄目押しのひと蹴り、正確無比に決まって執事のうしろ頭が甃《いしだたみ》に激突、そのままじっと伸びてしまった。

「すげえや、お見事！」馬栄《マーロン》が小声でつぶやく。

執事の短剣を拾うのは馬栄《マーロン》に任せ、そのまま奥院子さしてひた走る。櫺子窓《れんじまど》のひとところだけ、黄色い光が映っていた。馬栄《マーロン》が追いつくのを待って、判事が扉を蹴り開ける。

こぢんまりと趣味のいい寝室を、彫りのある黒檀小卓から絹張りのあんどんが照らしだす。右は小卓とおそろいの黒檀寝台、左に数寄を凝らした飾り彫りの化粧卓があり、火をともしたろうそく立てが一対出ている。

林範《リンファン》は白い薄絹のねまきで、戸口に背を向けて化粧卓についていた。

狄《ディー》判事がぐいと乱暴に向かせると、林範《リンファン》は恐れおののいて言葉もなく見つめた。抵抗の気配はまるでない。顔は青ざめてひきつり、額にざっくり裂傷ができていた。ちょうど、この傷口に膏薬をあてていたところへ判事が入ってきたのだ。むきだしの左肩に派手な打撲の青あざが点々とついている。

相手にちっとも手ごたえがないので狄《ディー》判事はがっかりし、こう吐き捨てた。

「林範《リンファン》、逮捕する。立て！　ただちに政庁まで連行する！」

林範《リンファン》は答えなかった。

椅子から大儀そうにのろくさ腰を上げる。その間に馬栄《マーロン》のほうは部屋の中央に立ち、林範《リンファン》捕縛用の細鎖を腰からほどいていた。

いきなり、林範《リンファン》の右手が化粧卓左に垂れた絹ひもに伸びる。すかさず飛びかかった狄《ディー》判事が相手のあご下を思い切り打ちすえ、背中から壁に叩きつけた。それでもひもをつかんだ手は離さずに気絶して倒れ、体の重みでひもが引っ張られた。

そこへ背後で悪態があがり、ふりむくと、すんでのところで間に合った。馬栄《マーロン》が前のめりにころげ落ちかかり、すぐ足もとに落とし戸がぱっくり口を開けている。

下の暗い穴に落ちる寸前に、判事が襟がみをつかんで引き戻し、そのまま引っぱって立たせた。

落とし戸はおよそ四尺四方、蝶番でばたんと下向きに開く。下は急な石段がずっと続き、先のほうは闇に消えていた。

「いやあ、運がよかったな、馬栄《マーロン》」狄《ディー》判事が言った。「このいかさまの真ん中に立っていたら、あの階段で脚でも折るところだったぞ！」

化粧卓を調べてみて、べつの絹ひもが右にあるのを見つけた判事は、ためしにそっちを引いてみた。すると、徐々に落とし戸が上がっていってがっちり閉まり、元通りの床になった。

「けが人に手荒なまねをするのは趣味じゃないが」狄《ディー》判事が倒れた林範《リンファン》を指さす。「あれで万が一殴り倒しておかなければ、またぞろどんな汚い手を使うかわかったものではない」

「いやあ、胸のすくような一撃でした、閣下」馬栄《マーロン》が手放しで絶賛する。「でも、あの額のひどい傷やら肩の青あざはどこでもらってきたんですかね。どうみたって、今日、なんかの殴りこみでもあったんでしょうかねえ！」

「そっちは、おっつけわかる」と、狄《ディー》判事。「まずは林範《リンファン》と執事をしっかり縛り上げておけ。そうしておいて、正門の巡査らを呼んで邸内くまなく捜索にかかれ。まだほかにも召使がいたら逮捕して、ひとり残らず政庁へ護送せよ。

私のほうはこの隠し通路の行き先を確かめてみる」

馬栄《マーロン》が林範《リンファン》にかがみこむ。判事のほうは絹ひもを引いてまた落とし戸を開け、化粧卓のろうそくを取って石段をおりていった。

勾配のきつい段々を十歩ほどおりると、狭い通路に出た。ろうそくを掲げて照らす。と、左は踊り場になっていて、壁に掘り抜いた低い洞穴の広い階段をさらに二段ほど下ると、すぐ足もとは漆黒の水面だ。通路の右端に大きな鉄扉があり、凝りに凝った錠前がかかっていた。

また引き返して床から頭だけ出し、馬栄《マーロン》に呼びかけた。

「錠をおろした鉄扉が下にある、数時間前に開けようとしたのはきっとあれだ！　塩の荷は、道観の第三院子の倉庫から地下水路を通って河を運ばれ、水門の外側か内側へ出ていたに違いない。林範《リンファン》の長衣の袖から鍵束を探しだしてくれ、それであの扉が開く！」

馬栄《マーロン》は寝台枠にかかっている刺繡の長衣を調べ、手のこんだ鍵を二本出して渡してよこした。

また下におりて、もらった鍵を試す。すると頑丈な鉄扉が開き、柔らかな月光のふりこぼれる神叡観の第三院子《なかにわ》が眼前にひらけた。

そこで馬栄《マーロン》に声をかけて別れ、ひんやりした夜の戸外にひとりで出ていった。巡査たちの叫び声がはるか遠くで聞こえる。

22

公文書係は古文書を解き
判事は三件の嫌疑を論ず

狄《ディー》判事は急ぐふうもなく、のんびり第一院子《なかにわ》まで戻ってきた。

今は「蒲陽《プーヤン》政庁」と書かれた大ちょうちんが十張以上もついて、真昼のように明るい。

洪《ホン》警部と喬泰《チャオタイ》の采配で、巡査たちが鐘楼の梁にせっせと滑車をとりつけている。

洪《ホン》警部は判事を見るや急いで駆け寄り、その後の展開はいかがでしたと尋ねた。

銅鐘の下であわやの目に遭ったあとなのに、さほど加減が悪くもなさそうなので、狄《ディー》判事は安心した。

林範《リンファン》捕縛の次第と、あちらの屋敷から道観に出る隠し通路の件を話してやる。

警部の介添えで長衣を着ながら、喬泰《チャオタイ》にこう命じた。

「巡査を五人連れて林範《リンファン》農場に行ってこい。おまえと交替した見張り役の巡査が、向こうにも四人いるだろう。桟橋の船にいる者も含めて、農場の者どもを全員捕縛せよ。喬泰《チャオタイ》、おまえには夜通し大変な思いをさせるが、林範《リンファン》の手下全員を確実に収監しておきたいのだ!」

派手な立ち回りなら望むところですと喬泰《チャオタイ》がはりきって答え、さっそく巡査の中から屈強な者を五人ほど選びにかかる。

狄《ディー》判事は鐘楼に近寄った。

滑車がつくと重い鐘は丈夫な太綱でゆっくり上がっていき、床から三尺ほど上に固定して吊られた。

さんざん踏みしだかれた鐘の真下部分をしばし見回す。青銅の牢獄から脱け出そうと、なりふりかまわず必死にあがいたせいで、骨はわずか半刻ほどですっかりばらばらになってしまっていた。

「喬泰《チャオタイ》から指示は聞いたとは思うが」と、巡査長に言った。「念のために繰り返す。骨を拾い集めたら、よくよく注意して鐘の下のごみやほこりを調べておけ。まだ重大な手がかりが見つかるかもしれん。それがすんだら林範《リンファン》屋敷へ行って、あちらの家宅捜索を手伝え。巡査を四名残してここの警備をさせるように。明朝、報告をくれ！」

そのあとは洪《ホン》警部を連れて神叡観を出て、前院子に待たせた轎子《かご》に乗って政庁に戻った。

あくる日は、朝からすっきりした秋晴れだった。

狄《ディー》判事は登記台帳から神叡観と林範《リンファン》邸の関係資料を捜し出すようにと公文書係に指示したのち、執務室の奥にひらけた庭園におそい朝食の席をしつらえさせ、洪《ホン》警部の給仕ですませた。

あらためて執務机に向かい、茶が出たところで馬栄《マーロン》と喬《チャオ》泰《タイ》が入ってきた。

ふたりにも茶を出すよう書記に言いつけ、まず馬栄《マーロン》にたずねた。

「ところで、林範《リンファン》の召使捕縛は何か手こずらされることでも？」

「いやあ、あっさりしたもんでした」馬栄《マーロン》が笑いながら答えた。「執事は閣下にのされたまんま、気絶してぶっ倒れてました。あいつと林範《リンファン》を巡査に引き渡しておいて屋敷内を草の根分けて捜しましたが、見つかったのはたったの一人です。歯ごたえのありそうながたいの悪党で、かなり暴れました。ですが、穏やかに思い知らせてやったら、すぐにちゃんとお縄を頂戴しました。こっちのほうでふん縛ったやつは、しめて四人です。林範《リンファン》、執事、手下、門番のじじいですね」

「おれのほうはひとり引っぱりました」その先を喬泰《チャオタイ》がひきとった。「農場の住み込みは三人いました。みんな広州人で、純朴がとりえの農夫です。船には五人いました、船長と水夫が四人ですね。水夫のほうは血の巡りが悪く、ひらの船乗りというだけですが、船長のやつは見るからに場数を踏んだ悪人です。それで百姓と水夫は坊正の家に預からせ、船長だけは牢にぶちこみました」

狄《ディー》判事がうなずいた。

「巡査長を呼べ」そう書記に言いつけた。「それから梁夫《リャン》人の家へ行って、私がなるべく早く会いたがっていると伝えてくれ」

巡査長はかしこまって判事に挨拶し、執務机の前に控えた。顔に疲れの色濃いとはいえ、得意のいろは隠しようもない。

「閣下のご指示に従いまして」もったいをつけて述べ出す。「梁寇発《リャンコウファ》の骨を拾い集めて籠に入れ、ただいま政庁に置いてございます。鐘の下のごみは念入りにふるいにかけましたが、何も出ませんでした。さらに、本官みずから指揮いたしまして林範《リンファン》屋敷内を草の根分けて調べ、全室封印を行ないました。最後に、本官みずから、落とし戸の水路を検分して参りました。

掘り抜き通路の階段下に平底舟がつないでございました。それでたいまつを持ちまして、棹を操って舟で水路をたどってみました。そうしますと水門外の河に行きつきまして。そちらの河堤にもうひとつ、別の掘り抜き通路が茂みに隠れておりました。この通路でございますが、舟は低すぎてくぐれませんが、人間が歩いて渡るのでしたらわけなく通れます」

頬ひげをなでながら、狄《ディー》判事はしぶい顔をした。

「ふむ、おまえにしては」と言う。「あんなおそくに、ずいぶんと職務熱心なところを見せたではないか！　水路を探検しても隠しお宝が出てこなくて残念だったな。だが、林範《リンファン》屋敷のほうには、さだめしその広袖に入る小物がいくつか転がっていたことだろう。だがな、くれぐれも自重することだ。さもないと、いつかとんでもない目に遭うぞ。もう行ってよし！」

巡査長はあわてふためいて退室した。

「欲得ずくとはいえ」狄《ディー》判事は副官たちに述べた。「動機はともあれ、執事が水門の番人に見とがめられずに先日まちを抜け出した経路は明らかにしてくれた。どうやら、執事は落とし戸の抜け道から掘り抜き通路を歩いて渡って河に出たんだな」

そう話していると、公文書係がはいってきた。

頭を下げ、書類束を判事の正面に置いて述べた。

「けさ早くのご指示に従いまして、土地の登記書類を調べて参りました。こちらの文書が林範《リンファン》氏の所有にかかる物件と判明いたしました」

「第一の文書は」四角ばって続ける。「五年前の日付にて、林範《リンファン》氏が邸宅と道観と農場を入手したむね記録しております。三件とも現在市外に在住する地主の馬《マー》氏が前所有者でした。

この道観はある秘密結社の本部だったのが、当局により閉鎖されたものです。馬《マー》氏の母親は方術の信奉者でして、亡夫の供養をさせるために道士六名を道観に住まわせ、夜ふけになると扶鸞《フーラン》（こっくり占い）で霊を降ろさせては、じかにやりとりしておりました。それで二つの敷地をつなぐ通路を作らせ、好きな時に道観に行けるようにしておりました。

六年前に老夫人が亡くなりますと馬《マー》氏は邸を閉鎖しましたが、道観のほうはきちんと手入れするという条件で引き続き道士らを住まわせておりました。道観では祈禱をあげたり、魔除け札を売って諸費用をまかなっていたのでございます」

そこで一息入れ、咳払いをするとまた続けた。

「五年前、林《リン》氏が城内西北の角地について問い合わせてきました。その後まもなく、屋敷と道観や農場もひっくるめて、かなりいい値段で購入しました。こちらが売買証文です。詳しい土地図面は添付書類でごらんになれます」

判事は証文に目を通したあとで図面を広げ、副官たちを机のそばに呼び寄せた。

「林範《リンファン》がぽんとまとまった金を出したのもむべなるかなだ！　この地所はまさしく密売計画におあつらえ向きじゃないか」

判事の長い指が図面の上をさっと走った。

「この図面で見るところ、入手当時この二敷地の連絡通路は開け放しの階段だから、鉄扉や落とし戸は林範《リンファン》があとで足したんだな。地下水路の表示は見当たらん。そちらについてはもっと古い地図を参照しないとだめだろう」

「第二の文書は」と公文書係が続けた。「二年前のものです。林範《リンファン》の署名もある正式書類で、この政庁あてになっております。道士たちが戒律を守らず、飲酒と賭博に明け暮れて自堕落な毎日を送っているため道観退去を命じた。ついては、当局の手で境内を封鎖していただきたいという届け出でございます」

「それこそ」狄《ディー》判事が言った。「梁《リャン》夫人に居どころがばれたと林範《リンファン》が気づいたころに違いない！　道士たちに退去を命じたかわり、相当額の見返りをやったはずだ。そんな流れ道士どもの行方はつきとめようがない。だから、連中が林範《リンファン》の闇商売でどんな役回りだったかとか、鐘の下の殺しを知っているかどうかなど、今となってはわからん」さらに公文書係に向いて、「この文書は参考資料としてこちらで預かる。それと、百年ぐらい前の街並みがわかる城内古地図を探し出してくれないか」

公文書係が出ていったあとで書記が封書を持ってきてうやうやしく捧げ、守備軍本部の将校が持参いたしましたと言い添えた。

狄《ディー》判事は封を切って中身に目を通し、洪《ホン》警部に渡して言った。

「まちの屯所に軍がけさがた戻り、通常軍務に復したという通達だ」

肘掛椅子にくつろぎ、茶びんに熱い茶をくんでくるよう命じた。「陶侃《タオガン》もここへ呼んでくれ。林範《リンファン》訴訟の件をどう扱うか、みなの意見が聞きたい」

陶侃《タオガン》が来て、みなで熱い茶を飲む。狄《ディー》判事が茶碗を置いたところへ巡査長が来て、梁《リャン》夫人の来訪を知らせた。

狄《ディー》判事がすかさず副官たちの顔を見る。

「面倒な話になりそうだな！」とつぶやいた。

梁《リャン》夫人はこの間よりずっと具合がよさそうだった。きちんと髪を結い、目にも光がある。

洪《ホン》警部が机の手前にある楽な肘掛椅子をすすめると、狄《ディー》判事が重々しく言った。

「奥さん、とうとう林範《リンファン》逮捕に足る証拠があがりました。それと同時に、やはりこの蒲陽《プーヤン》でやつの手にかかった殺人がもうひとつ発見されました」

「寇発《コウファ》の死体が見つかったんですね？」老夫人が叫ぶ。

「お孫さんかどうかは、まだなんとも」狄《ディー》判事が答えた。

「なにぶん骨しか残っておらず、身元確認しようにも決め手がないので」

「きっとあの子です！」梁《リャン》夫人が声を高めた。「蒲陽《プーヤン》まで追って来たと知るや、林範《リンファン》はあの子を殺す気でおりました。どうぞお聞きくださいませ、とりでに火をかけられて逃げますとき、落ちてきた梁《はり》が寇発《コウファ》の左腕に当たって折れました。逃げ切ってからすぐに私が接《つ》いでやりましたが、元通りの腕にはなりませんでした」

判事はゆっくりと頬ひげをなでて思案顔で相手を見ていたが、やがてこう言った。

「申すのも気の毒だが、確かに左上腕に接《つ》ぎそこなった骨折があった」

「思った通りだわ、やはり林範《リンファン》が孫を！」梁《リャン》夫人は嘆き悲しみ、全身を震わせてやつれた顔にさめざめと涙を流した。あわてて洪《ホン》警部が熱いお茶をすすめる。

相手が落ち着くのを待って狄《ディー》判事は話し出した。

「安心しなさい、奥さん、仇は必ず討つ。悲しみのさなかに恐縮だが、もう少々事情を聞かせていただかんことには。さきに提出した記録によると、あなたと寇発《コウファ》君は燃えるとりでから脱出し、遠縁にかくまってもらったとか。襲撃した悪党どもから逃げおおせた経緯や遠縁へたどりつくまでの次第をもっとくわしくお聞かせ願えまいか？」

梁《リャン》夫人はしばらく放心していたが、にわかに発作でも起こしたようにひいひい泣きだす。

「こ……こわくて、こわくて！」やっとのことで声を出した。「もう……もう思い出したくはございません……もう——」今にも絶え入らんばかりに声が細る。

狄《ディー》判事にうながされ、警部に肩を抱きかかえるようにして連れだされた。

「あれではだめだな！」判事の口調にあきらめが漂う。

陶侃《タオガン》が左頬の三本の長い毛を引っぱり、興味しんしんで訊く。

「燃えるとりでから梁《リャン》夫人が逃げた折の詳細ですが、どこがどう大事なんでしょうか、閣下？」

「不明な点が」狄《ディー》判事が答えた。「いくつかあるんだ。だが、そっちはあとでもいい。さてと、ではまず、林範《リンファン》を向こうに回してどんな策を講じられるか考えてみよう。実に油断もすきもない悪党だ、告発の論点には万全の注意を払わんと」

「閣下、どうやら」と洪《ホン》警部が述べる。「梁寇発殺《リャンコウファア》しが格好の糸口かと。あれが一番重大な嫌疑ですから、それで罪が問えれば、私どもが襲われた件や密売の件などは、ほじり出す手間をかけるまでもございますまい」

他の三人もうなずいた。が、判事は何も言わない。すっかり考えこんでしまい、やがてようやく口を開いた。

「塩密売の証拠隠滅するひまなら、林範《リンファン》にはたっぷりあった。その嫌疑で有罪とするに足る証拠を集められるとは思えん。それに、たとえ白状させることができたとして、結局は指の間からするりと逃げ出してしまうだろう。国家専売違反は私の管轄外で、手がけるのは州法廷だけだ。そうなると林範《リンファン》は手足となるつてや縁故を総動員し、どこであれまんべんなく賄賂をまく時と機会をみすみす与えることになってしまう。

さらに、われわれを鐘の下に閉じこめようとしたのは、当然ながら殺意ある暴力行為だ。しかも、こともあろうにお上の役人に対して！　律令をちゃんとあたってみんといかんが、記憶が確かなら、そうした暴行は大逆とみなされる場合もある。案外、そこらへんがうまい切り口かもしれん」

考えこむふうに口ひげをつんつん引く。

「ですが、梁寇発殺《リャンコウファア》しのほうがもっとうまく追い詰めてやれるんじゃないでしょうか？」陶侃《タオガン》が問う。

「今の手持ちの証拠では駄目だな」と答えた。「具体的な時と手口がわからんのだから。記録上は、道士たちが自堕落なせいで林範《リンファン》に道観を閉鎖されたとある。その線で、あの殺人についても完全に筋の通る話をでっちあげるだろう、たとえば、梁寇発《リャンコウファア》が自分をこっそり探るうちにあの道士たちと仲良くなった、おおかたそいつらとばくちでもめて殺され、死骸は見つからないように鐘の中に放り込まれたんだ、とかなんとか」

それまで、はた目にも不満をつのらせていた馬栄《マーロン》が、ついにたまりかねて言いだした。

「林範《リンファン》が数え切れないくらいの罪を犯したのはわかりきっ

てるんですから、小手先の法律がどうこうなんていちいち構わんじゃないですか？　締め木にかけて吐くか吐かないか、いっちょうやってやりましょう」

「おまえは忘れているが」狄《ディー》判事が言う。「林範《リンファン》はいい歳だ。厳しい拷問をすれば中途で死んでもおかしくないし、そうなると尋問の責任者たるこちらは進退きわまる。いや、だめだ。よりよい確証をつかむしか、望ましい展開はない。だから午後の公判で林範《リンファン》の執事と船長をまず尋問してみよう。あいつらは鍛え上げた丈夫な連中だから、必要ならきびしい手段を合法的に用いて尋問する。

　さて、馬栄《マーロン》は洪《ホン》警部や陶侃《タオガン》と林《リン》邸に出向き、事件にかかわる文書はじめ、手がかりになるものを徹底的に洗ってくれ。それと――」

　だしぬけに戸がばたんと開いて、牢番長が駆けこんできた。見るからにうろたえている。

　狄《ディー》判事の執務机の前に膝をつくと、続けざまに何度も何度も額で床を叩いた。

「さっさと話せ！」判事が腹を立てる。「いったい何ごとだ？」

「ごくつぶしのわたくしめは万死に値します！」牢番長が大声で言った。「けさがた、林範《リンファン》の執事がうちのあほうな牢番の一人に話しかけまして。言うに事欠いてその間抜けめ、林範《リンファン》は逮捕された、殺人の罪で裁かれるはずだと教えたのでございます。ただいま、てまえが牢内を見回りましたところ、執事は死んでおりました」

　狄《ディー》判事が拳で机を思い切り殴った。

「なんだと！」と怒号する。「毒を隠し持っているかどうか身体検査しなかったのか？　四人の帯を没収しなかったのか？」

「規定通り予防策はすべて講じましてございます、閣下！」牢番長はべそをかいた。「やつめは舌を噛み切り、出血多量で死にました！」

　深くため息をついた判事が、ややあって声をふだんに戻して述べた。

「まあ、おまえとしても手の打ちようはなかっただろう。あやつは悪党ながら、性根の据え方がただごとではなかった。あんなやつがいったん自殺すると決めたら、どんなにしても防ぎきれるものではあるまい。牢に戻って船長の手足を鎖で壁につないでおけ。歯の間にも木のくさびをかっておけよ。もうひとりの証人まで失うわけにはいかんからな！」

牢番長が出ていくのといれかわりに公文書係が戻ってきて、古びて黄ばんだ長い巻物を広げた。百五十年前に描かれた蒲陽《プーヤン》絵図だ。まちの北西を指さして、狄《ディー》判事は満足そうに言った。

「水路がここにははっきりある！　当時は今の道観の地所に人工池があり、そこに水をひくためのものだったのか。のちにはそれがすっかり覆われて暗渠《あんきょ》になり、上に林範《リンファン》屋敷が建った。その暗渠《あんきょ》を林範《リンファン》がたまたま見つけたんだな。願ってもない、渡りに船だと小躍りしたろうよ！」

判事はまた地図をきれいに巻き、副官たちを見つめて沈んだ口調で述べた。

「では、すぐさまかかってくれ！　林範《リンファン》邸で絶対に何か見つかるものと、首を長くしているぞ。証拠がなくては手も足も出んのだからな！」

洪《ホン》警部、馬栄《マーロン》、陶侃《タオガン》はさっそく出ていったが、喬泰《チャオタイ》はその場を動く気配がなかった。

それまで黙って聞き役に徹していたが、今度は考え考え小さな口ひげを引きながら、おもむろにこう言いだす。

「こう申してはなんですが、閣下。なんだか梁寇発《リャンコウファ》殺しの話を避けておいでのようにお見受けしましたが」

狄《ディー》判事がちらりとその顔を見た。

「実はそうなんだ、喬泰《チャオタイ》！」静かに答えた。「あの話は時期尚早と思う。ついてはひとつ仮説があるのだが、われながらあまりにも荒唐無稽でな。いずれ、おまえや他の者たちにも説明しよう。だが、今はまだだめだ」

机上の書類をとりあげて読みだしたのをしおに、喬泰《チャオタイ》も腰を上げた。

だれもいなくなるや判事はすぐ書類を放り出し、ひきだしから厚い梁《リャン》対林《リン》の一件書類束を出して読みにかかり、読むにつれて眉間のしわを深くした。

23

林《リン》家書斎をくまなく捜索
蟹料亭で決め手をつかむ

洪《ホン》警部ほか副官二名は、林《リン》邸に着くや第二院子の書斎に直行した。窓を大きくとり、風雅な庭園を存分に眺められる快適な部屋だ。

右手の窓辺にすえた重厚な黒檀彫刻の机にさっそく陶侃《タオガン》が寄って、磨きこまれた机上の高価な文房四宝をなんとなく見物していた。まんなかの引出しを馬栄《マーロン》が開けようとした。が、錠つきとも思えないのにびくともしない。

「ちょいとごめんよ、兄弟！」陶侃《タオガン》が言う。「広州にいたこともあるんでね。あのまち仕様のからくりだったら任せときな！」

おもての彫り飾りをすいと指でなでる。それだけで、指先に目玉でもついているように、ぴたりと隠しばねを探し当てた。いざ開けてみると、書類束がぎっしりだ。

陶侃《タオガン》がその書類を机にどさどさ積み上げる。

「ほいよ、あんたのお得意だよ、警部さん！」と、ほがらかに声をかける。

警部がふかふかの肘掛におさまって机に向かい、その間に陶侃《タオガン》は馬栄《マーロン》の手を借りて奥の壁ぎわにあった重い寝椅子をずらし、一寸刻みに壁を調べた。あとはふたりがかりで背の高い書棚から本をおろして、かたっぱしから見ていく。

当分は静かになった。紙をめくる音と、馬栄《マーロン》が小声でぶつくさ悪態をつくぐらいだ。

とうとう警部が椅子の背にもたれた。

「よくある商取引の文書ばかりだよ！」と、愛想をつかす。「そっくり政庁へ持ってって、きっちり調べてみよう。きっとどこかにあるはずだ、密売を匂わせるくだりが。そっちはどうだね？」

陶侃《タオガン》が首を振る。

「空振りもいいとこさ！」渋い顔をした。「悪《わる》めの寝室に行こうじゃないか！」

みなで連れだって奥院子に行き、落とし戸の部屋に入った。

すぐさま陶侃《タオガン》が林範《リンファン》の寝台裏の壁に隠し羽目板を見つけた。だが、開けたはいいが複雑な錠前つきの金庫の鉄扉に阻まれた。かなりの時間かけてあれこれがんばった挙句、見切りをつけて切り上げた。

「開け方はどうでも林範《リンファン》に吐かせよう」ひょいと肩をすくめて言う。「通路から道観の第三院子をもう一度見てこようや。あそこは悪党めが塩の袋をしまっておいた場所だ、こぼれた中身が少しぐらいはあるだろう」

まっぴるまに出直してみると、昨晩にもまして徹底した掃除ぶりがよくわかった。むしろばかりかおもての回廊の甃《いしだたみ》にまで箒目が行き届き、甃《いしだたみ》のすきまにも塩粒どころかちりひとつない。

三人ですごすご屋敷に引き返し、いちおう他の部屋も調べたが収穫はなかった。女家族や召使が南へ引き上げるさいに家具も持って行ったので、どこもみごとに何もない。

もう昼近くになり、くたびれて腹も減った。

陶侃《タオガン》が言いだす。「先週、ここで見張りしてるときに巡査から聞いたんだが、魚市場の近くに蟹専門の小さな料亭があるんだと。ほぐした蟹の身を豚ひき肉や葱と合わせてね、甲羅につめて蒸すんだよ。ご当地の絶品名菜だとさ！」

「よだれが出るぞ、おい！」馬栄《マーロン》がうなった。「善は急げだ、早いとこ行こうぜ！」

めざす料亭は翡翠酒家というしゃれた名の小体《こてい》な二階家だった。軒から長く垂らした紅布に、南北銘酒極醸そろっておりますと麗々しくうたっている。

のれんをはねてすぐは狭い厨房になっていた。店内へ一歩入るや、豚肉や葱をいためるうまそうな匂いに出迎えられる。もろ肌脱ぎの太ったおやじが竹の長いおたまを手に、特大の鉄鍋に向かっていた。鍋には竹せいろがのり、餡を詰めた蟹の甲羅をうずたかく積んで蒸しにかけている。わきの大まないたでは、小僧がわき目もふらずに豚肉を刻んでいた。

おやじが満面笑顔で景気よく声をかけた。

「へいらっしゃい、旦那がた、どうぞお二階へ！　ただいますぐお持ちします！」

洪《ホン》警部が蟹づめ蒸し三十個と酒注ぎの大を三本注文し、三人でぎしぎし鳴る階段をあがった。

階段の途中で、二階の騒々しいありさまを聞きつけた馬《マー》栄《ロン》が、あとから来る警部に振り向いてこう言った。

「二階の客は一連隊ぐらいいるらしいぞ！」

あにはからんや、二階にいたのは、窓辺でこちらに背を向けた大男ひとりきりだった。背を丸めて卓にかがみこみ、やたらと音を立てて夢中で甲羅を吸っていた。広い肩に、黒緞子の上衣を羽織っている。

後ろで待てと連れに合図しておいて、その卓につかつか寄っていくと、馬栄《マーロン》は大男の肩を手でおさえ、ぼそりと言った。

「しばらくじゃねえか、兄弟！」

相手がはっと顔を上げる。大きな丸顔の下半分いちめん、脂じみた濃いひげだらけだ。馬栄《マーロン》を見て情けない顔になり、大きな顔をやれやれと振って食べかけに目を戻す。食べ終えた卓上の甲羅をいいかげんに指でつつきながら、ため息まじりに言った。

「あんたみたいのにかかりあうとな、兄弟、仲間うちの面子は丸つぶれだ。前《せん》にゃ、同じ渡世人と思うからこそいろいろ面倒みてやったんだぞ。なのにどうだ、政庁の犬だってもっぱらの評判じゃねえか。せっかく居ついた道観のねぐらからおれや子分どもを追っ払ったのは、あんたのさしがねじゃないのかい。あんなあ、自分の胸に手え当てて、義理人情に照らしてどうかをようく考えてみちゃどうだ！」

「まあ、悪く思うなよ！」と馬栄《マーロン》。「この世じゃ誰しもさだめってもんがある。たまたま、判事閣下のおいいつけで城内を走りまわるのがおれのさだめだったのさ」

「そいじゃ、やっぱりほんとだったんかい！」太っちょは嘆いた。「もういいよ、兄弟、おめえなんざもう知らねえ。そら、とっととうせな、まっとうな民に構ってんじゃねえよ。こちとら、このしけた店のくそおやじが何べんでもわざと盛りをけちりやがるんで、つらつら物思いにふけってたとこなんだからよ」

「へええ」馬栄《マーロン》のほうは蛙の面に水だ。「盛りってえとさ、もう十何匹かいけるようなら、今からおれらの飯につき合ってくれりゃ、おれも友達《だち》も大歓迎だぜ！」

指をおもむろにひげでぬぐった申八《ションパ》が、しばしもったいをつけて言いだす。

「まあなんだ、過ぎた話にぐずぐずこだわるやつなんて言われるのも業腹だわな。このさいだ、あんたの友達《だち》と近づきにならせてもらおうじゃねえか」

席を立ったところで馬栄《マーロン》がしかつめらしく洪《ホン》警部と陶侃《タオガン》を引き合わせる。方卓を選んで、壁を背にした上座にうむを言わさず申八《ションパ》をつかせ、両脇を警部と陶侃《タオガン》が固め、さしむかいに馬栄《マーロン》が腰をおろす。そこで階下にどなって追加の料理と酒をあつらえた。

給仕が階下にひきとり、酒がきて一巡すると馬栄《マーロン》が言った。

「よかったなあ、兄弟、やっと上等の上衣にありつけたんだな！　そんなのをただで手離すやつはいねえから、さだめし相当なもんについたろう！　よっぽど懐があったけえとみた！」

申八《ションパ》が気まずそうにして、冬が近いからとかなんとかぼそぼそ言い、あわてて杯をのぞきこんで顔を隠した。

馬栄《マーロン》がにわかに立って手にした杯をはたき落とし、卓を壁に押しつけてどなった。

「さあ吐け、悪党めが！　この上衣をどこで手に入れた？」

すかさず左右をうかがった申八《ションパ》だが、太鼓腹に思いっきり卓がめりこんで壁とのすきまにがっちりはさまれ、おまけに洪《ホン》警部と陶侃《タオガン》が両側をふさいでいて逃げられない。大きくため息をつき、しぶしぶ上衣を脱ぎかけた。

「あんたら政庁の犬といっしょじゃ、人がましくめしを食おうなんて方がとんでもねえ間違いだったぜ。甘かったよ、おれとしたことが」と、うなる。「そら、このぼろ上衣を持ってきな。そいで冬が来てこの年寄りが凍え死んでも、どうせ平気の平左なんだろ、てめえらは！」

中八《ションバ》がまるで手向かいしないので馬栄《マーロン》はまた腰をおろし、酒を一杯ついで太っちょの方へ押してやった。

「あんたに不自由かけようなんて、これっぽっちも思っちゃいないさ、兄弟。ただな、あんたがその上衣を手に入れたいきさつは、どうでも知らずにゃおかねえんだよ」

中八《ションバ》はひどくうろんな顔で、思案しながら毛深い胸をかいた。そこへ洪《ホン》警部がわきから助け舟を出した。

「あんたは地に足がついてるし」と、お愛想を言う。「広く世を渡ってなさる。あんたほどの立場の人なら、政庁との付き合いを大事にしたほうがなにかと得なのはよくご承知のはずだ。まさかに、まっぴらだなんて思いもよらんだろう？　乞食同業組合の顔役ってことは、兄弟、言うなりゃまちを取り締まる側のお人だ。なあ、ご同役として仲良くやりましょうや！」

中八《ションバ》が杯を干したとたん、間髪を入れず陶侃《タオガン》になみなみと酌をされ、しょうことなしに言う。

「飴と鞭の二本立てでやいやい言われちゃ、かよわい年寄りはどうしろってんでえ。こうなりゃ、あっさりほんとのことを吐くしかねえじゃねえかよ」

杯を一気に干して話しだす。

「ゆんべ坊正のやつが来てよ、すぐに道観の院子《なかにわ》から出てけっつんだ。ことをわけて話すなんざとんでもねえ！　おれらみたいなおとなしい民だから、はいそうですかと移りもするんで。けど一時間ほどしておれだけ引き返したんだ。まさかの時にってんで銭何さしか院子《なかにわ》のすみに埋めてあってな、置きっぱなしは不用心だと思ってよ。

あすこの院子《なかにわ》なら目えつぶってても歩けるぜ、明かりなんぞ要らねえ。で、銭さしを帯にしまったら、脇戸から男がひとり出てくるじゃねえか。どうせろくでもねえごろつきだぜ。まともな民があんな時間におもてをほっつきいてるわきゃねえよ」

そこで賛同を求めて座を見渡したが、誰ひとり乗ってこないので、あきらめて続けた。

「そいつが段を下りたところで、足をすくってやった。そしたらまあ、どこまできたねえ野郎だか！　よろよろはい起きて、あいくちを抜いてかかってきやがる！　よんどころなく身を守るために一発ぶん殴ってやったよ。で、ひんむいて身ぐるみ奪うか？　とーんでもない、こっちにだって仁義ってもんがあらあ！　それで上衣だけいただいた、今日の昼すぎに坊正さんのところへ襲われたと届けるときに出す証拠品のつもりによ。その悪党の始末はお上に任せりゃまちがいねえと思って放っといた。それだけだ、掛値なしだよ！」

洪《ホン》警部がうなずく。

「まっとうな民らしいふるまいだよ、兄弟！　さて、その上衣に入ってた金の話はご無用に、そんなこせこせした話なんか大人《たいじん》が口に出すようなことじゃないからね。だが、袖の中になんか身元の割れそうな品はなかったかな？」

申八《ションパ》がすぐ警部に上衣を渡した。

「構わねえから、なんなと持ってってくんな」と太っ腹なところを見せる。

洪《ホン》警部が両袖とも調べた。どちらもきれいに何もなかったが、縫い目に沿って手探りしてみると、何やら小さなものが触れた。手をつっこんで方形の小さな玉印をとりだし、連れのふたりに見せた。「林範《リンファン》実印」と彫ってある。

洪《ホン》警部はその印を自分の袖にしまい、上衣のほうは申八《ションパ》に返した。

「そいつはもらっときなさい」と言った。「あんたのご明察通り、それを着ていたやつはろくでもない罪人だよ。あんたには、これから証人としていっしょに政庁へ来てもらわんといかんが、うけあうけど心配いらないよ。さあて、冷めないうちに蟹をいただくとするか！」

一座はすごい勢いで食べだし、あっというまにからの甲羅が卓上に山積みになった。

洪《ホン》警部が勘定をすませると、申八《ションパ》が店のおやじからその一割をまきあげた。飲食店では、乞食同業組合の顔役に限って特に安値で飲み食いさせるのが普通だ。さもないと、見るもおぞましい乞食の群れが店先にむらがり、客足がぱったりとだえてしまう。

みんなそろって政庁に戻り、申八《ションパ》を連れて狄《ディー》判事の執務室に直行した。

執務机についた判事の姿を目にして、肝をつぶした中八《ションパ》が両手を上げた。

「ひえぇ、上天さま、わしら蒲陽《プーヤン》の民をお助けぇ！」と、声を限りにおぞけをふるう。「易者なんかを知事にされちまったよう！」

洪《ホン》警部がすかさずわけを話し、中八《ションパ》はあわてて机の前にひざまずいた。

警部が林範《リンファン》の印を判事に渡して事情を説明すると、狄《ディー》判事は大喜びで陶侃《タオガン》に耳打ちした。

「林範《リンファン》のけがはそういうわけか！　鐘の下にわれわれを閉じ込めた直後に、このやくざなでぶに襲われたんだな！」

中八《ションパ》に向かって、「実にでかしたぞ！　では、よく聞いてくれ。この政庁の午後の公判に出席してもらうぞ。ある人物が引き出され、そいつと対面させる。そいつがゆうべもめた当人だったら、はっきりそう言ってくれ。さあ、しばらく門衛詰所へ行って休んでいなさい」

中八《ションパ》が行ってしまうと、狄《ディー》判事は副官一同に言った。

「追加でこの証拠を握ったからには、おそらく林範《リンファン》に罠をかけられるだろうよ！　あいつは危険な敵だ、なるべく不利な立場に追い込もう。ありふれた罪人扱いに慣れていないから、まさにそういう扱いをしてやる！　それで頭に血が上れば、こちらが仕掛けたわなに確実にひっかかるはずだ！」

洪《ホン》警部は危ぶむようすだった。

「先に、やつの寝室にあった金庫をこじ開けてみたほうがよくはないでしょうか、閣下？」と、尋ねた。「それに、あの船長の尋問も先にすませた方がよろしいのではないかと」

判事は首を縦に振らない。

「自分のしていることぐらいわかっている」と答えた。

「午後の公判のために、道観奥の屋根裏部屋からむしろを六枚とってこないと。すぐ巡査長を向かわせてくれ、警部！」

副官三人は啞然として顔を見合わせた。だが、狄《ディー》判事からは何の説明もない。ぎこちない沈黙が続いたあと、陶侃《タオガン》が尋ねた。

「ですが殺人の嫌疑はどうなるんでしょうか、閣下？　ほかでもないあいつの金の護符が、まさに現場に落ちていたんですよ。動かぬ証拠として突きつけてやればいいんじゃないでしょうか！」

とたんに狄《ディー》判事が顔をくもらせ、太い眉をひそめてしばし考えこんだ。ややあって、重い口ぶりで述べる。

「実を言うとな、あの護符については扱いをどうしたものか決めかねているんだ。ひとまず、林範《リンファン》尋問の進展いかんを見極めたうえでということにしようじゃないか」

それっきり机上の巻物を広げて読みだしたので、洪《ホン》警部が馬栄《マーロン》と陶侃《タオガン》をうながし、連れだって静かに退室した。

24

狡狐《ずるぎつね》は自ら死地にはまり
お歴々は夜宴で談笑する

その午後は法廷におびただしい民がつめかけた。神叡観での騒動に続いて広州豪商逮捕の話でまちじゅうもちきりとあって、どういうことかと蒲陽《プーヤン》の民たちはいたく興味しんしんだった。

狄《ディー》判事が壇上に昇って点呼を行なう。そののち牢番長あての書式に記入した。まもなく、林範《リンファン》が二人の巡査にはさまれて引き出された。額の傷には膏薬が貼ってある。

林範《リンファン》はひざまずかなかった。けわしい顔で判事をにらみつけ、口を開いて何やら言いかけたが、巡査長がすぐさま棍棒の先端でその口を打ちすえ、そこを二人の巡査が手荒に両膝を折って引きすえた。

「姓名ならびに職業を申せ！」狄《ディー》判事が命じる。

「どうでもご説明いただきましょうか、さもないと――」

林範《リンファン》が話し始める。

その顔を巡査長が鞭の柄で殴りつけた。

「分をわきまえ、謹んで閣下のご質問にお答えしろ。この犬畜生め！」と、がみがみ言う。

林範《リンファン》の額の膏薬がはがれて生傷が開いた。内心の憤怒をにじませつつ、口ではこう述べる。

「てまえは林範《リンファン》と申し、広州生まれの商人でございます。どうでもご説明いただきますぞ、こうして逮捕された理由を！」

巡査長が鞭をふりかぶったが、狄《ディー》判事がかぶりを振って制した。

冷たく言う。

「そちらはまもなく言及する。まず初めに答えよ、以前にこの品を見たことがあるかどうか」

そう言いながら、鐘の下で見つけたあの金の護符を机の向こうに押しやった。護符が落ち、林範《リンファン》のすぐ目の前の甃《いしだたみ》に当たって音をたてる。

はじめは気がなさそうに見たが、にわかに真剣な顔になって拾いあげ、てのひらにのせてよくよく見ると、ぎゅっと握って胸に当てた。

「これは、私の――」口をついて出たが、すぐ我に返った。

「これは私のだ！」と、言い切る。「誰から入手しました？」

「段階を踏んで質問するのは本法廷の特権だ」判事が応じた。手で合図すると、巡査長がすかさず林範《リンファン》の手から護符を奪って判事席に戻した。憤怒で顔が鉛色に変じた林範《リンファン》が立ち、きんきんと怒声をあげた。

「返せ！」

「ひざまずけ、林範《リンファン》！」狄《ディー》判事が一喝した。「これから、最初の質問に答えよう」林範《リンファン》がゆっくり膝をつくと、追いかけて判事が言った。「逮捕の理由を、と申したな。言ってきかせよう。国家の専売権を侵害した罪だ。おまえは塩を密売した」

林範《リンファン》は落ち着きをとりもどしたようだ。

「嘘をつけ！」冷然と言い放った。

「ろくでなしめが法廷侮辱罪を犯した！」狄《ディー》判事が叫んだ。

「重叩十打に処せ！」

二人の巡査が林範《リンファン》の長衣をひんむき、腹ばいにして床に転がした。鞭が空を切る。

林範《リンファン》は鞭刑にまるでなじみがなく、鞭が肉に食いこむたびに天まで届けと悲鳴を上げた。巡査長に引き起こされるころには、灰とまがう顔色で息も絶え絶えだった。

罪人の呻吟がおさまると、狄《ディー》判事が声をかけた。

「こちらには信頼に足る証人がいるのだよ、林範《リンファン》、密売についてはその者の証言がとれる。引き出すまでが手間取るだろうが、重叩数打で間違いなく口を割るはずだ！」

林範《リンファン》は血走った目で判事を見上げ、まだ半ば放心していた。洪《ホン》警部が馬栄《マーロン》と喬泰《チャオタイ》に目顔で問う。が、二人そろって首を横に振った。判事が誰のことをさしているのやら、さっぱり心当たりがない。陶侃《タオガン》など茫然自失のていだ。

狄《ディー》判事の合図で、巡査長が部下二名をしたがえて法廷を出ていく。

深い沈黙の中、巡査長が姿を消した脇の戸口にすべての目が釘づけになっている。

やがて戻ってきた巡査長は黒い油紙をひと巻き抱え、あとから巡査二人がかりで巻いたむしろを重そうにかついで、よろめきながら入ってきた。驚きのざわめきが傍聴席からもれた。

判事席の手前の床に巡査長が油紙を広げ、巡査たちがその上にむしろを敷いた。判事がうなずくと、三人とも鞭を取って、むしろを力まかせに打ちはじめた。

そのさまを判事がどこ吹く風で見守り、長いあごひげを悠然としごいている。

やっと判事が手をあげた。と、三人の男はそろって鞭を止め、額に流れる汗をふいた。

「六枚のむしろは」狄《ディー》判事が述べた。「林範《リンファン》邸奥の隠し倉庫の床のを持ちこんだ。では、本法廷に対してどんな証言をしてくれたか、確かめてみようか！」

巡査長がまたむしろを巻き上げると、油紙の片端を自分で持ち、もう片端を持てと巡査二名に指図した。それで油紙をしばらく振り動かしていると、まんなかに灰色の粉がわずかにたまった。巡査長が剣のきっさきで微量をすくい上げ、判事にさしだす。

指先を湿らせた判事がその粉をつけ、なめてみて得心のいった顔でうなずいた。

「林範《リンファン》」と言った。「密売の証拠をきれいに消したつもりでいたのだろう。だが、どんなに念入りにむしろを掃いても、ごくわずかな塩が繊維にしみこんでいることに思い至らなかったのだな。多くはないが、おまえの罪を立証するには十分だ！」

傍聴席からやんやの大喝采が起きた。

「静粛に！」と、判事がどなり、林範《リンファン》への尋問を続けた。「さらに林範《リンファン》、おまえには第二の嫌疑がある！　昨夜われわれが神叡観の捜査を行なっていたさい、おまえは私と副官たちを襲撃した。罪を白状せよ！」

「昨夜、てまえは自宅で」林範《リンファン》がつっぱなす。「院子《なかにわ》の暗がりでつまずいたために傷を負い、手当てをしておりました。閣下のお話は何が何やらさっぱりわかりません！」

「証人申八《ションパ》を連れて来い！」判事が巡査長にどなった。

巡査たちに押され、申八《ションパ》がおっかなびっくり御前に出てきた。

申八《ションパ》の着た紋織黒緞子の上衣を見るや、はっと林範《リンファン》が目をそむけた。

「この男を知っているか？」狄《ディー》判事が申八《ションパ》にただす。

大男は垢じみたひげをたぐりながら、林範《リンファン》を頭のてっぺんから足の先まで、とっくり仔細らしく見極めた。それから重々しく言上する。

「へえ、こいつです、閣下。ゆんべ、道観の前でおれを襲った下郎に間違いございません」

「嘘をつけ！」林範《リンファン》が怒ってどなる。「襲ってきたのはあの悪党のほうだ！」

「この証人は」判事は平然としている。「道観の第一院子《なかにわ》に隠れていたのだ。物陰から、おまえが私や副官たちの様子を探っていた次第を見たし、私たちが銅鐘の下にもぐっていた時に、おまえが鉄の槍を拾って石の腰掛をもぎとった一部始終もはっきり見ている」

巡査長に合図して申八《ションバ》を連れ去らせ、ついで狄《ディー》判事は身を乗り出して、いささかざっくばらんな口調でさりげなく続けた。

「もうわかったろう、林範《リンファン》、私を襲った件は隠そうったって無理だよ。まずはおまえをその罪で罰したうえ、州の法廷へ送りこんで、専売侵害の嫌疑について申し開きをさせるつもりだ」

このしめくくりを耳にした林範《リンファン》の目に悪意のほむらがともった。血のにじむ唇をなめなめ、しばし黙りこむ。やがて大きく息をつき、低い声で話しだした。

「閣下、いくら否認しても詮なきことと、これではっきりわかりました。閣下を襲うなどという愚かしくもたちの悪いいたずらにつきましては、ここに衷心よりお詫び申し上げます。ですが実を申しますと、ここ最近になって政庁がいろいろ迷惑なことをなさるので、大いにいらだっておりました。昨夜ですが、境内に話し声が聞こえたので調べに参りますと、閣下と副官がたが鐘の下に立っておられました。そこで閣下にしっぺ返ししたいというたちの悪い衝動にかりたてられて石の腰掛をこじって外し、その後にご一行を助け出し、お詫びして盗賊の一味と間違えましたと言い訳するつもりで、執事や召使を呼びに駆け戻りました。ところがいざ通用口に行くと、意外や鉄扉は閉まっております。もしや鐘の下で窒息でもなさったらと気が気でなく、ならば表から帰ろう、と道観正門へ走り出ました。ところが、正殿前の階段であのあさましい追剝になぐり倒されてしまいまして。気がつくが早いか、足の及ぶ限り駆けて自宅に戻りました。ただちに閣下をお出しするよう執事に命じ、てまえはしばらく居残って頭の傷に膏薬を塗りました。閣下がいきなり、その……ちょっと風変わりなお支度で寝室へはいっておいでになったとき、てっきり別な賊が襲いに来たかと思ってしまいました。以上でございます。

ひとつ間違えば取り返しのつかない惨事を招きかねない幼稚な悪ふざけをいたしまして、ここに重ねてお詫びし、また律令に定める刑罰を甘んじてお受けするむねを、謹んで申し上げます」

「ふむ」と狄《ディー》判事はさりげなく受けた。「よかった、やっと白状してくれたか。では、書記にこれから供述を読み上げさせる、よく聞くように」

上級書記が林範《リンファン》の供述書を大声で読み上げた。狄《ディー》判事はにわかに裁判のなりゆきに興味を失ったようすで椅子にもたれ、漫然と頬ひげをなでている。

書記が読み終わると、判事が紋切り型の文句でただした。

「以上を、おまえの自白に間違いないと認めるか？」

「認めます！」林範《リンファン》がしっかりした声で述べ、巡査長が差し出す供述書に爪印を押した。

にわかに狄《ディー》判事が身を乗り出した。

「林範《リンファン》、林範《リンファン》！」聞くも恐ろしい声で呼びかけた。「長の年月、おまえは律令の網をかいくぐってきた。だが、いま国法はおまえを捕え、滅亡させる！　たった今署名したのは、ほかならぬ自分自身の死刑を認める文書だ！

暴行への刑罰は竹杖八十打であると熟知しており、うちの巡査たちに鼻薬をきかせて手加減させればよいと甘く見ていた。その後に州の法廷に送り込まれてしまえば、有力者のつてをたどって働きかけてもらい、ことによると重い罰金刑ですむかもしれんと考えた。

ここで言っておく、おまえが州の法廷に姿を見せることは断じてない。林範《リンファン》よ、おまえの首は、当蒲陽《プーヤン》南門外の刑場で落ちることになる！」

林範《リンファン》は顔を上げ、わが耳を疑うようにまじまじ見ている。

狄《ディー》判事はさらに言葉を継いだ。「律令では、大逆すなわち尊属殺人および国への反逆罪は、より厳しい形の極刑が定められている。この『国への反逆罪』なる言葉をよく頭に入れておけ、林範《リンファン》！　なぜならば、公務遂行中に役人を襲うのは国への反逆罪に相当すると、別のくだりで明記されているからだ。この二つの文言を相互関連させて解釈すべしと起草者が意図していたか否かは疑問の余地もあろう。だが、当該の事件に限っては文言を字義通り解釈する立場をとる。

国への反逆罪の嫌疑は、即時告発ののち急使をたてて都の裁判所に上奏を義務づけられた最重要案件である。誰であれ横合いから口をはさめまい。そして、吟味はあるべきように帰結する。おまえの場合は、汚辱にまみれた刑死で終わるということだ」

狄《ディー》判事が警堂木を打った。

「罪人林範《リンファン》は、自らの県知事を襲撃したと自由意思に基づいて告白した。ゆえに、国への反逆行為につき有罪を宣告し、極刑を提議する！」

林範《リンファン》がよろよろと立つ。と、巡査長がすかさず血まみれの背に長衣を着せかけた。死罪の判決を受けた者は扱いが鄭重になるのだ。

ふいに、しとやかでいて張りのある声が壇のすぐ脇で上がった。

「林範《リンファン》、こちらを見て！」

何事ならんと狄《ディー》判事が身を乗り出す。と、梁《リャン》夫人の凛とした立ち姿があった。歳月という重荷が落ちて、にわかにいくつも若返って見える。

林範《リンファン》がひとしきり身を震わせ、顔の血をぬぐった。いつものすわった目をいっぱいにみはり、唇が動きかけたが声は出てこない。

梁《リャン》夫人がおもむろに手を上げ、林範《リンファン》を指さして責める。「殺したわね――」と言いはじめた。「殺したわね、自分の――」そこではたと声につまり、顔を伏せた。手をもみしぼり、また声を出す。一言一句を振り絞るように、

「殺したのはね、あなたの、あなたの――」

のろのろとかぶりを振り、顔いちめんの涙をぬぐおうともせずに林範《リンファン》を見つめた。そののち、立ったままふらつきだした。

林範《リンファン》がそちらへ踏み出したが、それより早く巡査長が動いた。林範《リンファン》をつかまえ、腕を背後に回して押さえつける。そうして二人の巡査にひったてられていくさい、梁《リャン》夫人が気を失ってへたへたと崩れた。

狄《ディー》判事が警堂木を鳴らし、閉廷を宣した。


蒲陽《プーヤン》政庁におけるこの公判の十日後、吏部尚書《りぶしょうしょ》（人事を司る長官）が都の官邸正殿に客人三名を招いて内輪の夜宴を張った。

晩秋から初冬にさしかかる時季だった。広い正殿の扉は

開け放たれ、月光にきらめく蓮池苑を心ゆくまで眺められる。さかんに熾《おこ》った炭を惜しげなく盛った青銅の大火鉢が、卓近くに寄せてある。

四人とも国ひとすじに尽くして六十歳を越え、それぞれに老いた。

黒檀彫りの卓に、珍味佳肴を盛りつけた什器の逸品が並ぶ。純金の杯が空にならないようにと気を配る家令の采配で、十人を越す召使が侍っている。

半白の長い頬ひげを生やし、見るからに重みのある大理《だいり》寺卿《じけい》（裁判所長官）を、吏部尚書は右手の上座につけた。左手には、毎日伺候するせいで痩身に猫背ぎみの姿勢が習い性になってしまった礼部尚書《れいぶしようしよ》（式部長官）を。向かいはあごひげに眼光の鋭い長身の人物が占めた。これぞ高潔無比と剛直をあまねく知られた畏怖の的、広御史大夫《クワンぎよしだいぶ》（官吏の監察と弾劾を司る役人）だ。

夜宴もおひらきに近く、みなで名残りの杯をのんびり楽しんでいた。吏部尚書が友人たちに相談するつもりだった公務の案件は食事中にかたがつき、今は雑談がはずんでいる。

吏部尚書は長い指で銀のあごひげを梳《す》きながら、大理寺卿に話しかけた。

「聖上《おかみ》は、蒲陽《プーヤン》の仏寺がしでかした所業に愕然とされた。長老が四日にわたって宗門擁護にあいつとめたが、無益であったな。断言しよう、長老あてに政事堂《せいじどう》罷免のみことのりが、明日には出る。あわせて浮屠《ふと》諸寺に今後は免税恩典を与えぬとのお沙汰もくだるはず。これにて諸卿よ、浮屠《ふと》のやからが国事に口をはさむ目はもはや消えたぞ！」

大理寺卿がうなずく。

「身分の軽い下っ端といえど、運よくお国に少なからぬ貢献をすることもある。狄《ディー》とやらいう田舎知事が無謀にもその富裕な大寺を急襲した。つい最近までなら浮屠《ふと》がこぞって暗躍、結審まで至らずにその知事は一巻の終わりだ。ところが、当日たまたま守備軍が出払っていたところへ民が怒って暴徒化、罪人の僧どもを殺してしまった。かくも偶然が重なったおかげで危ういところで首がつながった、さもなくばわが身の命さえ風前の灯だったなどとはまさに知らぬが仏だな、その狄《ディー》という男！」

「卿《きみ》が狄《ディー》判事の名を出してくれてよかったよ、大理寺卿」御史大夫が言った。「おかげで、ひとつ思い出したことがある。いま私の執務机に、まさにその男が判決をくだした訴訟報告が二件ほどきているんだ。一件は流れ者のごろつきが犯した強姦殺人で、まあどうということはない。が、もう一件が広州豪商の事件でね。律令解釈が小手先の詭弁にすぎて、ちょっと同意しかねる。ところが上申書には卿《きみ》以下のご一同が内々で決裁印を与えている。さてはなにか特殊事情でもと思ってね。説明してもらえれば幸いだが」

大理寺卿は酒杯をおき、にこやかに語りはじめた。

「話せば長いのだがね、卿《きみ》！　何年も前に私が広州都督府で平判事《ひらはんじ》をしていたころ、都督は貪官汚吏の悪名高い方《ファン》のやつで、のちに官金を横領してこの都で打ち首になった。その広州商人が多額の賄賂とひきかえに残忍非道な罪を目こぼししてもらう現場を、私はこの目で見ているんだ。それからも、その商人は九人殺しなどあまたの非道を重ねた。そんなやつの力が官界にも及んでいると気づいたその蒲《プー》陽《ヤン》知事は、とにかく迅速な事件処理が急務と悟った。それで大きい方の嫌疑では告発せず、軽くとも解釈しだいで大逆に転じうる罪をあげ、下手人に自白させる方向で決着したのだ。二十年余も国法を手玉にとってきた男がとうとう国法の解釈に足をすくわれる、これぞ因果応報というものだと全員一致で知事の判決支持を決めたというしだいだ」

「なるほど、そういうわけか」と、御史大夫。「あす一番で、報告書に署名しよう」

それまでのやりとりに聞き入っていた礼部尚書が、そこで口をはさんだ。

「律令には明るくないが、狄《ディー》知事とやらが国家の大事にかかわる二事件を解決したのはよくわかった。浮屠《ふと》の専横に歯止めをかけたばかりか、広州豪商どもによる官の蚕食を未然に食い止めたわけだ。どうだね、その辣腕をさらなる活躍の場に抜擢すべきでは？」

吏部尚書がきっぱりかぶりを振った。

「その知事は恐らく四十そこそこ、官人としてはこれからだ。持ち前の才とやる気を示す機会なら、この先いくらでもある。あまりに出世が遅いと恨みが生じてしまうが、早すぎても分不相応な高望みになる。人事においては、いずれの両極端も避けねばならんよ」

「まったくだ」と大理寺卿が言った。「ただし、あの判事にはおおやけに功績を認めるしるしをなにか授けて、励ましてやってもいいのじゃないか。たぶん礼部尚書どのなら、しかるべき論功行賞を提示いただけような?」

礼部尚書はあごひげをなでつつ思いにふけり、やがてこう言った。

「仏寺事件の去就はわけても宸襟を悩ましたもうた、それは聖上《おかみ》も認めておられる。そんなわけだから、なんなら明日にでも、その狄《ディー》判事とやらへ勅額を下賜されてはと奏上してみよう。御宸筆などむろん滅相もない、しかるべき聖旨からの引用を彫った扁額あたりで」

吏部尚書が大声で賛成する。「おお、それそれ、まさしく時宜に適っておる! こういうことをさせたらまったく右に出るものがないな、卿《きみ》は!」

礼部尚書が珍しく笑顔になる。

「礼は複雑多岐にわたる政《まつりごと》に正しいつりあいをもたらすものだ。職務がら、あたかも金工が黄金を量るような細かさで信賞必罰の軽重を慮《おもんぱか》って、もう何年にもなる。ちりひとつの多寡があっても、秤の釣り合いを崩すに足るのだよ」

そこで、そろって宴席を立つ。

吏部尚書の案内で広い階《きざはし》を降り、連れだって蓮池の周囲をそぞろ歩いた。

25

両人は南門外の露と消え
狄《ディー》判事は勅額に跪拝する

都から訴件三つのお沙汰が届くころには、狄《ディー》判事の副官四人が四人とも、なにかくさくさした気分をもてあまして二週間がたっていた。

林範《リンファン》有罪が決まって大評判になったあの公判からこっち、判事はずっとふさぎこみ、黙って物思いに沈んでいるらしい。が、その理由となると、四人には当て推量のほかない。いつもの狄《ディー》判事なら、下手人が自白してしまうと副官たちとのんびり事件を振り返るのがお約束だが、今回ばかりはみなの忠勤に心から感謝すると述べたきり、県の通常政務あれこれにかかりきってしまった。

都の特使は昼すぎに到着した。公文書室で政庁会計の監査をしていた陶侃《タオガン》が応対に出て、ぶあつい封書の受取を書くと執務室へ持っていった。

おりよくその場には洪《ホン》警部が公文書数件に署名をもらおうと待っており、馬栄《マーロン》と喬泰《チャオタイ》も居合わせた。

陶侃《タオガン》は大理寺の大きな封印をみなに見せ、机に放ってうれしそうに言った。

「きっと例の三件のお沙汰だよ、兄弟！　さてと、これで閣下も少しは元気が出るさ！」

「それはどうかな」警部が言う。「お上からあの判決の認可がおりるかどうかを心配していらっしゃるんじゃなさそうだが。中身は一言もおっしゃらないんだがね、何かごく私的なことで、そいつを解き明かそうとひとりであがいておられるのだけは確かだよ」

「ところでさ」馬栄《マーロン》が横合いから割り込む。「閣下がお沙汰を述べたとたんに左うちわな人を知ってるぜ。ほれ、例の梁《リャン》のばあさんだよ！　林範《リンファン》の財産の取り分から、お上ががっぽり召し上げるのは言わずもがなとしてもだ、梁《リャン》夫人の割り当て分だけだって、国でも指折りの金持ち女になれるのはまちがいなしだよなあ！」

「当たり前だろ、それくらい！」喬泰《チャオタイ》が言った。「あの日は痛々しかったよ、待ちに待った瞬間に卒倒しちまって。どうも老体には刺激がきつすぎたらしい、この二週間というもの枕も上がらんそうだ」

ちょうどそこへ狄《ディー》判事が入ってきて、一同あわてて立ちあがった。副官たちに気のない挨拶を返すと、洪《ホン》警部の手渡す封書の封を切った。

内容にひとわたり目を通して述べる。

「お上はさきに取り扱った三件の死刑を認可した。林範《リンファン》には凄惨な最期が待ち受ける。私見ではただの斬首で十分だとは思うが、お上の意向だ、仕方あるまい」

さらに礼部印のある同封文書を読んで洪《ホン》警部に回し、都の方角にうやうやしく拝礼した。

「当政庁が過分の聖恩に浴した」と言う。「かたじけなくも聖上におかれては、朱筆の勅書を写し彫られた勅額を賜わることになった。この御下賜品が到着次第、警部、さっそく法廷壇上の高い位置にかけるように手配してくれ！」

一同の祝辞を受け流して続ける。「死刑はいつも通り、あすの日の出二時間前の特別公判にて言い渡す。職員に必要な指示を出しておくように、警部。それと、守備軍司令官に連絡して、下手人たちの刑場護送につき、指定時刻に兵をさしむけるようにと要請してくれ」

そう言うとあごひげをたぐってしばらく考えこみ、ふうっと派手にため息をつくと、洪《ホン》警部が署名のために置いておいた県財政書類の巻物を広げた。

そこで洪《ホン》警部の袖を陶侃《タオガン》が引き、馬栄《マーロン》と喬泰《チャオタイ》がうなずいて催促する。警部がこほんと咳払いして判事に話しかけた。

「閣下、私どもはみな林範《リンファン》の梁寇発《リャンコウファ》殺しの件が腑に落ちかねております。明朝には公式に一件落着することでございますし、なにとぞ御説明をいただけませんでしょうか？」

狄《ディー》判事は顔を上げた。

「明日、罪人処刑のすぐあとでな」とりつくしまもない。そして、また書類に向かった。

あくる朝は開廷時間のずっと前から暗い通りを政庁へ向

かって人波が流れていた。正門前はすでに黒山の人だかり、みなみな辛抱強く待っている。

やっと巡査が双扉を開け放つと、何十本もの大ろうそくが壁沿いに照らしだす法廷に民がぞろぞろ入っていった。ひそひそ声が傍聴席からもれる。多くの者は、巡査長の背後に身じろぎもせず控えている大男を不安の目で盗み見ていた。両手でふるう長い大刀を、広い肩にかついでいる。

おおかたの民は、身近なまちの中で起きた三事件の最終判決を聞きたいというだけだ。だが、年配の幾人かは気が重かった。こと乱だの騒擾となると、お上がどれほど厳しい見方をするか心得ており、坊主ども虐殺も乱のうちだとみなされがちなのもわかっている。当県を罰するというお沙汰が出たのでは、と、気が気でなかった。

大きな青銅の銅鑼が三回、政庁内にずしりと響きわたる。壇の背後で戸口が開き、狄《ディー》判事が四人の副官を従えて出てきた。肩にはおった深紅の肩衣《かたぎぬ》は、死刑宣告を言い渡すさいの判事の服装だ。

狄《ディー》判事が着座して点呼がすむ。そののち黄三《ホワンサン》が御前に引き出された。

牢でお沙汰を待つ間に傷も治り、この世の名残りに焼き肉をふるまわれ、観念したようだ。

御前にひざまずくと、狄《ディー》判事がお沙汰の巻物を広げて読み上げた。

「罪人黄三《ホワンサン》は刑場において斬首されるものとする。五体は切り刻んで犬に投げ与える。首は見せしめとしてまちの門に三日間さらされる」

高手小手に縛られた黄三《ホワンサン》の両肩に渡す格好で、白く長い捨て札を巡査がとりつけた。姓名罪状刑罰が遠目にもわかるように大きく書いてある。そのまま引かれて行った。

上級書記が狄《ディー》判事にべつの書類を渡した。解きながら、判事が巡査長に命じた。

「全啓殿と楊《ヤン》姉妹を召し出すように!」

巡査長が老管長を案内して前に出した。僧の位を示す黄緞の紫衣をまとっている。朱塗りの曲がった杖を床に横たえ、ゆっくりと膝をついた。

杏児《きょうじ》と藍玉《らんぎょく》は狄《ディー》判事の執事に連れられてきた。おそろいの緑の長衣に長袖をたらし、嫁入り前の髪型に結って刺繡の絹はちまきでまとめている。このきれいな娘ふたりを、人々は感心して眺めていた。

狄《ディー》判事が申し渡した。

「これより、普慈寺事件の判決を読み上げる。

お上は当該寺の全財産を没収すると決定した。本堂および付属の側堂一棟を除く全伽藍は本日より七日以内に撤去する。

全啓殿は僧侶四人のみ門下にとどめ置き、引き続き観音菩薩に仕えるむね許される。

なお調書によれば、当該境内の亭《あずまや》六棟のうち、二棟は隠し戸がなかったと立証ずみにつき、当該寺滞在中に婦人が懐胎したという事実は、ひとえに観音菩薩の広大無辺なる御慈悲の賜と解すべきであり、所生の子の正統性については、つゆ疑念をはさむことなきよう、ここに明言する。

寺蔵中の宝物より黄金四錠をとり、褒賞として楊杏児《ヤンきょうじ》ならびに妹に与える。両名の出身県の知事は、県戸籍簿の楊《ヤン》一族に関する記載に『勲功』明記を命じられている。この官からの顕彰により、今後五十年間、楊《ヤン》一族はあらゆる租税を免除される」

狄《ディー》判事はここでしばし口をつぐみ、あごひげをなでながら傍聴席をずっと見渡した。そののち、一語ずつはっきりと読み上げた。

「蒲陽《プーヤン》市民があえてお上の権威を侵し、僧侶二十名をみだりに襲撃し虐殺して法の適正な執行を妨げた件については、不快甚しき動向として注視する。この不法行為の責は全県で負う。当初、お上は厳罰を考慮したものの、本件の特殊な付帯状況と寛容を進言する蒲陽《プーヤン》知事に鑑み、極めて特殊な本件に限り例外として慈悲を正義に優先させるむね決定した。よって、ここに厳重戒告を下しおくにとどめる」

感謝の声が民からあがり、大声で判事を褒めたたえるものもいた。

「静粛に！」狄《ディー》判事が雷のような声をとどろかせた。

静かに書類を巻いてかたづける間に、老管長と二人の娘は続けざまに何度も叩頭して謝意をあらわし、やがて退出した。

そこで狄《ディー》判事が巡査長に合図し、二人の巡査が林範《リンファン》を御前に引いてきた。

入牢中にめっきり老けこみ、しなびた顔に小さな眼が落ちくぼんでいる。狄《ディー》判事の真紅の肩衣と首斬り役人のまがまがしい姿を目にして全身がおこりのようにがたがた震えだし、巡査たちに手伝ってもらわないと御前にひざまずくのもままならないほどだった。

拱手して威儀を正した狄《ディー》判事が静かにお沙汰を読み上げる。

「下手人林範《リンファン》を国への反逆において有罪と認め、法定の限度まで苛酷な極刑を科す。以上に述べた罪により、林《リン》は生きながら四つ裂きの刑に処せられるとする」

林範《リンファン》がしわがれた声を小さく発して床にへたりこんだ。巡査長が鼻の下で酢を熱して正気づかせようとするかたわら、ひきつづき判事の読み上げは進む。

「当該下手人林《リン》の動産ならびに不動産、流動資産ならびに固定資産はすべて官没収とする。没収終了時、前記資産の二分の一は梁《リャン》夫人欧陽《オウヤン》氏に対し、その一族が下手人林範《リンファン》により蒙った多方面にわたる不法行為の補償として与えられる」

そこでひと息入れた狄《ディー》判事は法廷内を見回した。梁《リャン》夫人は傍聴席に来ていないようだ。

「これは国家対林範《リンファン》の訴訟に対する公式判決である」と締めくくった。「下手人は死に、梁《リャン》家に対しては慰謝料が支払われるので、これをもって梁《リャン》対林《リン》の事件も打切りとする」

警堂木を鳴らして閉廷を宣した。

狄《ディー》判事が壇をおりて執務室に戻るさい、傍聴席はどっと大歓声に湧き、つづいてお沙汰のくだった罪人をのせた荷車のあとについて刑場に行こうと、先を争っておもての通りをめざした。

無蓋の荷車が正門前に支度され、守備軍屯所から派遣された槍騎兵が周囲を固める。巡査八名が林範《リンファン》と黄三《ホワンサン》を連れて出てくると、二人並べて荷車の中に立たせた。

「道を開けろ！　道を開けろ！」と門衛たちが叫ぶ。

四列に並んだ巡査隊の先導で、狄《ディー》判事の輿が出た。同じく巡査の一隊が後尾を固める。そのあとに罪人の荷車が槍騎兵に囲まれて続く。一行がまちの南門さして動きだした。

刑場に到着する。きらびやかな甲冑をつけた守備軍司令官が、輿から下りた判事を夜間に急造した仮設壇に案内した。狄《ディー》判事は判事席につき、四人の副官は脇に控えた。

首斬り役人の助手二名が林範《リンファン》と黄三《ホワンサン》を荷車からおろした。兵隊たちが馬をおりて警戒線を張り、斧鉞《ふえつ》の刃にあかつきの色がきらめく。

警戒線の周囲は押すな押すなの混雑ぶりだ。犂《すき》を引くどっしりした農耕牛四頭が、農夫の与えるかいばを静かにはんでいる。その様子を野次馬どもがこわごわ見ていた。

判事の合図で、助手両名が黄三《ホワンサン》をひきすえ、背から捨て札を抜いて衿をくつろげる。首斬り役人が重い大刀を構えて判事を見上げた。狄《ディー》判事がうなずくと、刀が黄三《ホワンサン》の首にふりおろされた。

刀が当たった衝撃でうつ伏せに倒れたが、首は胴体からきれいに離れなかった。骨が並みより太いのか、首斬り役人がねらいそこねたか、そのいずれかだ。

群衆がざわつく。馬栄《マーロン》は洪《ホン》警部にささやいた。

「まったくだ、あいつの言う通りだぜ！　哀れな野郎だ、最後の最後まで悪運がつきまとってやがる！」

助手二人が黄三《ホワンサン》を引き起こし、今度は首斬り役人の勢い余って首が宙をすっとび、血を噴く胴体の何尺も先で狂ったようにごろごろ転がった。

首斬り役人が判事席の正面にその首を捧げ持つと、狄《ディー》判事が額に朱筆で書きつけた。その後に首は籠に投げこまれ、まちの門に髪を釘づけしてぶらさげてさらすのだ。

今度は林範《リンファン》が刑場の中央に連れ出され、手首の縄を助手が切った。四頭の牛が目に入るや、つんざくような悲鳴をあげて、だれかれなくしがみつこうとした。だが、その襟がみを首斬り役人がひっつかんで地べたに放り出す。と、助手たちがその手首足首に太い縄をくくりつけた。

首斬り役人が老農夫を手招きし、四頭の牛を中央に引かせた。狄《ディー》判事が司令官に顔を寄せて何事かささやく。司令官が大声で指示を与えると、兵隊たちはすきまない密集の方陣を作って、中央で行なわれる酸鼻な光景から人目をさえぎった。みなの目が、高い壇上につく判事をいっせいにふり仰ぐ。

狄《ディー》判事がうなずいた。

にわかに、なりふりかまわぬ林範《リンファン》の絶叫が聞こえた。その叫びがやがて低いうめき声になる。

農夫が牛をなだめる口笛をそっと吹くのが聞こえた。のどかな田んぼを思わせるこの音色のせいで、かえって民の恐怖は増し、ぞっと身震いがした。

林範《リンファン》の叫びがまた宙を裂く、今度は狂気の高笑いをまじえて。そこへ、木を裂くような乾いた音がした。

兵隊たちがもとの位置に戻る。ばらばらにちぎれた林範《リンファン》の死体から首斬り役人が首を切り離すのが民にも見えた。その首がさしだされ、判事が朱筆を額に入れる。あとで黄《ホワン》三《サン》の首といっしょに門にさらされるはずだ。

首斬り役人は決まり通りに銀一粒やった。だが、老農夫は唾を吐いて、縁起でもないその金《かね》をはねつけた。銀など、農民の暮らしでは手にするさえ滅多にないことなのだが。

銅鑼が鳴って兵が武器を捧げて敬礼するうちに、狄《ディー》判事は壇を離れた。真っ青な顔をして、ひんやりした早朝なのに額は汗つぶが浮かんでいる。それが副官たちの目についた。

輿で城隍廟へ向かい、香を焚いて祈りを捧げてから政庁に戻った。

執務室に入ると四人の副官が待っていた。無言で洪《ホン》警部に合図すると、すぐに熱いお茶を出した。それを静かに飲んでいるところへ、戸がばたんと開いて巡査長がやってきた。

「閣下！」度を失っている。「梁《リャン》さんが毒を飲んで自殺しました！」

副官たちからは驚きの声があがったが、判事に驚いたふうはない。検死役人を現場に同行し、精神を病んだ末に自殺したと死亡証明書に但し書きで入れさせよと命じる。それから椅子に背をあずけ、つとめて抑えた声で、

「かくして梁《リャン》対林《リン》の件は、ようやくここに終結した。林《リン》家の家族の最後の一人は刑場に果て、梁《リャン》一族ただ一人の生き残りは自殺を遂げた。恐るべき連続殺人、強姦、放火、卑

劣な策略と、宿怨はほぼ三十年にわたって長引いたが、これで終わった。だれもかれも死んだ」

そう言って虚空に目をすえ、いっぽう副官四人はひたすら目を白黒させている。

われに返った判事が袖の中で腕組みし、淡々と語りはじめた。

「この件を検討してみて、すぐさま妙だ、腑におちないと感じた。林範《リンファン》は冷血の犯罪者、梁《リャン》夫人はその最大の仇敵だと知った。林《リン》が夫人を消すために手を尽くしたともわかった――ただし、夫人が蒲陽《プーヤン》に来るまでの話だ。なぜ、ここでは殺そうとしないのか自問してみた。最近まで林範《リンファン》の手下全員を当地の手もとに置いていたのだから、偶然を装って殺させるのはわけないはずだ。当地で梁寇発《リャンコウファ》はためらわず手にかけ、私やおまえたち四人を殺す機会を得たと思った折もためらわず実行に移した。だが、梁《リャン》夫人に対しては指一本あげようとしなかった――夫人が蒲陽《プーヤン》に来てからは。これにはずいぶん頭をひねったよ。その糸口になってくれたのは、鐘の下で見つけたあの金の護符だった。

護符には林《リン》という姓があったので、みなは林範《リンファン》の物だと思いこんだ。だが、あの手の護符はひもで首にかけ、素肌につけて衣服でかくす。ひもが切れれば、護符はふところに落ちる。だから林範《リンファン》がなくすはずはない。骸骨の首のそばで見つかったのだから、持ち主は被害者《がいしゃ》だと判断はつく。衣服で隠れていたせいで林範《リンファン》の目に触れなかったのだ。白蟻が衣類と首につるしたひもを食い尽くしてはじめて外にあらわれた。それで、骸骨は梁寇発《リャンコウファ》でなく、殺した人間と同じ姓を持つ人物ではないかという疑いが生まれた」

そこで一息入れて茶碗を干し、やがて続けた。

「事件に関する自分の手控えを再読してみると、殺されたのは梁寇発《リャンコウファ》とは違う誰かだと、それとなく匂わせる事実をもうひとつ見つけた。梁《リャン》夫人が梁寇発《リャンコウファ》の名で登録した人物は、届け出では三十歳となっていたが、陶侃《タオガン》に聞いた坊正の話だと、はたちかそこらというほうが違和感なかったそうだ。

そこで梁《リャン》夫人の正体を疑いはじめた。梁《リャン》夫人に似ていて、古い宿怨のすべてを知る別の女でもおかしくないわけだ。

梁《リャン》夫人に負けず劣らず林範《リンファン》を憎んでいるが、林範《リンファン》が危害を加えたくないか、加えるなど思いもよらない女。夫人の提出した確執の記録を再検討してみて、梁《リャン》夫人と孫を装ってもおかしくなさそうな女と青年を見つけ出そうとした。そして、当初はわれながら突拍子もない想像の産物と思われる仮説を組み立てたところ、その後に明るみに出た事実で裏づけがとれたんだ。

覚えているだろうが、林範《リンファン》が梁《リャン》家の嫁を辱しめてまもなく、林範《リンファン》の妻が失踪したと記録にあった。臆測では林範《リンファン》に殺されたのだと。しかし証拠はあがらず、死体は発見されなかった。林範《リンファン》が殺したのでないと、私にはもうわかっていた。妻は林範《リンファン》を置いて出て行ったのだ。夫への深い愛情ゆえに、兄を殺され、父の死を招く原因を作られてもたぶん許せたのだろう。『嫁しては夫に従え』というからな。だが、義姉へ横恋慕するに及んで、可愛さ余って憎しみに、ないがしろにされた女特有の恐ろしいほどの憎悪に変わってしまった。

夫を捨てて復讐しようと決意したら、老いた実母の梁《リャン》夫人とこっそり接近し、林範《リンファン》の破滅をはかる企てに加担しようとするのは実に自然ではないか？　そもそも夫を捨てて去ること自体がすでに残酷な一打だった。というのもな、おまえたちには納得いかんだろうが、林範《リンファン》は妻を心から愛していたんだ。梁洪《リャンホン》の妻への情欲はよこしまな気まぐれというだけで、妻への愛情——冷酷非情なこの男にとっては唯一の抑止力——は、みじんも揺るがなかったのだ。

歯止め役の妻がいなくなってからは林範《リンファン》の邪悪な性格はいかんなく発揮され、梁《リャン》一族への危害は日を追うごとにますます激しくなった。とうとう、やつはあの古いとりでで一族を殺した。梁《リャン》老夫人から孫の梁寇発《リャンコウファ》まで皆殺しにしたのだ」

陶侃《タオガン》が何か言いかけたが、狄《ディー》判事が片手でさえぎった。

「林《リン》夫人が」と続けた。「志半ばで斃れた老母の役目を引き継いだ。それまでに母親から全幅の信頼を寄せられるまでになっていたから、梁《リャン》家の諸事情に細大漏らさず通じていて当たり前だし、梁《リャン》夫人を装うのは難しくなかった。血のつながりがあるから似通っているし、実際より老けてみせるだけでよかったはずだ。それに、まちがいなく老母は林範《リンファン》の攻撃がさらに起きると見通していたのだろう。古いとりでに行く前に、宿怨を物語る一件書類を娘に託したんだ。

その後まもなく、林《リン》夫人は正体を林範《リンファン》に明かしたに違いない。林範《リンファン》にとっては、最初よりこのほうがさらに痛打だった。妻は死んでいなかったのだ。自分を捨て、不倶戴天の仇となってあらわれた。実は梁《リャン》ではないなどとは告発できない――多少とも誇りが残っている男なら、妻が自分に牙をむいたなどと公に認められるか？　逃げ隠れするぐらいが関の山だよ。そこでやつはこの蒲陽《プーヤン》に逃れたが、なおも彼女につきまとわれ、またどこか他の土地へ逃げようとはかった。

林範《リンファン》に話すさい、林《リン》夫人は自分自身については本当のことを教えたが、同行した青年のことでは嘘を教えた。梁寇《リャンコウ》発《ファ》だと。これがきっかけで、陰惨冷酷なこの悲劇でもとりわけ信じ難いほど冷酷な事件が幕を開ける。陰湿で残忍という点で、林《リン》夫人の嘘は当の林範《リンファン》の蛮行よりも忌まわしい極悪な策略を形作るものだった。青年は、夫人が腹を痛めた林範《リンファン》の落とし胤だったのだ」

ここで四人がわれがちに口を開いたが、判事はまたも手で黙らせた。

「林範《リンファン》は知るよしもなかったが、梁洪《リャンホン》の嫁を犯した当時、林《リン》夫人は何年も待ちわびた末に身ごもったばかりだった。女心の奥底を測れるなどと自らを買いかぶるつもりはない。だがね、こうは言えるだろうな。夫婦の愛がみごと結実したと林《リン》夫人が思ったその瞬間に、こともあろうに林範《リンファン》がよそに気を移したという一事をもって、それほどの常軌を逸した無情な憎しみを抱くに至ったのだと。いま無情と言ったが、そのわけは、林範《リンファン》を破滅させてから完膚なきまでに叩きのめすとどめに、ほかならぬわが子をみすみす殺させておいて、あとで教えるつもりだったんだ。おまえが殺したのは血を分けた実の息子だったと。

あの青年には梁寇発《リャンコウファ》だと信じこませていたに違いない。たとえばこんなふうに説明したんだろう。林範《リンファン》の手から守るために、まだ小さなうちに子供同士入れ替わったとか。

だが、青年に肌身離さずつけさせていた護符は、夫人が婚礼の日に林範《リンファン》から贈られた品だった。

不明点は林範《リンファン》を尋問したときにようやく全部わかった。おかげで、こうしてこの恐ろしい話をおまえたちに通して話せるようになったんだ。あの時点までは根拠のない臆測にすぎなかった。最初の裏付けは、護符を見せた折の林範《リンファン》の反応だ。あやうく妻のだと言いそうになっていたよ。決め手の二つめは、判事席の前で夫と妻が対面した、短くも哀れなあの刹那だった。林《リン》夫人の待ちに待った瞬間がついに訪れた。これまで、うまずたゆまず励んできた甲斐あって、とうとう宿願かなったのだ。夫は破滅、じきに刑場の露となる。今こそ、心をこなごなに打ち砕くとどめを与える時が来た。それで手を上げ、責めにかかる。〝殺したわね――〟だが、その時さとった。わが子を殺したという恐ろしいとどめの一言を、この期に及んでどうしても口にできない。とうとう負けて血まみれで立つ夫を見たとたん、積年の憎しみはあえなく解け、かつて愛した姿だけしか目にうつらなくなった。その激情に耐えかねてふらつきだすと、林範《リンファン》がそちらへ駆け寄ろうとした。巡査長はじめ一同が思ったように襲いかかろうとしたのではない。林範《リンファン》の目に浮かんだ表情からうかがえたのは、妻が倒れて甃《いしだたみ》でけがをしては大変、抱きとめてやりたいという愛情だけだったよ。

以上がすべてだ。これでわかったろう。こんな難しい立場に気づいていたのは、林範《リンファン》尋問のだいぶ前からだ。逮捕したからには早急に有罪宣告をせねばならん。しかも実子殺害の件は使えん。林《リン》夫人が梁《リャン》夫人になりすましていると立証するには、何ヵ月もかかってしまう。そこで小細工をしかけて、われわれを襲撃した件を林範《リンファン》に自白させる方向に持っていくしかなかった。

だが、やつの自白を得ても困った立場が解消したわけではない。お上では、林範《リンファン》の没収資産のうちかなりの部分を、梁《リャン》夫人と信じられている人物に与えるに決まっている。国に収めて当然の財物を、にせの梁《リャン》夫人が取得するのは絶対に許せん。それで、あちらが私に近づいてくる折を待っていた。燃えるとりでからの脱出行について詳細を尋ねようとしたので、正体がばれているのではと向こうも疑ったに決まっている。自ら出向いて来なければ、やむなく法に訴えるしかあるまいと思っていた。これでその問題も解決した。林《リン》夫人は自裁を決意した。だが、これまでずっと待ったのは夫と時を同じくして死にたかったからだ。今となっては、あの女を裁けるのは天だけだ」

深い沈黙が部屋を包んだ。

狄《ディー》判事がぶるっと身を震わせ、長衣の前をかき合わせながら口にした。

「冬が近いな、冷える。警部、出て行くついでに書記に言って、火鉢を用意させてくれ」

副官四人がさがると狄《ディー》判事は腰を上げ、判事帽を脱ごうと小鏡台の脇机に行った。鏡に映る自分の顔はやつれ、深い懊悩が刻み込まれている。

上の空で帽子を畳んで鏡台のひきだしに入れる。そうして室内用の帽子をかぶり、後ろ手に組んで行きつもどりつしはじめた。

波立つ心を必死で静めようとする。だが、今しがた話したばかりの恐ろしい物語から、千々に乱れる思いをうまくそらしたのもつかの間、原型もとどめぬ僧二十人の惨状がまざまざと目に浮かび、四肢を裂かれる林範《リンファン》の狂笑がふたたび耳朶につきまとう。絶望のさなかで自問した。なにゆえ上天は、ここまでむごい苦しみを、ここまで酸鼻な流血を人間に望みたまうのか。

疑念に囚われて机の前に立ちつくし、両手に顔を埋めた。その手をおろしかけて、礼部からの文書がふと目に止まった。わびしい嘆息まじりに自らのつとめを思い出す。書記たちがちゃんとした位置に扁額をかけたか、確かめておく仕事がまだ残っている。

執務室と法廷をへだてる間仕切りを開け、壇を越えて広間に出ると、そこで振り向く。

真紅の布をかけた判事席と、空席の肘掛椅子がまず目にとまった。背後のついたてにはお裁きの公正さをあらわす巨大な獬豸《かいち》の刺繡がある。さらなる高みに目をやると、壇にさしかけた天蓋の上に、聖上のお言葉を彫りこんだ扁額がかかっていた。

一読して、深く心を動かされるのが自分でわかった。むきだしの甃《いしだたみ》に膝をつく。そうして冷えきった無人の法廷でひたすらに頭を垂れ、ひとり謹んで拝礼を捧げた。

高みの明かりとりから朝日がさしこみ、一点一画もゆるがせにしない宸筆そのままを写した大きな金文字がくっきりと四つ浮かぶ。

「義重于生（正義は生命より重い）」

勅額を拝す

著者あとがき

中国の古い探偵小説に共通する設定として、探偵役はつねに事件が発生した土地の県知事がつとめる、というのがある。

この役人の任地範囲は城壁のとりまくまちとその郊外五十里ほどが普通だが、そこで起きたこと全般の責任を負う。知事の職務は多種多様だ。租税徴収、出生・死亡・婚姻登録、土地登記書の管理、治安維持などに全責任を負うかたわら、判事として法廷を開き、下手人の逮捕や処罰、民事や刑事にわたる訴訟全般を吟味する。このように民の日常のほぼすべてを取り締まる役であるから、知事を称して俗に「父母官」とも言うわけだ。

したがって、知事は常住座臥の精勤を強いられる官職だった。政庁構内に設けた官邸に家族ともども住み、起きている時間はおおむね公務にあてる。

いにしえの中国では巨大なピラミッドをなす官界組織の底辺をなすのが県知事だった。直接報告すべき上長は二十数県を受け持つ州長官であり、そこから十数州を治める都督府の都督に報告がいく。さらにそこから皇帝（聖上）を頂点とする都の官庁に報告が上がるという仕組みになっている。

およそ民は文官試験（科挙）に合格すれば、貧富や門地を問わず官吏に登用されて県知事になれる。そういう見地からすると、まだ封建制度のもとにあったそのころの欧州よりは、どちらかというと中国の方が平等な社会だったわけだ。

知事の任期は三年が普通で、それを過ぎると別の任県に転任し、やがては州長官に昇進する。昇進基準はあくまで実績本位だったため、力量に恵まれないとほぼ一生をひらの県知事で送ることも珍しくなかった。

知事の通常業務にあたっては政庁の常勤職員がその手足となる。巡査、書記、牢番長、検死役人、門衛、走り使いなどが例にあげられる。だが、職域は通常政務の遂行にとどまり、犯罪の吟味解明は含まれていない。

この職務はほかならぬ知事のつとめであり、手足となるのは任官当初に知事その人が選んで連れてきた腹心の副官三、四名で、彼らは知事の供をしてどこの任県にもついていき、他の政庁職員の上に立つ。土地のしがらみがないので、職務遂行にあたってある個人の思惑に左右されることが割合少ない。原則として知事が生まれ故郷に任じられることは断じてないが、それと同じことだ。

本篇では昔の中国で訴訟の手続きがどういうものか、おおまかなところを描いてみた。四三頁および一六四頁の挿絵では法廷のありさまを図示してある。判事は判事席につき、副官および書記たちがその左右に控える。判事席の高卓にかけた紅布の正面は、ひときわ高く設けた壇の床に届くほど長くしてある。

この判事席にそろえておく備品はいつも同じで、墨用と朱墨用の硯二枚、筆二本、罪人に科す鞭打ち勘定用の細長い竹片の多数を立てた筒だ。かりに巡査に十回打たせる気なら、判事はこの竹片十本を数えて手前の床に投げてやる。そして一回ごとに巡査長が一本をよけていく。

判事席の卓上には大きな政庁印や警堂木もある。警堂木は西洋の類似品と違って槌形ではなく、硬い木材を切り出した長さ一尺ほどの長方形をしている。中国語の呼び名「法廷内を脅えさせる木」はなかなかに意味深だ。

巡査は左右二列に分かれて壇の手前で向かい合って立つ。原告被告ともこの二列にはさまれて、甃《いしだたみ》の床にじかにひざをついて開廷中ずっとその姿勢を強いられる。援護してくれる弁護士もなし、証人を呼ぶこともかなわず、概してありがたくない立場に置かれた。実際に訴訟手続全般が法律にかかわること自体を民に恐れさせ、抑止力となるよう意図されていた。通常、政庁では一日三回、朝と正午と午後に公判が行なわれた。

下手人自白がとれないと有罪判決は下さないというのが、中国の法の基本だ。だから、しぶとい下手人が動かぬ証拠をつきつけられても自白を拒んでまんまと刑を免れたりしないよう、鞭や竹杖で打ったり、手やくるぶしを締め木にかけたりという厳しい拷問を適宜行なうのは法で認められている。こういった合法的な拷問に加え、知事たちがより苛酷な手段を辞さないこともままあった。だが、そんな苛酷な拷問を受けた者が一生残る身体障害や死などという事態に立ち至れば、判事以下の全政庁職員が極刑に処せられることも珍しくなかった。そんなわけで、苛酷な拷問よりも、鋭い心理洞察やその方面にたけた者の知識に頼る知事がほとんどだった。

いにしえの中国ではこれらの機構が、全般的にいってかなり効率よく機能していた。上級官庁の抑えがよく効いて職権逸脱を防ぎ、不正あるいは無責任な知事には世論が別途の抑えになった。死刑には勅許が欠かせず、下手人の誰でも上に控訴でき、上聞にまで達するようになっていた。しかも知事が秘密裡に被告尋問を行なうのは許されず、予備的聴取も含めた訴件がらみの尋問はすべて政庁公判ですべしと決まっていた。訴訟手続一切は詳細な記録にとどめ、上級官庁に送付の上で吟味を仰がなくてはならない。

速記術もないのに書記がどうやって正確に法廷議事録を残せたのか、不審に思われる読者もことによるとおいでだろう。中国の書き言葉自体が一種の速記術である点に、その答えが見つかる。たとえば話し言葉でなら二十語以上もある文を四つの表意文字に集約可能だ。さらに続けて書くための書体が各種あり、十画以上の文字が簡略な一筆で書けてしまう。かくいう筆者自身も中国在任中は中国人書記によくこみいった中国語会話を記録させたが、驚くほど正確無比だった。

ちなみに申しておくと、古中国の書き言葉には句読点がないのが普通で大・小文字の区別もない。第十四章に出てくる遺書への細工は、アルファベット文章ならばそもそも不可能だ。

「狄《ディー》判事」はいにしえの中国屈指の名だたる探偵だ。唐代に実在した名政治家でもある。名は狄仁傑《ディーレンチエ》、生没年は西暦六三〇年―七〇〇年。県知事として地方巡りをつとめた若年の時分に、難事件をあまた解いて名声をかちえた。後代、中国の公案小説にこの人物を主人公にすえた作品が多数みられるのは、おもに、いまあげた名声による。もっともそういった小説では、いくら史実を踏まえたといっても、しょせんはたかが知れているが。

のちには国の法務全般を司る大臣たる大理寺卿《だいりじけい》の位に昇り、賢明な進言をもって国政を益した。当時の国政を壟断した武則天が正嫡の皇太子を廃して血縁の寵臣を帝位につけようとしたときは一歩も引かずに阻み、ついには断念させた。

中国の探偵小説には、知事が三件以上の全く別な事件を同時に手がけるという筋立てが多い。私はこの興味深い特徴を自作のシリーズにも取り入れ、三つの筋立てが一続きの物語構成をなすように書き上げた。私見では、中国の犯罪小説はこの点で西洋のものより現実的だ。人口多数を抱える県ひとつのこと、いくつもの犯罪事件に同時対処を迫られる事態もままあるというのは、まさしくうなずける話だ。

やはり中国の伝統にのっとって、作品終盤に公平な観察者による事件鳥瞰のくだりを挿入（第二十四章）、罪人処刑の描写も入れた。因果応報という中国流の正義に照らせば、罪人の処罰を詳細に述べずにはすまない。あわせて賞讃に値する知事が昇進し、他の登場人物すべても相応の報いを得る大団円がないと中国の読者は満足しない。この特質は多少ひかえめに流用した結果、狄《ディー》判事は勅額という形で公に顕彰され、楊《ヤン》姉妹はほうびの金をもらうこととなった。

舞台設定はしばしば何世紀も前だが、小説を書くにあたっては十六世紀の人間と生活とを描写するという明代作家《みんだいさっか》の流儀を私も採用させてもらった。挿絵についても同じことが言え、唐代というより明代の風俗習慣を模している。当時の中国人は煙草も阿片も吸わず、弁髪もなかった——満州族の征服により、一六四四年以降に強制された習慣だ。男たちは長髪をまげにまとめ、室内外問わず帽子を用いた。

第十三章に述べた死後婚は中国ではかなり普通に行なわれた。いちばん多く見受けられたのが、まだ生まれる前の子供同士を婚約させる指腹婚《チーフー》だ。友人の間柄で、子供同士をいずれめあわせようという取り決めがよくなされた。そしてこれまたよくある話だが、一方の子が婚期を迎えないうちに死んでしまうと、生き残った方と死後に婚儀をあげさせられた。生き残ったのが花婿であればただの形式ですむ。一夫多妻制だから、べつに妻をもらうのはおおやけに認められていたが、戸籍上は亡き幼い嫁が第一夫人としてずっと記録に留められた。

この小説では仏僧に不利な描かれ方をしているが、この点も中国の伝統にのっとった描写だ。昔の小説はたいてい文人階級の手になるものだから、儒者の正統として仏教に偏見があった。だから公案小説の多くで仏僧は悪玉なのである。

それと、犯罪小説を語るにあたっての冒頭に短い前段をつけて、本篇中の主要事件を示唆するという中国でおなじみの手法も取り入れた。さらにやはり中国流にのっとり、各章の表題を対聯《ついれん》にして掲げた。

「半月小路暴行殺人事件」の筋立ては、宋代の名政治家で生没年九九九年から一〇六二年、俗に包公《パオクン》なり包《パオ》判事の名で親しまれる包拯《パオジョン》が手がけたとされる名高い判例に材をとった。真偽はさておき包拯《パオジョン》が解いたとされる事件のまとめが、はるか後代の明に姓名不詳の作家により『龍図公案』、版によっては『包《パオ》公案』と呼ぶ作品に編まれた。この下敷きになったのは『阿弥陀仏講和』と呼ばれる作品だ。この『包《パオ》公案』、おおざっぱに筋を伝えるだけの単純きわまる話で、知事が真相発見に至る過程もあまり納得のゆくものではない。中国の探偵小説にありがちな手法だが、部下に冥界の鬼を演じさせて犯人に自白させるというものだ。それで本篇ではかわりに演繹推理の才を狄《ディー》判事に与え、理詰めでもって解決させた。

「仏寺の秘事」は『汪大尹火焚宝蓮寺』、つまり『汪《ワン》知事宝蓮寺を焼く』と題する物語に材をとった。十七世紀に出版された『醒世恒言』なる伝奇犯罪小説の第三十九話にある。この小説集は明代の学者馮夢龍（一六四六年没）の編になる。まことに多作な文人で、類似の二作品集、戯曲多数、長篇小説、学術論文までものした。本篇では妓女二名を使うなどの骨子はすべて残したものの、原作の最後は知事が寺を焼き払い、僧どもを即決で処刑してしまうという、律令に照らせばとうてい容認しがたい独断専行がなされていたので、唐朝のある時期に大問題となった仏教教団による壟断の陰謀を取り入れてもっと凝った結末に置き換えた。本篇で狄《ディー》判事が主導的役割を演ずるのもあながち的外れとは言えない。史実として、狄《ディー》判事が生涯のある時期に淫祠邪教をあまた取り壊させたからだ。

「鐘の下の白骨死体」は中国の古い長篇公案小説『九命奇怨』に材をとった。この小説は一七二五年前後に広州で実際に起きた九人殺しにもとづいている。原作では、法廷で普通に解決するのだが、明、清の犯罪伝奇集なら一度は出てくるお寺の銅鐘を借用して、いっそうの衝撃的結末を加味してみた。

第二十四章に出てきたむしろの鞭打ちは、以下の話に想を得た。「北魏（三八六年—五三四年）の李恵《リーフィ》が雍州《ユンチョウ》県知事の任にあったころ、塩担ぎ人と薪担ぎ人が一枚の羊皮をめぐって争い、めいめい自分の背にかけていたと主張してきかない。そこで李恵《リーフィ》は配下の一人に命じた。『この皮を打て、さすれば持ち主を吐くだろう』役人たちはみな唖然としたが、李恵《リーフィ》は羊皮をむしろの上に広げて杖で打たせた。すると塩粒が若干出てきた。それを両名に見せたところ、薪担ぎが罪を自白した」（拙著『棠陰比事、十三世紀の司法捜査手引書』ライデン大学支那叢書第十巻、一九五六年ライデン刊を参照）

本篇十四章で描いたように、二家族の宿怨をこと細かに述べるのは、西欧の読者の目をひくだろう。中国人は元来が自制心に富み、たいていの争いは示談により法廷外で解決がつく。だが、時に激しい怨恨関係が家族・氏族あるいは他集団間にひとたび生じれば、とことんまで手を緩めずに続けられ、悲惨な結末を見ずにはすまない。梁《リャン》と林《リン》の闘争はそうした確執の好例である。よく似た例が外国の華僑社会で時たま起きた。具体的に言うと、米国における「党争」や、十九世紀末から二十世紀初頭にかけてオランダ領東インドでの「公司《コンシー》事件（蘭芳公可事件）」、ないし幇《パン》と呼ばれる秘密結社同士の血で血を洗う抗争である。

ロバート・ファン・ヒューリック

余鐘殷々～訳者あとがき

この『江南の鐘』（原題 *The Chinese Bell Murders*）で、ポケミスの狄《ディー》判事も十二巻を数えた。二段組という版型特質のおかげでなんとかこの厚みに抑えられたものの『真珠の首飾り』のほぼ倍量、まえがきや、長いあとがきからも著者の熱意が伝わる初期の力作だ。よって落ち穂拾いも常になく多いがご寛恕のほど。

■家、この重圧

本書が織りなす人間模様のうち、経糸は中国における家族とその継承がもたらす葛藤に尽きる。

ご承知の読者諸賢も多いと思うが、儒教では原則として男子以外の継承を認めない。女は他家に嫁ぐのが基本であった。男子を産まねば家が絶える。「子」とだけいえば男の子に決まっており、娘は何人生まれようとも「子なし」が社会通念であった。冒頭の商人や狄《ディー》家のようにつつがなく継承かなえば万々歳だが、子に恵まれない限り、いかに毛並みのいい妻でも安閑としていられなかった。どんなに夫婦仲がよくても離縁されるか、ほかに女ができてしまう。夫がともに苦しんでも、どうしようもなかった。その結果、本書のようにもつれ、こじれた夫婦仲も存在しただろう。しかも女は万が一にも血統が乱れぬようにと絶対の貞操が求められる。たとえ故意でなくとも守れなければ全存在を否定され、所生の子らまで出自うろんな日蔭者として制裁を終生受けた。現代では考えられないが、是非はともかくそういう時代だったのである。だから本篇「仏寺の秘事」の原型となった『棠陰比事』では結末に一点の救いもない。女たちに救いをもたらした狄《ディー》判事のお裁きは、現代西洋人としての著者の配慮だろう。

ところで日本人の考える家族とは別に、もう一回り大きな血縁集団がある。これを宗族と呼ぶ。有力宗族は科挙を受ける一族の若者用に義荘《ぎそう》と呼ぶ基金を設けたり、教師を招いて教育にあたらせた。こちらを義塾という。孤児になっても宗族が路頭に迷わせないかわり、大逆事件などを起こせば連座して皆殺しという災難にも遭うが、ひとたび村八分にされてしまえば暮らしにも事欠く。王《ワン》秀才は宗族と揉めたせいで苦学生に転落、肉欲ゆえに別の家を乱したかどでお上の厳しい咎めを受けた。自業自得とはいえ、とことん家というものに祟り祟られた人物である。

二大名物男とその周辺

さて、今回の舞台は蒲陽《プーヤン》。邦題が示すように江南地方の水郷だ。

既刊『白夫人の幻』や短篇集『五色の雲』収録の「すりかえ」でひときわ異彩を放つ申八《ションパ》は本篇が初登場になる。以後も副官たちとつきあううちに第十六章一四六ページの絶賛から、『白夫人〜』五五ページへと評価もそれなりに変遷したらしい。

一味のねぐら朱道観については、参考までに『雷鳴の夜』冒頭の道観図をどうぞ。第二十二章の一九五ページに出てきた「こっくりさん」は道教の神がかりの一種で、扶鸞《フーラン》という。日本のこっくりさんと違って専門の道士や巫《みこ》が行ない、降ろす対象も位の高い神様から死霊まで多種多様らしいので、イタコの方がまだしも近いかもしれない。参考文献に『中国のこっくりさん——扶鸞信仰と華人社会』（志賀市子著／大修館書店）をお勧めする。

やはり蒲陽《プーヤン》時代を飾る狄《ディー》判事の悪友こと羅寛充《ルオクワンチユン》閣下も本篇がお初だ。以後も『紅楼の悪夢』、『観月の宴』、『五色の雲』収録の「化生燈」と、逸材だか論外だかよくわからない行状を繰り返す。

凸凹知事コンビが治める県についても著者あとがきを補足しておこう。当時の県というのは外敵防御の壁が四囲をとりまく都市およびその郊外をさす。これを「城市」と呼び、都市の内外をそれぞれ城内・城外と言ったりする。日本で城というと、もっぱらcastleの意味だが、中国の「城」は都市をさすことが多い。城内には縦横に通りが走っている。この通りそのものと、周辺の家並みを「街」と呼ぶ。拙訳では字面の煩雑さを考慮して、city＝城市を「まち」とひらがなで、streetを街とそれぞれ区別して表記している。訓読みでは同じだが、両者は別物ですので念のため。

まちを四分し、低めの防壁を巡らしたものを坊と呼ぶ。夜間は坊門が閉じて出入り無用になる。行政全般の監督には知事の委嘱を受けた土地の有力者があたった。これを坊正《ぼうせい》と呼ぶ。日本でいうと町名主とか、庄屋みたいなものだと思えばよい。ちなみに、辺境のまちなどでは坊でなく里《り》という行政単位になり、役人の名も里正《りせい》に変わる。

ついでながら「院子」の説明を。中国の伝統建築は四合院といって、しかくい中庭の四方を建物の棟がとりまくのが基本形だ。大邸宅は基本形を大きくし、多数連ねる。この中庭を「院子《ユアンツ》」と呼ぶが、中庭を囲む基本形全体をさすこともある。だから、たとえばひとくちに第一院子と言っても、中庭そのものの場合と基本形の一画をさす場合の両方あるわけだ。拙訳では中庭をさす場合のみ、「にわ」ないし「なかにわ」などのルビを振り、周辺建物を含めた場合はルビなしとした。ややこしくて恐縮だが、ご海容のほど。

伝統といえば、半月街の肉屋もやはり古式にのっとった勾連塔《こうれんとう》なる店舗構造で、もっぱら小店に多いそうだ。詳しくは『中国の都市空間を読む』（高村雅彦著／山川出版社）をご参照ありたい。

●仏教について

本文に登場した洛陽・白馬寺は後漢末にできた中国最古の仏寺だが、仏教は世を乱すとされ、唐までの為政者にはおおむねあまりいい顔をされなかった。

家族のくだりでも述べたが、女は問答無用で貞操を強いられた。その心得に、「男女を問わず坊主と道士をうちに入れるな、同席させるな」がよく知られている。世を捨てた出家であれば、宗派を問わず性別を超越するのが建前ではある。が、実情はそうはいかない。人間、ヒマで栄養が足りていればろくなことはしないし、禁じられたとなると余計にやりたがるのが常である。お上や金持ちの庇護下でぬくぬくと不良行為をはたらくやつの方がまじめな出家より多く、仏教の不良坊主は「禿《はげ》」と呼ばれて民に嫌われた。

不労人口が増えれば税金がとれなくなり、国としても困るので厳しく人数制限を設けた。正規の僧は選抜されて戒を受け、度牒という身分証を授けられる。それ以外は私度僧といって、早い話がもぐり。仏道への志やみがたく、というまじめ派も中にはいたろうが、働きたくないか税金逃れ、ひどいのになるとお尋ね者のやくざや賊も混じっていた。普慈寺の某は、そういうもぐりの僧侶であったわけだ。

ところで、蒲陽《プーヤン》をうるおす大運河の終点に楊州がある。この物語の数十年後、ひとりの老僧がここから船出した。海の向こうでは仏教がさかんですが、戒を授ける資格所持者がないので私度僧ばかりですと聞かされ、そりゃいかん、と自ら布教に行く決意を固めたのだ。その後に数度の難破を経ても、あきらめずに渡海。不屈の老僧の名を鑑真といった。

もぐりや悪徳坊主への反動で、狄《ディー》判事のおよそ百年後に百丈懐海《ひゃくじょうえかい》なる僧が禅寺の原型を作り、「一日働かざれば一日食らわず」を唱えた。著作『百丈清規』の精神は今も生きている。たとえば、判事一行が普慈寺でとったお粥の朝食は粥座《しゅくざ》といって禅寺の定番だ。朝の四時と決まっており、献立は極薄のお粥と漬物だけ。禅ではお粥に十の利点あり（粥有十利）というから、飽食気味の現代人にはかえっていいかもしれないが。

■席次と官職

本篇では右が上席となっているが、唐代では左上位だった。それがいつしか左右逆転し、明代には完全に入れ替わる。唐の官職を模した日本では、明治まで左が上だった。白川静によると上古から左上だそうだが、なにぶん出典根拠が飛鳥・奈良時代成立なので検証のすべがない。

古き良き中国式フォーマルでは誰を上席にすえるかで揉める。きりなく譲り合うからだ。そこで場を読まずに、はいそうですかと上座につくようでは出世の望みはない。一瞬の計算が明暗を分ける真剣勝負であり、第二十四章の宴席など、さしずめ例題には格好だ。列席者四名のうち、礼部尚書と吏部尚書はともに尚書省六部の長官であり、位は三品。大理寺卿は司法大臣で従三品。御史大夫も同じく従三品であり、官吏の業務監査全般に携わる役所の長として大臣の監査を自ら担当する。四人とも政事堂と呼ばれる閣僚会議の一員だ。位階だけみれば尚書省組が高いが、他の役所への気配りも要求される。年齢や聖上のお覚えなども考慮対象だ。さて、読者諸賢ならどんな席次になさるか、頭をひねってみるのも一興だろう。

ところで唐の時代、礼部と吏部には科挙の最終試験を担当する役目もあった。いちおう筆記試験も課すが主にコネ重視の礼部試験に合格すると、三年後に吏部の主催する面接試験で品位や挙措動作などをふるいにかけられる。尚書省六部にはほかに財政を担当する戸部もあり、シリーズで何度か出てきた度支使《たくしし》や、国の専売品目（塩と鉄）を扱う塩鉄使はそちらに属していた。いずれも民の生活に欠かせないばかりか、有事のさいは兵器・兵糧としてまっさきに押さえるべき品目だ。ただし塩はお上の綱紀がゆるんだとたん粗悪になるので、割高なせいもあって民には悪評さくさくだった。ちなみに割安な海塩に比べて岩塩は高価で、西域産の極上品は「水晶塩」の名で酒のさかなに喜ばれた。

■ 鐘について

日本の宗教鐘は大半が仏寺用だが、道教でも鐘はつく。宗教目的の大鐘一般を「梵鐘」と呼ぶ用法も一部にあるが、日本語に限っていえば梵の字そのものに仏教のイメージが強く、道観の鐘に使用するのはためらわれる。それで、今回の訳語には鐘または釣鐘をあてた。宗教用途のほかにも通信目的や楽器用途もあるが、ここでは宗教鐘に限って述べたい。

鐘の起源は殷代末、甬鐘《ようしょう》といって十五センチ程度の小さなものだ。図がそれで、『周礼』考工記によれば、最初に鋳たのは鳧《ふ》氏なる工匠という。その後に朝鮮や日本でも独自の発達をとげた。和鐘の祖型とされる奈良国立博物館所蔵の陳太建七年（五七五年）銘鐘は坪井良平著の『日本の梵鐘』によれば高さ四十センチ弱、口径二十センチほど、まだま

荷葉鐘（長安・景竜観）
内径：1.675メートル
内高：2.57メートル

だ小さい。本篇の鐘のモデルと思われるのは、現在、西安考古研究所蔵の景雲二年（七一一年）銘の中国鐘で、長安・景竜観なる道観旧蔵だ。フリル様の形状は中国鐘独特のもので、蓮の葉に似ていることから荷葉鐘と呼ぶ。

鐘の素材は青銅が基本である。ヨーロッパの教会鐘もやはり青銅だが、銅と錫の配合比が違う。錫が多くて硬い西洋鐘は高音で鋭い。対する東洋鐘は銅が多いので音が低くまろやかだ。ただし合金技術が低かった昔は試行錯誤で金銀を混ぜたり、思い余って人間のいけにえ——工匠が子供を捧げる伝承が多い——を投げ込んだりすることもあった。日中韓とも、そんな鐘にはいけにえにちなんだ名をつける。鋳込まれてこそいないが封じ込められてしまった者も数に入れるなら、本作品の鐘などは「南児の鐘」とでも呼ぶべきだろう。

ところで、鐘の伝承には特徴がもうふたつある。ひとつは水の精、東洋ではとくに竜神に関係深いこと。もうひとつは、この世と異界をつなぐ存在であること。西洋ではハウプトマンの『沈鐘』が、東洋では安珍清姫が二条件とも満たす。また、第一の条件はいけにえを好む蒲陽《プーヤン》の水神・白夫人に一脈通じるものがある。第二で特に目をひくのが「無間の鐘」だ。人里離れた山奥に鐘がある。その鐘をつけばよこしまな富貴栄華を極めるが、代償として必ず無間地獄に落ち、二度と救われない。日本の中部から北陸にかけての伝説だが、もしかして広州にもひとつぐらいあったかもしれない。

なお、この項の写真はすべて『日本の梵鐘』（坪井良平著／角川書店）より引用し、景雲二年銘の荷葉鐘のみ、お目汚しながら訳者のスケッチを用いた。

●本邦初訳について

以前からの読者諸賢には、一九八九年に三省堂書店から上梓された松平いを子訳がよく知られている。本邦初訳はこちらの版だと思っておられる方も多いだろう。全訳という点ではその通りだが、抄訳ならばもっと古い版がある。著者存命の一九五五年、江戸川乱歩の肝煎りで《探偵倶楽部》誌上に連載されたものだ。「狄判官蒲陽での記録」と通題し、それぞれ「半月街の娘殺し」「僧院の秘密」「つり鐘の秘密」の三回に分けて発表された。訳者は池田越子名義だが、これは『黄金の殺人』を訳された照山（沼野）越子氏のことである。第一回連載の囲み記事に江戸川乱歩による紹介文があり、以下二点が明記されている。

一九五四年暮れに英ロンドン・バッキンガム劇場にてこの作品の戯曲が上演されたこと

それで著者から訳者あてに、抄訳を連載するようにと許諾および指示があったこと

年の瀬つまりクリスマスにロンドン初演とは非常に晴れがましい話だ。さっそく国内外をあたってみたが、当時のプログラムも記事も見つからない。最後の頼みの綱としてご遺族に問い合わせたものの、残念ながら

今回は間に合わなかった。いずれ判明次第、折をみて読者諸賢にもご披露したい。

　抄訳の存在は照山氏に、具体的な掲載年月とタイトルについては新保博久氏にそれぞれご教示賜った。この場をお借りしてあらためて深謝申し上げたい。また、御多用のさなかにオランダにご連絡くださった山本節子氏はじめ著者ご遺族の多大なご厚意にも、いつもながら感謝にたえない。

　やはりご多忙にもかかわらず、折に触れて温かい激励を賜った福原義春氏および小松原威氏にも深甚なる尊敬と感謝を捧げたい。なかなか上がらぬ原稿をやきもきしながら辛抱強く待ってくださった編集子の川村均氏および早川書房、そしていちばん長くお待たせした読者諸賢に、お詫びと感謝をこめて本書が届く日を、今から心待ちにしている。

平成二十年葉月

本書は一九八九年に三省堂より『中国梵鐘殺人事件』として刊行されたものを、翻訳を新たにし、改題したものです。

HAYAKAWA POCKET MYSTERY BOOKS No. 1816

和《わ》爾《に》桃《もも》子《こ》

慶應義塾大学文学部中退，英米文学翻訳家
訳書
『東方の黄金』『紫雲の怪』ロバート・ファン・ヒューリック
『ハリー・ポッターの魔法世界ガイド』アラン・ゾラ・クロンゼック＆エリザベス・クロンゼック
（以上早川書房刊）他多数

この本の型は，縦18.4センチ，横10.6センチのポケット・ブック判です．

検印
廃止

〔江南《こうなん》の鐘《かね》〕

2008年9月10日印刷　2008年9月15日発行

著　者　ロバート・ファン・ヒューリック
訳　者　和爾桃子
発行者　早川浩
印刷所　星野精版印刷株式会社
表紙印刷　大平舎美術印刷
製本所　株式会社川島製本所

発行所　株式会社　早川書房
東京都千代田区神田多町2ノ2
電話　03-3252-3111（大代表）
振替　00160-3-47799
http://www.hayakawa-online.co.jp

乱丁・落丁本は小社制作部宛お送り下さい
送料小社負担にてお取りかえいたします

ISBN978-4-15-001816-0 C0297
Printed and bound in Japan

ハヤカワ・ミステリ〈話題作〉

1788 紳士同盟 ジョン・ボーランド 松下祥子訳

〈ポケミス名画座〉十人の元軍人が集合。その目的とは、白昼堂々、大胆不敵な銀行襲撃だった！ 傑作強盗映画の幻の原作小説登場

1789 白夫人の幻 R・V・ヒューリック 和爾桃子訳

龍船競争の選手が大観衆の目前で頓死。その陰には、消えた皇帝の宝と恐怖の女神という二つの伝説が……ディー判事の推理が冴える

1790 赤髯王の呪い ポール・アルテ 平岡敦訳

〈ツイスト博士シリーズ〉『第四の扉』以前に私家版として刊行された幻のシリーズ長篇第一作のほかに、三篇の短篇を収めた傑作集

1791 美しき罠 ビル・S・バリンジャー 尾之上浩司訳

戦地から帰郷して目にしたのは、旧友の刑事についての信じがたい記事だった――著者ならではの技巧が冴える傑作、ついに邦訳なる

1792 眼を開く マイクル・Z・リューイン 石田善彦訳

〈私立探偵アルバート・サムスン〉探偵免許が戻り営業を再開したサムスンだが、最初の大仕事は、親友ミラー警部の身辺調査だった

1793 北雪の釘 R・V・ヒューリック 和爾桃子訳
極寒の商都へ赴任したディー判事たちは、首なし死体の発見を皮切りに三つの怪事件に挑むことに。本格テイスト溢れる、初期の傑作

1794 ベスト・アメリカン・ミステリ アイデンティティ・クラブ オーツ&ペンズラー編 横山啓明・他訳
アメリカには、まだまだたくさんのミステリがある！　文豪と重鎮がタッグを組んで厳選した珠玉20篇を収める、年刊ミステリ傑作集

1795 異人館 レジナルド・ヒル 松下祥子訳
偶然に小村を訪れた二人の男女の言動が、一見穏やかな村に秘められた過去を暴くことになろうとは。巨匠が描く、重厚なるミステリ

1796 ヴェルサイユの影 クリステル・モーラン 野口雄司訳
〈パリ警視庁賞受賞〉観光客で賑わう宮殿を舞台に繰りひろげられる連続殺人。夜間立入禁止の現場に入れるのは職員だけのはずだが

1797 苦いオードブル レックス・スタウト 矢沢聖子訳
異物混入事件で揺れる食品会社で、社長の他殺死体が発見された……巨匠が生んだもう一人の名探偵テカムス・フォックス本邦初登場

ハヤカワ・ミステリ〈話題作〉

1798
さよならを言うことは
ミーガン・アボット
漆原敦子訳

兄と結婚した謎の美女。不審を抱いた女性教師は兄嫁の過去を探るが……五〇年代のハリウッドをノスタルジックに描いたサスペンス

1799
上海から来た女
シャーウッド・キング
尾之上浩司訳

弁護士からもちかけられた殺人計画。それは複雑に仕組まれた罠だった。天才オーソン・ウェルズが惚れこんで映画化した、幻の傑作

1800
灯台
P・D・ジェイムズ
青木久惠訳

〈ダルグリッシュ警視シリーズ〉保養施設となっている孤島で、奇妙な殺人が発生。乗りこんだ特捜チームに思わぬ壁が立ちはだかる

1801
狂人の部屋
ポール・アルテ
平岡　敦訳

〈ツイスト博士シリーズ〉昔、恐るべき事件が起きて以来〝開かずの間〟となっていた部屋……その封印が解かれた時、新たな事件が

1802
泥棒は深夜に徘徊する
ローレンス・ブロック
田口俊樹訳

出来心から急にひと仕事したくなってアパートへ侵入したバーニイは、とんでもない災難に見舞われる！　記念すべきシリーズ第十作

ハヤカワ・ミステリ〈話題作〉

1803 ハリウッド警察25時 ジョゼフ・ウォンボー 小林宏明訳

激務に励む警官たちと華やかな街に巣食うケチな犯罪者たちの生態を生き生きと描く話題作。元警官の巨匠が久々に放つ本格警察小説

1804 東方の黄金 R・V・ヒューリック 和爾桃子訳

知事が殺害され、その下手人すらも上がらぬ町へ乗り込んだ人物こそ……神のごとき名探偵として名を轟かすディー判事、最初の事件

1805 愛する者に死を リチャード・ニーリイ 仁賀克雄訳

出版社に舞い込んだ奇妙な手紙の裏には罠が潜んでいた。どんでん返しの名手として知られる著者の長篇デビュー作、ついに邦訳なる

1806 北東の大地、逃亡の西 スコット・ウォルヴン 七搦理美子訳

自然の厳しさが残る大地、棄て去られた町、無法の群れと化した男たち。知られざるアメリカが、ここにある。全米注目の処女短篇集

1807 ベスト・アメリカン・ミステリ クラック・コカイン・ダイエット トゥロー&ペンズラー編 加賀山卓朗・他訳

ディーヴァー、レナードらの常連たちに加え、先年惜しくも世を去ったマクベインが最後の登場をはたす、恒例の年刊傑作集。21篇収録

ハヤカワ・ミステリ〈話題作〉

1808 ロジャー・マーガトロイドのしわざ ギルバート・アデア 松本依子訳

吹雪の邸、密室での殺人、不可解な暗号、意外な告白。読者の推理に真っ向から挑戦する黄金期の本格ミステリへの鮮烈なオマージュ

1809 紫雲の怪 R・V・ヒューリック 和爾桃子訳

ディー判事に持ち込まれた奇怪な事件。発見された死体の首と胴体は別々の人間のものだった……シリーズ中屈指の怪奇色を醸す傑作

1810 ダルジールの死 レジナルド・ヒル 松下祥子訳

〈ダルジール警視シリーズ〉爆破事件に巻き込まれ、あの警視が死亡⁉ 予想もしない緊急事態に、パスコーは単独捜査へと突っ走る

1811 教会の悪魔 ポール・ドハティ 和爾桃子訳

司直の手が及ばない教会へ逃げ込んだ殺人犯は、なぜ自ら首を吊ったのか？ 喧噪の中世ロンドンに、密偵ヒュー・コーベット初登場

1812 絞首人の手伝い ヘイク・タルボット 森 英俊訳

呪いの言葉をかけられただけで頓死した男の死体は、わずか数時間で腐乱した……不可能犯罪の醍醐味を詰めこんだ幻の本格ミステリ